Kannst du noch glauben, was du liest?

Was passiert, wenn wir in einer Welt leben, in der Wahrheit nicht mehr von Lüge zu unterscheiden ist und das Vertrauen in die Gesellschaft zusammenbricht?

Sophie und Benjamin suchen die Wahrheit und finden einen Sumpf aus Lügen und Intrigen, der sie zu verschlingen droht.

Wolfgang B. Engel, Jahrgang 1966, ist Diplom-Physiker und arbeitete als Projektingenieur im Automotive- und Luftfahrtbereich. 2019 drängte sich seine kreative Ader in den Vordergrund und fand ihren Ausdruck im Schreiben.

In seiner Taff & Neumann-Reihe verwandelt er brisante gesellschaftliche und ökologische Themen in packenden Geschichten zu einem Plädoyer für Menschlichkeit und Nachhaltigkeit.

Wolfgang B. Engel ist Mitglied des Selfpublisher-Verbands und des WWFs. Er lebt in der Nähe von Rosenheim.

Als Selfpublisher ist er auf die Unterstützung seiner Leser angewiesen und freut sich über Rezensionen auf den gängigen Verkaufsplattformen oder auf seiner Homepage: www.wolfgang-b-engel.de

Wolfgang B. Engel

Aufgeheizt

Thriller

Verlag: BoD · Books on Demand GmbH, In de Tarpen 42,
22848 Norderstedt, bod@bod.de
Druck: Libri Plureos GmbH, Friedensallee 273,
22763 Hamburg

ISBN: 978-3-7597-6763-9

Umschlaggestaltung: Wolfgang B. Engel mit KI-generierten Ele-
menten von Freepik und Leonardo AI

Über das Buch:

Was ist wahr?
Diese Geschichte jedenfalls nicht. Sie ist Ausgeburt meiner Fantasie. Aber sie könnte wahr sein. Oder wahr werden. Schon bald!

Der Thriller *Aufgeheizt* ist der dritte Band einer Reihe um die Hauptfiguren Sophie Taff und Benjamin Neumann. *Aufgeheizt* kann ohne Vorkenntnisse aus *Probezeit – Falsches Spiel* und *Blind Date mit der Hölle* gelesen werden.

Ähnlichkeiten mit real existierenden Personen und Organisationen sind nicht beabsichtigt.

Noch ein Hinweis zu den verwendeten Namen:
Haben Sie auf Seite 237 auch schon mal vergessen, wer Herr Schröder ist? Damit Ihnen das in dieser Geschichte nicht passiert, haben die meisten Personen Namen, die auf ihre Rolle hinweisen.

*Eine Lüge reist einmal um die Erde,
während sich die Wahrheit die Schuhe anzieht.*

Mark Twain

FAMILIE

Jonas freute sich auf den Besuch bei Oma und Opa. Zum Kaffee wollten sie dort sein. Dabei durfte er gar keinen Kaffee trinken, denn der war für Erwachsene. Kinder tranken Kakao. Er mochte Omas Kuchen. Mama konnte auch gut backen, aber nicht so gut wie Oma.

Leider musste man lange zu Oma und Opa fahren. Das war langweilig. Er sah zu seiner Schwester, die neben ihm saß. Leni lächelte ihn an.

Jonas mochte Leni. Früher nicht so, da hatte sie nur geschrien. Aber seit man mit ihr spielen konnte, war sie okay. Sie war erst vier Jahre alt. Er selbst war schon groß, denn er war schon sechseinhalb. Es war klar, dass er auf sie aufpasste. Dafür musste sie ihm gehorchen, was sie aber oft nicht tat.

Mami drehte sich zu ihnen um. „Alles klar da hinten? Wir sind gleich am Irschenberg. Wenn ihr eure Hälse reckt, könnt ihr die Berge sehen."

„Ich will Märchen hören", quengelte Leni.

Typisch Mädchen! Jonas mochte die Berge und freute sich, dass sie die Autobahn über Salzburg genommen hatten. Wenn sie über Passau fuhren, konnte man keine Berge sehen. Doch weil dort heute Nebel war, fuhren sie über Salzburg. Mami schaute wieder nach vorne. Auch sie mochte die Berge.

„Das ist Baldur“, sagte Leni und zeigte ihm ihren kleinen Bären, den sie so sehr liebte, dass sein Fell schon einige kahle Stellen hatte. Jonas streichelte Baldur, um seiner Schwester einen Gefallen zu tun.

Auf einmal quietschten die Bremsen. Mami rief: „Da vorne, pass auf!“

Leni schaute erschrocken zu Jonas. Ein dumpfer Schlag, ein Regen aus Glassplittern, die Sitze von Mami und Papa plötzlich ganz nah. Jonas war klar, dass sie einen Unfall hatten. Er dachte daran, Leni zu beschützen, doch die Angst lähmte ihn. Es knackte und knirschte überall, sie fuhren weiter und weiter, obwohl die Bremsen quietschten. Leni weinte, er selbst jetzt auch, Mami schrie auf.

Ein lauter Knall war das Letzte, was Jonas hörte.

DIE NACHRICHTEN

„Es ist 19 Uhr. BR24, das Informationsradio des Bayerischen Rundfunks. Ich bin Juliane Strasser und wir beginnen mit folgendem Thema:

Heute Vormittag gegen 11 Uhr ereignete sich auf der A8 zwischen den Anschlussstellen Weyarn und Irschenberg ein schwerer Verkehrsunfall, bei dem eine Familie ums Leben kam. Unsere Korrespondentin Simone Krassauer ist vor Ort und weiß mehr. Simone, was genau ist passiert?“

„Ja, Juliane, wie die Polizei vor Ort mitteilte, hatte sich auf der Autobahn Richtung Salzburg ein Stau gebildet. Am Stauende konnte ein Sattelschlepper nicht mehr rechtzeitig bremsen und schob den vor ihm fahrenden PKW unter den vorausfahrenden Kühllastwagen, bevor er sich selbst über das Auto schob und auf den Kühllaster auffuhr. In dem völlig zerquetschten Auto starb eine vierköpfige Familie. Sie war sofort tot.

Der Unfallverursacher musste von der Feuerwehr aus seinem Führerhaus befreit werden und wurde schwerverletzt ins Krankenhaus eingeliefert. Der Fahrer des Kühllastwagens erlitt einen Schock. Die Autobahn war mehrere Stunden gesperrt.

Besonders pikant ist, dass die Ursache für den Stau mutmaßlich auf eine Aktion des umstrittenen Münchner Klima-Kriseninterventionsteams, kurz KlimaKIT, zurückgeht, die mit brennenden Autos die Autobahn blockiert haben sollen. Die endgültige Bestätigung durch die Polizei steht derzeit noch aus. Aber allein der Verdacht dürfte die Diskussion weiter aufheizen, wie gerechtfertigt Straßenblockaden zur Durchsetzung politischer Ziele sind. Wir bleiben dran! Und damit zurück ins Funkhaus.“

DINNER FOR FIVE

Dienstag, 12. März, kurz nach 19:00 Uhr; noch 60 Tage

Benjamin führte Sophie durch kleine ruhige Straßen im Münchner Stadtteil Haidhausen, bis sie vor einem aufwendig renovierten Altbau standen.

„Hier?", fragte sie.

„Hier!", antwortete er und drückte auf den Klingelknopf neben einem barocken Messingschild, auf dem *Käpsele* eingraviert war. Alle Klingelschilder waren in derselben Art gestaltet. Dazu das schwere Portal aus dunklem, gealtertem Holz, das in einen Rundbogen eingepasst war.

„Ja?", schnarrte eine Stimme aus einem Lautsprecher mit Aluminiumblende, dem einzigen Fremdkörper im Arrangement.

„Hallo, hier sind Taff und Neumann", sagte Benjamin.

Der Türöffner summte. Benjamin hielt Sophie die Pforte auf, damit sie mit ihrem Strauß von Frühlingsblumen nirgendwo aneckte. Sie betraten ein Treppenhaus mit alten Holzstiegen, die mit einer Patina versehen waren, wie sie nur in Jahrzehnten der Benutzung und Pflege entstehen konnte. Es roch nach Bohnerwachs und Zitrusfrische. Über knarzende Stufen stiegen sie in den dritten Stock.

Bei Käpsele war niemand zu sehen, aber die Wohnungstür stand einen Spalt offen und so traten sie ein. Ihnen stieg ein köstlicher Duft in die Nase. Benjamin nahm Sophie den Blumenstrauß ab, damit sie ihre Jacke an die Garderobe hängen konnte. Ein hochgewachsener Mann mit

Brille und Kochschürze kam aus einem Zimmer und hastete ihnen entgegen.

„Frau Taff, Herr Neumann, wie schön, dass Sie es einrichten konnten", sagte Käpsele in bemühtem Hochdeutsch und reichte ihr die Hand.

„Vielen Dank für die Einladung, Herr Käpsele." Sophie, ließ sich von Benjamin den Blumenstrauß geben und reichte ihn an den Hausherrn weiter. „Hier, ein kleiner Frühlingsgruß für Sie!"

„Oh, wunderschön, vielen Dank. Wenn ich mich recht erinnere, habe ich noch nie Blumen von einer Frau bekommen. Es war immer umgekehrt."

„Und ich habe noch nie einem Kriminalhauptkommissar einen Blumenstrauß geschenkt. Kann das als Bestechung ausgelegt werden?"

„Was liegt derzeit gegen Sie vor? Lassen Sie mich überlegen! Nichts? Dann darf ich Geschenke in dieser Größenordnung annehmen."

„Klaus, hör auf zu flirten, ich brauche dich hier!", ertönte eine vertraute Stimme aus einem Raum, aus dem Klappern zu hören war. Seine Mitarbeiterin, Kriminalkommissarin Alexandra „Alex" Kühn, war also schon da und half ihrem Chef beim Kochen. Oder war es umgekehrt?

Käpsele begrüßte Benjamin noch schnell mit einem: „Hallo, Herr Neumann, herzlich willkommen!" Gleichzeitig drückte er ihm die Blumen in die Hand, schickte einen entschuldigenden Augenaufschlag hinterher und eilte in die Küche.

Anscheinend habe ich hier die Rolle des stummen Dieners übernommen, dachte Benjamin, schaute an sich herunter und stellte fest, dass er noch seine Jacke trug.

Sophie kicherte. „Komm, gib her, ich suche eine Vase!"

Ohne Blumenstrauß konnte er endlich ablegen. Er folgte seiner Freundin ins Wohnzimmer. Sie stand in der Mitte des Raums und drehte sich staunend um die eigene Achse. Ihre grünen Augen leuchteten angesichts der gelungenen Kombination aus Fischgrätparkett, großen Sprossenfenstern, hoher Decke und geschmackvoller Einrichtung. Alles mit gedimmtem Licht aus verschiedenen Quellen perfekt in Szene gesetzt. „Wow!"

„Fast mein ganzes Gehalt geht für die Miete drauf", hatte der Hausherr vergangenen Sommer gesagt, als Benjamin zum ersten Mal hier gewesen war. Es kam ihm wie gestern vor, so intensiv hatten sich die Erlebnisse in sein Gedächtnis gebrannt. Damals hatten sie verzweifelt nach Sophie gesucht, und Käpsele hatte seine Wohnung als Kommandozentrale zur Verfügung gestellt. Unzählige Rechner und Monitore hatten die Wohnung verunstaltet. Für Benjamin war es eine traumatische Zeit gewesen, für Sophie sowieso.

Ein Läuten riss ihn aus seinen Erinnerungen.

„Kann jemand aufmachen?", rief Käpsele aus der Küche.

Benjamin ging zur Gegensprechanlage. Sophies Chef meldete sich. „Hallo, Herr Käpsele, hier ist Forsch!"

Benjamin ließ den Journalisten im Glauben, mit der Polizei gesprochen zu haben, und betätigte den Türöffner. Ihm fiel auf, dass er, seit er hier war, noch keinen Ton von sich gegeben hatte. Er öffnete die Tür zum Treppenhaus einen Spalt breit und ging ins Wohnzimmer zurück.

Sophie kam aus dem Bad. „Ich habe den Blumen Wasser gegeben.“

Als Vase hatte sie einen Pokal zweckentfremdet. Benjamin erinnerte sich, das Schmuckstück an prominenter Stelle auf einem Regal gesehen zu haben. Sie stellte das eigenwillige Arrangement auf den Couchtisch im Wohnzimmer. Benjamin betrachtete den Pokal genauer. Eine Gravur sprang ihm ins Auge:

Klaus Käpsele
Schützenkönig 2012
Pistolenschießen
Schützenverein Ludwigsburg

Benjamin hörte Schritte im Flur und dann Käpseles Stimme. „Hallo, Herr Forsch! Der Pressevertreter meines Vertrauens!“ Es folgte Gemurmel, das Benjamin als Smalltalk interpretierte.

„Ich muss mal für kleine Mädchen“, sagte Sophie und ließ Benjamin allein. Kurz darauf führte der Gastgeber den Neuankömmling zu ihm ins Wohnzimmer. Als Käpsele den als Vase missbrauchten Pokal sah, runzelte er missbilligend die Stirn.

„Doch nicht den Pokal, also wirklich, Herr Neumann!" Kopfschüttelnd hastete er mit seinem Heiligtum und den Blumen darin in die Küche. Forsch folgte in seinem Windschatten.

Benjamin atmete tief durch und nahm durch sein Schweigen Sophies Fauxpas auf seine Kappe. Er fühlte sich wie im falschen Film. Kurz darauf kamen Sophie von der Toilette und Alex aus der Küche ins Wohnzimmer.

„Hallo, ihr beiden", sagte Alex lächelnd und umarmte sie kurz.

„Hi, Alex, wo hast du Luke gelassen?", fragte Benjamin.

Ihr Lächeln gefror. „Am anderen Ende der Galaxie!"

„Oh nein!", entfuhr es Sophie. Sie umarmte ihre Freundin, die daraufhin zu schluchzen begann.

Benjamin seufzte innerlich. *Das habe ich ja wieder super hingekriegt.* Er mochte die junge Polizistin, die ein Jahr älter war als Sophie. Die beiden waren in den letzten Wochen beste Freundinnen geworden. Alex ging jetzt in denselben Kampfsportverein wie Sophie. Mehr noch: Sophie hatte sich überreden lassen, zusammen mit ihrem langjährigen Sparringspartner eine Gruppe zu übernehmen. Er als Trainer, sie als Co-Trainerin. Die Gruppe, zu der Alex gehörte.

Benjamin kannte Alex als fröhlichen, aufgeschlossenen Menschen. Warum ausgerechnet sie so viel Pech mit Männern hatte, war ihm unbegreiflich. Sie tat ihm leid.

„Wie lang wart ihr zusammen?", hörte er Sophie fragen.

„Ungefähr sechs Wochen. Eigentlich nicht lange, für mich aber fast schon rekordverdächtig." Sie schniefte. „Irgendwas mache ich falsch mit Männern. Wenn ich nur wüsste, was!"

„Glaub ich nicht", erwiderte Sophie. „Dir ist Mr. Right einfach noch nicht über den Weg gelaufen. Nur Geduld, irgendwann kommt er um die Ecke. Wahrscheinlich genau dann, wenn du überhaupt nicht damit rechnest."

„Vielleicht hast du recht."

„Bestimmt! Hauptsache, du bleibst dir treu und verbiegst dich nicht. Schon gar nicht für einen Mann!"

Käpsele trat mit Forsch aus der Küche und bat ihn, die Blumen, die nun in einer Vase aus Glas steckten, auf den Couchtisch zu stellen. Käpsele selbst stellte den Pokal auf seinen Regalplatz zurück, nicht ohne noch einmal mit einem Handtuch darüber zu polieren und den Kopf zu schütteln. Dann bot er seinen Gästen einen Aperitif an.

Einen Martini und zwei Gläser Weißwein später, in der Pause zwischen Hauptgang und Dessert, fühlte sich Benjamin richtig wohl. Nach dem chaotischen Auftakt hatte der Abend eine harmonische Wendung genommen. Das leckere Essen im Magen zusammen mit dem Alkohol im Kopf bescherten ihm ein Gefühl tiefster Zufriedenheit. Schon eine ganze Weile lauschte er den Gesprächen, ohne sich selbst daran zu beteiligen.

„Bei dem wunderbaren Wetter möchte man dauernd spazieren gehen." Forsch im Small Talk Modus.

„Ja, es ist viel zu mild für die Jahreszeit", sagte Alex. „Wie lange geht das schon so?"

Benjamin wurde es etwas zu seicht. „Ich glaube, es ist der neunte zu warme Monat in Folge. Das letzte Jahr war das wärmste seit Beginn der Aufzeichnungen. Der Planet hat sich total aufgeheizt und es wird immer schlimmer."

„Sie müssen es wissen, Herr Neumann", sagte Käpsele. „Als Mitarbeiter einer Firma, die sich unter anderem mit dem Klimawandel beschäftigt, sitzen Sie ja direkt an der Quelle."

„Schon, aber die Daten sind öffentlich zugänglich und es wird auch darüber berichtet."

„Was halten Sie vom Münchner Klima-Kriseninterventionsteam, Herr Neumann?"

„Ich teile die Ziele zu einhundert Prozent. Das geforderte Tempo in der Umsetzung halte ich für notwendig und illusorisch zugleich. Jedoch sind die Methoden, mit denen das KlimaKIT auf sich aufmerksam macht, grob fahrlässig und schaden letztendlich dem Klimaschutz. Die Organisation sollte mal einen Marketingkurs machen."

„Bitte erläutern Sie das!"

„Man kann die Leute nicht für eine Sache gewinnen, indem man sie vor den Kopf stößt und ihnen mit Vorschriften und Verboten kommt."

Sophie, die bisher geschwiegen und am Alkohol nur genippt hatte, weil sie so wenig vertrug, fragte mit zusammengekniffenen Augen: „Jetzt mal Klartext, Herr Käpsele: Warum sind wir hier?“

WIN-WIN-SITUATION

Dienstag, 12. März, ca. 21:15 Uhr; noch 60 Tage

Käpseles Adamsapfel hüpfte. Er kaute auf seiner Unterlippe und sah Sophie tief in die Augen. Alex Kühn starrte angespannt auf einen Fleck auf der Tischdecke. Forsch blickte mit erwartungsvoller Miene zu Käpsele hinüber. Plötzlich war es so still, dass man das Husten der Teppichmilben hätte hören können. Benjamin fröstelte, weil er instinktiv spürte, dass dies ein entscheidender Augenblick sein würde. Vielleicht eine Zeitenwende für ihn und Sophie, wenn man sich der Sprache des Kanzlers bedienen wollte.

„Ich habe Sie heute Abend zum Essen eingeladen, aber nicht nur", erklärte Käpsele langsam und bedächtig, fast staatsmännisch. Nur sein Akzent wollte nicht so recht dazupassen. „Ich möchte Sie auch zur Zusammenarbeit bewegen. Wir ermitteln nämlich gegen das KlimaKIT und kommen auf normalem Weg nicht weiter."

„Aha", sagte Forsch. „Was liegt gegen die Gruppe vor? Der Unfall auf der Autobahn vor gut drei Wochen?"

„Genau der. Das war Diebstahl, Brandstiftung, gefährlicher Eingriff in den Straßenverkehr, Nötigung, schwere Körperverletzung und Körperverletzung mit Todesfolge in vier Fällen. Wir wissen, dass es das KlimaKIT war – schließlich hat sich die Gruppe dazu bekannt – aber wir wissen nicht, welche Personen an der Tat beteiligt waren. Die einen geben vor, von nichts gewusst zu haben, die anderen haben sich abgesprochen und verweigern die Aussage, um sich nicht selbst zu belasten. Alle! Kompliment an den Strafverteidiger!“

„Und denen ist nicht beizukommen?“, fragte Forsch.

„Bis jetzt nicht. Wir wissen nicht, wer die Autos gestohlen hat, mit denen die Autobahn blockiert wurde. Wir wissen nicht, wer sie gefahren und in Brand gesetzt hat. Und wir wissen auch nicht, wer in die Planung involviert war.“

„Keine Aufnahmen von Verkehrsüberwachungskameras oder Handys?“, fragte Sophie.

„Nichts“, antwortete Alex. „Es gibt zwar Bildmaterial, aber die Täter waren maskiert und trugen weite Kleidung, sodass die Figur darunter verborgen blieb. Man kann nicht einmal erkennen, ob Mann oder Frau! Außerdem hat die Rauchentwicklung die Sicht beeinträchtigt.“

„Wie können wir der Polizei helfen?“, fragte Forsch.

„Wir möchten jemanden in die Gruppe einschleusen“, antwortete Käpsele. „Aufgrund des Alters – die Aktivisten sind alle zwischen zwanzig und Anfang dreißig – der Qualifikation und Verfügbarkeit kommt dezernatweit nur Alex infrage. Weil sie mit anderen Aufgaben betraut war, ist sie noch niemandem persönlich begegnet, sodass auch in dieser Hinsicht nichts gegen einen Einsatz sprechen würde.“

„Und?“, drängelte Forsch.

„Ich hätte gerne ein Back-up“, antwortete Alex. „Eine Person, auf die ich mich hundertprozentig verlassen kann und die der Aufgabe gewachsen ist. Ich denke dabei an dich, Sophie!“

„Was?" Sophie riss die Augen auf, die Kinnlade fiel herunter.

Forsch wedelte abweisend mit dem Zeigefinger. „Geht gar nicht!"

„Ihr seid ja nicht ganz sauber!", platzte Benjamin heraus. „Bloß weil Sophie einmal für die Polizei die Kastanien aus dem Feuer geholt hat, macht sie das nicht wieder."

„Nach meiner Einschätzung ist der Einsatz ungefährlich." Käpsele gestikulierte beschwichtigend mit nach unten geneigten Handflächen.

„Wozu brauchen Sie dann Sophie?", fragte Benjamin.

„Vier Augen sehen und vier Ohren hören mehr als zwei!"

„Und vier Fäuste schlagen besser als zwei, oder?", fragte Forsch.

„Ja, das auch", räumte Käpsele ein, „aber ich glaube nicht, dass es dazu kommen wird."

Forsch winkte kopfschüttelnd ab.

„Und es würde sich für Sie lohnen." Käpsele blickte Forsch direkt ins Gesicht. „Sie säßen direkt an der Quelle. Eine gute Story ist quasi garantiert."

„Zu gefährlich, vergessen Sie's. Als Sophies Chef unterliege ich der Fürsorgepflicht, wie Sie wissen."

„Natürlich, und es ehrt Sie, dass Sie das Thema ernst nehmen. Jedoch in diesem Fall können Sie es verantworten, wie ich finde. Ein Maximum an Chancen bei minimalen Risiken."

„Darf ich mitreden oder bin ich nur Verhandlungsmasse?“, klinkte sich Sophie ein. In ihrer Stimme lag eine gewisse Schärfe.

„Verzeihen Sie, natürlich!“, antwortete Käpsele mit entschuldigendem Augenaufschlag. „Um Sie geht es ja. Können Sie sich einen solchen Einsatz vorstellen?“

„Dafür muss ich erst mehr wissen. Was wäre das Ziel der Aktion?“

„Sie sollen zusammen mit Alex herausfinden, welche Personen an der Aktion auf der Autobahn beteiligt waren und wie deren Beteiligung aussah. Das ist alles, mehr nicht.“

„Das wird vor Gericht kaum Bestand haben.“ Benjamin, der Sohn eines Richters. Ihm gefiel die Geschichte überhaupt nicht.

„Wir könnten die Front des Schweigens durchbrechen“, erklärte Alex. „Dann hätten wir eine Angriffsfläche und könnten einen Spalt in die Gruppe treiben. Und wenn einer anfängt zu reden, löst das einen Dominoeffekt aus. Dann haben wir sie.“

„Wir sollen uns in eine Gruppe fanatischer Klimaterroristen einschleusen, um sie auseinanderzunehmen?“ Sophie warf Alex einen durchdringenden Blick zu, während sie sprach. „Und das soll ungefährlich sein? Alex, weißt du eigentlich, was du da sagst? Die haben eine Familie auf dem Gewissen!“

Sie drehte sich zu Käpsele. „Mitgliedschaft in einer terroristischen Vereinigung! Das ist nicht Ihr Ernst, Herr Käpsele!"

„Halt, stopp! Lassen Sie mich hier etwas klarstellen. Das Bild des KlimaKITs in der Öffentlichkeit entspricht nicht der Realität. Hier wurde viel Politik gemacht und Mist ausgekippt! Die Gruppe hat sich zur Tat bekannt und gleichzeitig ihr tiefstes Bedauern zum Ausdruck gebracht, dass Menschen getötet und verletzt wurden."

„Das kann jeder sagen", entgegnete Forsch.

„Schon, aber die Organisation hat auch versprochen, in Zukunft von Straßenblockaden abzusehen und bei künftigen Aktionen umsichtiger zu sein. So reagieren keine Terroristen." Käpsele blickte in die Runde. „Trotzdem müssen die Verantwortlichen vor Gericht gestellt werden. Das sind wir den Opfern schuldig."

„Stimmt das, Benjamin?", fragte Sophie.

„Ja, absolut. *Flush the zone with shit!*, hat der ehemalige Tumb-Berater Steven Banner gesagt. Damit umriss er seine Strategie, den öffentlichen Diskurs mit Fake News zu überschwemmen und zu beeinflussen. Genau diese Strategie können wir auch im Zusammenhang mit dem KlimaKIT beobachten."

„Das stimmt schon", räumte Forsch ein. „Ein schönes Beispiel ist das Unwort Klimaterrorist, weil es das Engagement für Klimaschutz mit Terrorismus gleichsetzt und dadurch kriminalisiert. Der Unfall war natürlich ein gefundenes Fressen."

Sophie starrte mit zusammengekniffenen Lippen auf den Tisch. Zwischen ihren Augenbrauen hatte sich eine steile Falte gebildet. Klare Zeichen, dass sie sich schämte und wütend auf sich selbst war. Benjamin nahm sie in den Arm, um sie zu trösten.

„Ich muss cooler werden und besser auf meine Sprache achten", sagte sie mit belegter Stimme. „Wegen der getöteten Familie ist der Gaul mit mir durchgegangen." Dann atmete sie tief durch und straffte die Schultern.

„Wärst du grundsätzlich an der Geschichte interessiert, Max?", fragte sie.

„Ja klar, sehr sogar, so dicht dran ... das wäre eine echte Gelegenheit."

„Okay, ich mach's, wenn Benjamin einverstanden ist."

„Was, auf einmal? Ich soll das jetzt entscheiden?" Benjamin fühlte sich überrumpelt.

„Ja, so hatten wir es ausgemacht. Keine Alleingänge mehr, nachdem ich beim letzten Mal fast auf die Nase gefallen wäre und dich mitgerissen hätte."

Benjamin spürte einen Schwall Liebe in sich aufsteigen. Seine Sophie, besser hätte er es nicht treffen können!

„Hältst du die Aktivisten für gefährlich?", fragte sie.

„Nein, nicht wirklich. Das sind idealistische junge Leute. Zwar ist mit einigen Eiferern zu rechnen, doch mit denen werdet ihr schon fertig. Also meinetwegen, mach es. Aber ich möchte, dass du mich auf dem Laufenden hältst und die Sache abbrichst, sobald es wider Erwarten doch gefährlich werden sollte."

„Abgemacht!" Sie umarmte ihn und gab ihm einen flüchtigen Kuss. Sein Blick fiel zufällig auf Alex, die sie mit trauriger Miene beobachtete. Er spürte einen Stich im Herzen und ihm wurde klar, dass sie das einzige Paar in der Runde waren. Alex hatte Liebeskummer wegen der Trennung. Käpsele und Forsch waren schon länger Singles. Ob freiwillig oder nicht, das wusste er nicht. Dann ließ Sophie von ihm ab und die Situation war vorüber.

Käpsele ergriff das Wort. „Es wäre auch aus operativer Sicht wichtig, dass Sie, Herr Neumann, immer auf dem neuesten Stand der Ermittlungen sind. Ich könnte mir vorstellen, dass wir situativ von Ihrer Expertise in ökologischen Fragen profitieren könnten".

„Ich kann gerne beratend unterstützen, aber nur extern. Ein Engagement an vorderster Front ist mit meinem Job unvereinbar."

„Sophie, ich möchte, dass du weißt, dass du das nicht tun musst", sagte Forsch und hob mahnend die Hand. „Ich werde auch andere Themen finden, über die ich berichten kann."

„Ja, das weiß ich."

„Warum dann? Was treibt dich an?"

„Ich möchte die Verantwortlichen vor Gericht sehen und damit die Klimaschutzbewegung als Ganzes entlasten. Und ich möchte, dass die Wahrheit unter all dem Mist ans Licht kommt."

„Nicht jeden interessiert die Wahrheit", warf Benjamin ein.

„Schon klar. Aber die Mehrheit interessiert sich doch dafür. Und diesen Leuten möchte ich die Möglichkeit geben, sich eine auf Fakten basierende Meinung zu bilden.“

„Gut, Frau Taff, dann händige ich Ihnen Dossiers mit Lichtbild von allen wichtigen KlimaKIT-Mitgliedern aus“, sagte Käpsele. „Bitte arbeiten Sie diese morgen durch und prägen Sie sich die wesentlichen Merkmale ein. Alles Weitere klären Sie bitte direkt mit Alex.“

KONTAKT

Samstag, 16. März, kurz vor 14 Uhr; noch 56 Tage

Sophie traf sich mit Alex am S-Bahnhof Germsbach. Sie hatten sich für den 14-Uhr-Zug verabredet, um an der Demonstration teilzunehmen, die eine Stunde später am Marienplatz beginnen sollte.

Anlass der Demo war der erneute Versuch des Finanzministers, Anstrengungen beim Klimaschutz durch Kürzungen im Sozialbereich gegenzufinanzieren. Ein breites Bündnis aus Sozial- und Umweltverbänden hatte zum Protest gegen die Pläne aufgerufen. Auch das KlimaKIT gehörte zu den Organisatoren. Sophie und Alex wollten versuchen, über die Teilnahme an der Demo einen Kontakt herzustellen.

Am Tag nach dem Abendessen bei Käpsele hatte sich Sophie durch die übergebenen Dossiers gearbeitet und sich die Gesichter eingeprägt. Sie wollte Alex, die einen Wissensvorsprung durch ihre polizeiliche Ermittlungsarbeit hatte, eine ebenbürtige Partnerin sein.

Nach dem Crashkurs hatte sie sich von Benjamin abfragen lassen. Er war ein strenger Prüfer und hatte nicht einen Aktivisten nach dem anderen abgefragt, sondern wild durcheinander, von einem das Geburtsdatum, von der anderen das Studienfach oder den Wohnort. Erst als Sophie keine Fehler mehr gemacht hatte, war er zufrieden gewesen. Sie hatte es verinnerlicht. Wahrscheinlich war die Information sogar in ihren Genen gespeichert.

Jetzt, in der S-Bahn zur Demo am Marienplatz, grinsten sich die beiden Frauen an. Sophie spürte, dass Alex genauso nervös war wie sie. Und genau dieses gegenseitige Verständnis ohne große Worte schuf Vertrauen. Sophie war überzeugt, dass sie ein super Team waren.

Als sie auf dem Marienplatz ankamen, war vor dem Münchner Rathaus schon die Hölle los. Die letzten Transparente wurden ausgerollt und Neuankömmlinge suchten in dem Durcheinander die Gruppe, zu der sie gehörten. Auch Sophie und Alex hielten Ausschau, um sich in der Nähe des KlimaKITs zu positionieren. Alex, fast einen halben Kopf größer als Sophie, entdeckte sie zuerst. „Ich habe ein Transparent gesehen", sagte sie und wies den Weg durch die Menschenmassen. Kurz darauf erspähte Sophie es auch. *KlimaKIT für sozial gerechten Klimaschutz* stand darauf. Es war ein eher kleines Banner.

Punkt 15 Uhr ging es los. Mehrere Redner auf einem Podium traten nacheinander ans Mikrofon, kritisierten Politiker und formulierten Forderungen, die einen auf der emotionalen, die anderen auf der rationalen Ebene. Vom KlimaKIT trat keiner ans Rednerpult. Sophie vermutete, dass die Gruppe nach der missglückten Aktion mit dem Unfall keine weitere Angriffsfläche bieten wollte und sich zurückhielt. Dazu passte auch das unspektakuläre Transparent.

Nach den Reden setzte sich der Demonstrationszug in Bewegung. An der Spitze fuhren zwei Streifenwagen mit eingeschaltetem Blaulicht, aber ohne Martinshorn. Auch an den Seiten standen Polizisten mit Schildern und Schlagstöcken in Gruppen zusammen und beobachteten das Geschehen.

„Kennst du einen von denen, Alex?", fragte Sophie.

„Nein, bis jetzt nicht. Und ich hoffe, dass es auch so bleibt."

Klar, ein herzliches *Hallo* unter Kollegen wäre jetzt total kontraproduktiv. *Deshalb hält sich Alex immer vom Rand fern und wendet ihr Gesicht zur Mitte hin!* Sie hatten die Situation definitiv nicht unter Kontrolle. Das machte Sophie nervös.

Sie ließen sich ins KlimaKIT hineintreiben und skandierten die von Vorsängern initiierten Parolen. Nur nicht auffallen! Mit den propagierten Zielen konnte sich Sophie durchaus anfreunden. Auch sie war für Klimaschutz. Und für soziale Gerechtigkeit sowieso, denn in ihrer Kindheit hatte sie am eigenen Leib erfahren, was Armut bedeutet.

Sophie erkannte einige aus den Dossiers wieder. Gerade ging sie neben Niklas Bär. Groß, blond, Bauchansatz, die Jacke über die Schulter gelegt.

„Hallo, Alex!", rief plötzlich jemand in ihre Richtung. Sophie fuhr herum. *Oh nein, jetzt fliegen wir auf!* Doch der heftig winkende Rufer war kein Polizist. Ein Mann in der Nähe fühlte sich angesprochen und winkte zurück. *Entwarnung!*

Sophie blickte zu Alex, die mit geblähten Backen ausatmete. Sie war ganz blass geworden. Auch ihr war der Schreck in die Glieder gefahren.

Sie erreichten den Königsplatz, wo die Abschlusskundgebung stattfand. Eine Vertreterin der Ökologischen Partei sprach von einer ökologischen Transformation mit sozialem Ausgleich, um die Teilhabe – und damit die Akzeptanz – der gesamten Bevölkerung sicherzustellen, ohne die das gesamte Projekt bereits von Beginn an … der Satz nahm einfach kein Ende.

„Bla, bla, bla, typisch Politikerin", entfuhr es einem hochgewachsenen Typen mit schwarzem Wuschelkopf und Kippe im Mundwinkel, der in Sophies Nähe stand. Dabei fuchtelte er mit den Armen. Robert Delarue, laut Dossier Saarländer, 26 Jahre, studierte jedes Semester ein anderes Fach. Sie versuchte, etwas Abstand zu ihm aufzubauen, weil sie seinen Gestank nach Zigaretten nur schwer ertragen konnte. Außerdem war ihr der Typ äußerst unsympathisch. Sie sortierte ihn als Primärkontakt aus.

„Wird die auch mal etwas konkreter?", fragte Alex den neben ihr stehenden Niklas Bär.

„Ich fürchte, nein. Sie hat zwar recht mit dem, was sie sagt, aber mitreißend geht anders. Und mit ihrem elaborierten Code erreicht sie auch nicht alle Teile der Bevölkerung. Sie wird ihrem eigenen Anspruch nicht gerecht."

„Hä?"

„Siehst du, genau das meine ich. Wenn man akademisch spricht anstatt deutsch, erreicht man auch nur Akademiker."

„Ah, danke fürs Übersetzen."

„Gern geschehen. Du bist aber nicht oft auf Demos, sonst würdest du sie kennen." Niklas lächelte Alex an.

„Das stimmt." Sie erwiderte sein Lächeln. „Aber es ist höchste Zeit, laut zu werden, nach allem, was passiert ist."

„Sonst gehört man zur schweigenden Mehrheit, von der die anderen behaupten, sie zu vertreten", sagte Sophie, die den Dialog verfolgt hatte.

„Das ist übrigens meine Freundin Sophie. Und ich bin Alex."

„Niklas!" Er reichte den beiden Frauen die Hand. *Ganz klar von der alten Schule,* erkannte Sophie.

„Ihr habt es wahrscheinlich schon mitbekommen, wir hier sind das KlimaKIT", sagte er. „Hättet ihr nicht Lust, nachher noch zu uns zu kommen? Es gibt Tee, Kaffee, Kuchen und Kekse. Und abends können wir noch Pizza bestellen."

Bingo!

DER ZWECK UND DIE MITTEL

„Für den Finanzminister ist Klimaschutz schlecht für die Wirtschaft", sagte eine rothaarige Frau mit Nasenpiercing und einer dampfenden Tasse in der Hand. Sie pustete und erzeugte kleine Wellen auf dem Tee. Die bildhübsche Frau war mittelgroß, schlank und augenscheinlich Schmuckfetischistin. Sophie entdeckte Ähnlichkeiten mit der Schauspielerin Scarlett Johansson. *Jana Tannecker, 22, Influencerin und das Gesicht des KlimaKITs in der Öffentlichkeit*, rekapitulierte sie.

Sie saßen um einen Couchtisch in einer Art Wohnzimmer, das zu den Gruppenräumen des KlimaKITs gehörte. Eine einfache Dreizimmerwohnung in einem unsanierten Altbau. Es roch nach Kaffee – und kaltem Rauch, obwohl ein großes Nichtraucherschild an der Eingangstür prangte.

„Darum möchte er die Kosten der Energiewende einseitig auf den Schultern der Arbeitnehmer abladen", fuhr Jana Tannecker fort.

Niklas Bär legte ein Stück Kuchen auf seinen Teller. „Für die Gutverdiener sind die Mehrbelastungen Peanuts. Die Armen jedoch können die Ausgaben kaum stemmen und lehnen die Maßnahmen daher ab. Infolgedessen wird Klimaschutz insgesamt abgelehnt."

„Und weil das alles noch nicht reicht, als Tüpfelchen auf dem i die Gegenfinanzierung der Klimaschutzmaßnahmen durch Kürzungen im Sozialbereich."

„Er unterminiert die Akzeptanz der Klimaziele, treibt einen Keil in die Gesellschaft, und er macht dies ganz bewusst. Typische Klientelpolitik."

„Wollt ihr euch nicht an der Diskussion beteiligen?", fragte Robert Delarue und warf Sophie und Alex einen lauernden Blick zu. Dann zündete er sich eine Zigarette an.

„Kippe aus!", fuhr ihn Niklas an. „Wie oft denn noch? In unseren Räumen wird nicht geraucht!"

„Jawoll, Herr Oberrauchbannführer!", antwortete Robert zackig und salutierte. Die Zigarette warf er in eine Tasse, wo die Glut zischend in einem Teerest erlosch.

„Ja genau, wie denkt ihr denn darüber?", fragte Jana Sophie und Alex.

Die beiden hatten Anweisung, sich unauffällig zu verhalten und eine gemäßigte Meinung zu vertreten. Keinesfalls sollten sie in den Verdacht geraten, Straftaten provoziert zu haben. Das hatten die Behörden aus dem gescheiterten NPD-Verbotsverfahren gelernt, als V-Leute ihrem Job so gründlich nachgegangen waren, dass sie selbst zu Tätern geworden waren.

„Ich finde das Rauchverbot gut", antwortete Sophie, wohl wissend, dass es nicht das war, was Jana interessierte.

Jana grinste. „Vielleicht verratet ihr mir wenigstens eure vollen Namen, wenn ihr euch nicht politisch festlegen wollt?"

Auf diese Frage waren sie vorbereitet, aber warum wurde sie schon jetzt, in der Kennenlernphase, gestellt? Die Nachnamen spielten eigentlich gerade keine Rolle, oder? Hatten sie sich verdächtig gemacht oder waren die Leute einfach nur vorsichtig?

Die Polizei hatte Sophie und Alex mit Tarnidentitäten in der analogen und digitalen Welt ausgestattet. Sie hatten Ausweise, Kreditkarten und Führerscheine mit neuen Namen und neue Netzidentitäten erhalten. Die Dokumente wiesen je nach Ausstellungsdatum sogar altersbedingte Gebrauchsspuren auf. Allerdings hatte man nur die Nachnamen geändert und die Rufnamen beibehalten, um Versprechern vorzubeugen.

Wie Sophie zwischenzeitlich erfahren hatte, hatte Käpsele, weil die Zeit drängte, alles schon vor der Einladung zu dem denkwürdigen Abendessen in die Wege geleitet. Er war sich also ziemlich sicher gewesen, dass er sie an den Haken kriegen würde. *So ein Schlitzohr!* In ihren Gedanken hatte sie Janas Frage vergessen. Zum Glück sprang Alex ein.

„Ich bin Alex Kern und das hier ist meine Freundin Sophie Tosta!“

„Italienerin?“, fragte der Prototyp eines unauffälligen Mannes und sah Sophie an. Volker Traut, laut Dossier 28 Jahre.

„Halb deutsch, halb italienisch“, sagte sie. Ihre Coverstory gab das her. Gemäß der Erkenntnis, dass eine gute Lüge möglichst nahe an der Wahrheit gebaut ist, hatte man nur so viele Anpassungen wie nötig vorgenommen.

„Natürlich spielt der Finanzminister Klima und Soziales gegeneinander aus“, sagte Alex. Damit lag sie genau in der

Vorgabe, unter dem Radar zu fliegen und eine gemäßigte, unauffällige Meinung zu vertreten.

Sophie wollte nicht ganz so lahm rüberkommen und zeigen, dass sie sich schon Gedanken gemacht hatte.

„Der Finanzminister hat nur die Schuldenbremse im Kopf. Dabei übersieht er folgenden Punkt: Will er künftigen Generationen keine finanziellen Schulden hinterlassen, darf er keine ökologischen Schulden anhäufen. Denn die sich daraus ergebenden finanziellen Belastungen übersteigen unsere Vorstellungkraft bei weitem."

„Aber genau das verstehen viele nicht", sagte Jana.

„Genauso wie unsere Aktionen nicht verstanden werden", rief Robert. Seine dunklen Augen funkelten.

„Unsere letzte Aktion ist ja auch gründlich daneben gegangen", entgegnete Niklas. „Das darf uns nie wieder passieren. Wir müssen überlegter vorgehen, eine Risikoabschätzung machen."

„Risikoabschätzung, papperlapapp!" Robert fuchtelte mit den Armen.

„Bei Autobahnblockaden gibt es immer ein Stauende", bekräftigte Niklas. „Das ist zu gefährlich, Robespierre!"

Robespierre, der Nickname könnte passender nicht sein, fehlt aber in den Dossiers, erkannte Sophie. Niklas und Robespierre konnten sich definitiv nicht leiden. In ihrem Streit vergaßen sie die beiden Neuen und redeten Klartext. Sophie wähnte sich auf einem guten Weg, den Fall bald abschließen zu können.

„Wir müssen die Leute aufrütteln. Lahme Aktionen bringen nichts! Und wo gehobelt wird, da fallen Späne!" Robespierre, wer sonst.

„Du kannst gut reden", sagte Jana äußerlich ruhig. „Du bist nicht mit der Familie im Auto gesessen."

„Wir sind ein KIT, ein Kriseninterventionsteam, vergesst das nicht. Kollateralschäden kommen vor. Davon dürfen wir uns nicht aufhalten lassen. Wenn wir nichts tun, wird der Klimawandel viel mehr Opfer fordern."

Niklas, mit hochrotem Gesicht, winkte ab, stand auf und ging in die Küche. Alex folgte ihm.

„Wie denkst du darüber, Sophie?", fragte Jana.

„Eure Autobahnaktion war eine Katastrophe. Für die Familie, die gestorben ist, für den Lastwagenfahrer, der immer noch als körperliches und seelisches Wrack in Behandlung ist, für euer Image und damit auch für eure Ziele. Wie seid ihr nur darauf gekommen?" Am liebsten hätte sie gefragt, wer darauf gekommen war, aber das wäre zu auffällig gewesen.

„Was bist du?", fragte Robespierre. „Psychologin, Marketingtante oder von den Zeugen Jehovas?"

„Wieso, sie hat es doch genau auf den Punkt gebracht", sagte der unauffällige Volker.

„Pfff!" Robespierre verzog sein Gesicht.

„So, jetzt reicht's", rief Jana mit energischer Stimme. „Du kehrst sofort auf die Sachebene zurück, Robespierre!"

Doch der Angesprochene griff nach einer Zigarette, die er sich im Gehen anzündete, und verließ die Wohnung.

Sophie hatte den Eindruck, dass sich die Stimmung sofort entspannte und wollte die Situation nutzen. „Hatte er die Idee mit der Blockade am Irschenberg?"

Die Frage war ein Fehler, das spürte sie sofort. Plötzlich war es totenstill und alle Augen ruhten auf ihr. *Mist! Ich bin einfach keine ausgebildete Ermittlerin.*

„Es war unsere Idee", antwortete Jana zögernd und blickte Sophie forschend an.

SOPHIES GEBURTSTAG

Donnerstag, 21. März, ca. 8 Uhr; noch 51 Tage

Benjamin war wach geworden, streckte sich und sah zu Sophie hinüber. Auch sie begann, sich zu räkeln und gähnte. Er beugte sich zu ihr.

„Guten Morgen, mein Schatz", flüsterte er in ihr Ohr. „Alles Gute zum 24. Geburtstag!"

„Guten Morgen, das ist ja lieb. Magst du mich überhaupt noch, so alt wie ich jetzt bin?"

Statt einer Antwort schob er ihr Nachthemd hoch und begann, sie am ganzen Körper zu küssen. Ihre Atemzüge wurden tiefer, schließlich mischte sich ein wohliges Stöhnen darunter. Sie wölbte ihren Körper seinen Lippen entgegen.

Plötzlich stoppte er seine Aktivitäten. „Wird dir das nicht zu viel in deinem Alter?"

„Mach ganz langsam und vorsichtig, dann wird es schon gehen", hauchte sie.

Später nutzten sie das herrliche Frühlingswetter für eine Radtour in die nähere Umgebung. Dabei wurde Sophies Trekkingbike eingeweiht. Benjamin war glücklich zu sehen, wie viel Freude ihr das neue Velo bereitete. Schließlich war es sein Geschenk für diesen besonderen Tag. Ein mit ihm befreundeter Fahrradhändler hatte es speziell auf ihre Bedürfnisse zusammengestellt und angepasst.

„Du spinnst, das ist viel zu teuer", hatte sie gesagt, als sie den Endpreis gesehen hatte. „Das kann ich unmöglich annehmen."

Doch er hatte sie überredet, und das Ergebnis genossen sie nun beide.

Nachmittags läutete das Telefon. Sophie ging ran. „Ciao Mama." Benjamin verstand nicht viel, denn wie üblich sprachen die beiden Frauen italienisch miteinander.

„Ich soll dich von meiner Mutter schön grüßen", sagte sie, nachdem sie aufgelegt hatte.

„Danke. Hast du ihr gesagt, dass wir beide frei haben und zu Hause sind?"

„Nein, keine Ahnung, woher sie das wusste."

Ihre Mama wusste irgendwie immer alles. Benjamin war schleierhaft, wie das funktionierte und war sich nicht sicher, ob da immer alles mit rechten Dingen zuging. Und es ärgerte ihn, dass seine Eltern so wenig Interesse an seiner Freundin zeigten. Sie würden wieder nicht anrufen, davon war er überzeugt.

Als er für den Abend mit Käse gefülltes Blätterteiggebäck vorbereitete, fragte Sophie: „So viel und nur von dem einen Zeug?"

„Äh, ja?" Von den Gästen, die um sieben kommen würden und Essen mitbrachten, hatte er ihr nichts erzählt. Es sollte eine Überraschung werden.

„Und die ganzen Getränke im Kühlschrank. Bekommen wir noch Besuch, von dem ich nichts weiß?"

Benjamin stöhnte. Auch vor ihr konnte man nichts geheim halten. Vermutlich die Gene ihrer Mutter. Sophie war mit Sicherheit die richtige Frau im richtigen Job.

Kurz nach sieben läutete es. Sophie öffnete. Natürlich hatte sie längst erraten, wer vor der Tür stehen würde. Die ausgebliebenen Glückwünsche von Alex und Forsch hatten gereicht. Außerdem war eine Besprechung mit Käpsele überfällig. Gegen so viel Kombinationsgabe war Benjamin machtlos.

Alex, Käpsele und Forsch mussten sich draußen getroffen haben, denn sie stürmten gemeinsam in die Wohnung. Jeder hatte, wie besprochen, etwas zum Essen dabei. Sie gratulierten und gaben Sophie die Geschenke.

Käpsele überreichte ihr einen riesigen Blumenstrauß ganz ähnlich dem, den er selbst vor kurzem bekommen hatte. „Aber geben Sie ihn nicht Ihrem Freund, sondern suchen Sie sich selbst eine Vase, wenn ich Ihnen einen Rat geben darf", sagte er in bemühtem Hochdeutsch.

Sophie lächelte mit gerunzelter Stirn.

Benjamin, ganz Gentleman, hatte sie über ihren Fehlgriff nie aufgeklärt. *Wenigstens das hat sie noch nicht herausgefunden.*

„Keine Gefahr, Pokale werden Sie hier nicht finden, Herr Käpsele", sagte er.

Sophie schüttelte den Kopf, zuckte mit den Schultern und stellte die Blumen in eine Vase. Wenn die Gäste gegangen wären, würde sie ihn bestimmt ausfragen.

Als Benjamins Blick auf Alex fiel, sah er ihre Mundwinkel zucken und ihre bernsteinfarbenen Augen leuchten. Viel fehlte nicht und sie würde wieder einen ihrer legendären Lachkrämpfe bekommen. Die Geschichte um Käpseles zweckentfremdeten Pokal musste auch sie amüsiert zur Kenntnis genommen haben.

Nach dem Essen kam das Gespräch auf das KlimaKIT.

„Niklas Bär hat sich furchtbar über Robert Delarue aufgeregt", sagte Alex. „Als er es nicht mehr ausgehalten hat und in die Küche gegangen ist, bin ich ihm nach."

„Was hat Delarue gesagt oder getan, das Bär so geärgert hat?", fragte Käpsele.

„Delarue tut den Unfall auf der Autobahn als unvermeidlichen – ich zitiere – *Kollateralschaden* ab und setzt ihn in Relation zu den Opfern, die der Klimawandel fordern wird."

„Hammer", entfuhr es Forsch.

„Und Bär sieht das anders?", fragte Käpsele.

„Ja, total anders. Er macht sich Vorwürfe und möchte sicherstellen, dass sich so was nicht wiederholt."

„Wenn er sich Vorwürfe macht, hängt er mit drin", schlussfolgerte Käpsele. „Er hat sich mitschuldig gemacht, wie weit wissen wir noch nicht, und er bereut seine Tat."

„So sehe ich das auch. Unter vier Augen habe ich versucht, mehr über die verunglückte Aktion in Erfahrung zu bringen, doch das ist mir nicht gelungen. Aber ich glaube, ich habe einen ganz guten Draht zu ihm entwickelt."

„Sehr gut, Alex, bleib an ihm dran!"

Forsch fragte Sophie: „Wie ist es weitergegangen, als Alex und Bär draußen waren?“

„Ich wurde nach meiner Meinung gefragt und habe gesagt, dass die Aktion eine Katastrophe für die Familie, den Lastwagenfahrer und für die Sache selbst war.“

„Genau die richtige Reaktion, genau wie besprochen, sehr gut!“, sagte Käpsele. „Was ist dann passiert?“

„Delarue hat mich beleidigt, Volker Traut hat mich verteidigt und Jana Tannecker hat Delarue zur Ordnung gerufen. Daraufhin ist Delarue gegangen.“ Nach einer kurzen Pause fügte Sophie mit gesenktem Blick hinzu: „Und dann habe ich einen Fehler begangen!“

„Was haben Sie getan?“

„Ich wollte den Streit nutzen und habe gefragt, wer die Idee mit der Blockade am Irschenberg hatte.“

„Uff, sehr gewagt!“

„Ja, das war voreilig. Ich ärgere mich so!“

„Das kann dir keiner vorwerfen!“, rief Forsch. „Du bist weder eine ausgebildete Ermittlerin noch Journalistin noch Psychologin!“

„Niemand wirft hier irgendjemandem irgendwas vor!“, stellte Käpsele klar.

„Jedenfalls ist Robert Delarue total fanatisch“, sagte Alex. „Dazu passt sein Spitzname Robespierre. Der fehlt übrigens im Dossier.“

Käpsele schmunzelte. „Robespierre, soso, müssen wir ergänzen. Aber wir wissen nicht, ob er an der Autobahnblockade beteiligt war, oder, Alex?“

„Nein, das wissen wir nicht. Zuzutrauen ist ihm alles, aber wir wissen nichts.“

RISKANTES SPIEL

Samstag, 23. März 17:00 Uhr; noch 49 Tage

Es war wie eine Woche zuvor, nur dass Jana fehlte.

„Wir sind das KlimaKIT und keine Terroristen. Und hier drin wird nicht geraucht. Geht das endlich mal in deinen Betonkopf?"

„Du bist so ein Spießer, echt!"

Niklas und Robespierre lagen sich wieder einmal in den Haaren. Sophie war erst zum zweiten Mal bei einem Samstagstreffen des KlimaKITs und konnte es schon nicht mehr hören. *Es nervt! Eigentlich müsste die Arbeitszeit hier doppelt zählen, mindestens. Benjamin ist jetzt bestimmt mit dem Rad unterwegs. Und ich könnte mit meiner Klettergruppe abhängen.* Stattdessen hockte sie mit zänkischen Altersgenossen in einer gammeligen Altbauwohnung und war kurz davor, sich die Ohren zuzuhalten.

Ihr riss der Geduldsfaden. „Hey, hat euch schon mal jemand gesagt, dass ihr euch im Kreis dreht?"

Für einen Moment herrschte Stille und sie hatte die volle Aufmerksamkeit, dann zogen sich Alex und Niklas in die Küche zurück. Das kannte sie schon, ein Déjà-vu.

„Die Neue, sieh mal einer an", sagte Robespierre bedrohlich leise. Er zog eine Lefze hoch, stand auf, sah Sophie von oben herab an und trat auf sie zu. Als er direkt vor ihr stand, beugte er sich über sie. „Du hast hier gar nichts zu melden, ist das klar?" Sein Zeigefinger zielte auf ihr Gesicht, Aggression pur.

Sie selbst saß auf der Wohnzimmercouch. Eigentlich saß sie mehr in der Couch als auf ihr, so durchgesessen wie die Polster waren. Umso größer erschien ihr Robespierre. Weil Jana heute fehlte, traute er sich.

Sophie schloss die Augen. Das war ihr Start. Im Training, und wenn es die Situation zuließ, auch außerhalb. Sie lauschte kurz in sich hinein, dann nach außen. Dort herrschte gespannte Stille. Sie öffnete die Augen. *Mentale Kampfvorbereitung beendet.* Sie spürte die Blicke, die alle auf sie gerichtet waren.

Unauffällig schob sie das linke Knie zwischen seine Beine, kämpfte ein wenig mit der Couch, richtete sich auf und legte den linken Arm auf den Schoß. Gegebenenfalls könnte sie damit den Oberkörper schützen. Den rechten Ellenbogen legte sie auf der Armlehne ab und stützte das Kinn auf die Hand, die als Gesichtsschutz gedacht war. *Verdeckte Verteidigungsposition eingenommen.* Sie schielte nach oben und blickte in Robespierres funkelnde Augen, die sie unter zwei zusammengezogenen Brauen fixierten. *Gegner im Blick, Augenkontakt hergestellt.* Hochkonzentriert auf seinen Zeigefinger, aber mental und körperlich völlig entspannt, wartete sie auf seinen nächsten Zug.

„Wenn du sie anrührst, mach ich Hundefutter aus dir!", knurrte Volker und trat auf Robespierre zu.

Sophie war froh über den Beistand. Ihre Wehrhaftigkeit war ein Trumpf, den sie gerne in der Hinterhand behielt.

Robespierres Blick fiel auf Volker. Sie maßen sich mit den Augen. Nach einigen Sekunden wandte sich Robespierre ab und ging auf die Toilette, schätzungsweise um zu rauchen.

„Danke!" Sophie schenkte Volker ein Lächeln.

Sein Gesicht begann zu leuchten. „Dafür nich'!" Er setzte sich neben sie.

Die durchgesessenen Polster bildeten einen Trichter, der dafür sorgte, dass sie aufeinander zu rutschten und Sophie fast auf seinem Schoß landete. Die Couch war ihr eindeutig zu beziehungsfreundlich. Nächstes Mal würde sie sich in einen Sessel setzen. Als Volker seinen Arm um sie legte, war es höchste Zeit für die Notbremse.

„Gleich sechs, ich muss kurz meinen Freund anrufen." Sie stand auf und ließ Volker, dem die Enttäuschung ins Gesicht geschrieben stand, auf der Couch zurück.

Sophie ging in die Küche und traf auf Alex und Niklas, die miteinander tuschelten.

„Was läuft denn zurzeit?", fragte Alex.

„Mich würde *Radical, eine Klasse für sich* interessieren", antwortete Niklas.

„Von dem habe ich gehört, der soll gut sein." Alex lächelte.

Niklas zog sein Smartphone aus einer Gesäßtasche und wischte ein paarmal über das Display. „Wie wär's morgen um acht im Theatiner? Davor könnten wir gemeinsam was essen." Er grinste wie ein Honigkuchenpferd.

„Oh ja, das wäre toll ..."

Fassungslos wandte sich Sophie ab. Die beiden Turteltäubchen hatten ihre Anwesenheit nicht mal bemerkt. Sie setzte sich wieder zu den anderen und mied dabei die Couch.

„Robespierre is' gegangen", sagte Volker.

Ihr war das nur recht. In Gedanken an den Balztanz, der sich gerade in der Küche vollzog, bekam sie von den Gesprächen kaum etwas mit.

Gegen halb acht kam Alex aus der Küche und flüsterte ihr ins Ohr, dass sie nun gehen werde.

„Ich komme mit." Gemeinsam machten sie sich auf den Weg nach Germsbach.

In der S-Bahn konnte Sophie nicht mehr an sich halten. „Was sollte das eben mit Niklas?", platzte sie heraus.

„Wieso, was meinst du?"

Sophie registrierte, dass Alex ihr nicht in die Augen schauen konnte. *Natürlich nicht, du scheinheilige Kuh!*

„Alex, du begibst dich auf gefährliches Terrain! Ein Techtelmechtel mit einem Verdächtigen ist das Letzte, was wir gebrauchen können!"

„Techtelmechtel, du übertreibst. Ich versuche lediglich, ein Vertrauensverhältnis aufzubauen."

„Verarsch mich nicht! Ich bin doch nicht blind!"

„Da ist nichts. Du siehst Gespenster."

Sophie glaubte ihr kein Wort.

FAKTEN UND IHRE ALTERNATIVEN

Montag, 25. März; noch 47 Tage

Sophie ging tagsüber ihrer normalen Tätigkeit als Büroangestellte beim Enthüllungsjournalisten Forsch nach. Sie war seine einzige Angestellte, sodass er sie Geschäftspartnern gerne als seine Stellvertreterin vorstellte. Für Sophie ein klares Zeichen seiner Wertschätzung.

Durch ihren Undercover-Einsatz beim KlimaKIT hatte sie die Aufgabe, ihren Chef auf dem Laufenden zu halten, damit er nach Rücksprache mit Käpsele die Informationen journalistisch verwerten konnte. Das war der Deal. Bis jetzt war die Rendite äußerst mager.

Als Sophie nach dem abendlichen Kampfsporttraining nach Hause kam, fand sie wie üblich Benjamin in der Küche vor, gerade dabei, der Mahlzeit den letzten Schliff zu geben. *Schon praktisch, so einen talentierten Koch als Freund zu haben. Einem Ingenieur ist eben nichts zu schwer!*

Doch sie spürte: irgendetwas war heute anders. Die Begrüßung kurz, das Bussi routiniert und dem Essen fehlte die Finesse. Er stocherte lustlos darin herum, sodass auch ihr schnell der Appetit verging, obwohl sie einen Bärenhunger hatte.

„Was ist los?", fragte sie.

„Vielleicht ist es noch nicht bis zu dir durchgedrungen, aber die neuen Gasterminals an der Küste sind letzte Nacht angegriffen worden."

„Ja, ich habe was läuten hören, kenne aber keine Details. Ist viel passiert?"

„Zeitgleich sind die LNG-Terminals in Wilhelmshaven Brunsbüttel und Lubmin attackiert worden. Der Ablauf der Angriffe war identisch. Zuerst ein bewaffneter Ablenkungsangriff an Land, dann ist der eigentliche Angriff von der Seeseite aus erfolgt. Spezialschiffe, die als schwimmende Importterminals dienen, und einige LNG-Tanker sind beschädigt worden. Ein Schiff brennt noch, eines ist gesunken. Die beschädigten Pipelines fallen angesichts der Gesamtsituation gar nicht mehr ins Gewicht. Außerdem hat es Tote und Verletzte gegeben."

„Das ist ja furchtbar. Geht Deutschland jetzt das Gas aus?"

„Nach dem milden Winter wohl kaum. Aber die ökologischen Schäden sind noch nicht absehbar. Und die Sachschäden natürlich auch nicht."

„Ökologische Schäden ..." Sophie versuchte sich zu erinnern. „Hat deine Firma nicht ein Umweltgutachten zu den LNG-Terminals angefertigt?"

„Ja, ich war sogar daran beteiligt. Wir haben mögliche Auswirkungen auf das Wattenmeer durch den Betrieb der Anlagen untersucht. Und was bei einer Havarie passieren würde."

„Und was heißt das jetzt konkret?"

„Keine Ahnung, die Situation ist unübersichtlich, die Nachrichtenlage dürftig."

Sophie schaltete den Fernseher ein, doch außer Ruß und Qualm war auf den Bildern nicht viel zu erkennen. Die Aussagen der Experten waren ungenau, teilweise widersprüchlich und noch nicht belastbar. Benjamin konnte daraus keine Schlüsse ziehen, sie selbst erst recht nicht.

Weil ihr sonst nichts einfiel, griff Sophie zu ihrem Smartphone und checkte die Sozialen Medien. Auf Instagram hatte sie sich einen privaten Fake-Account eingerichtet, um sich ungestört in der Klimaschützerszene und deren Gegnern bewegen zu können, ohne Rückschlüsse auf ihre wahre Identität zuzulassen. Natürlich hinterließ man immer Spuren, das wusste sie spätestens seit letztem Jahr aus eigener, leidvoller Erfahrung, jedoch für ein bisschen gucken und folgen sollte es reichen.

Die Attacken auf die LNG-Terminals waren durchaus Thema in den Sozialen Medien. Es wurde heftig diskutiert, gestritten und beleidigt. *Dafür braucht man keine Information, die stört im Zweifelsfall nur!* Schließlich stieß sie auf einen Beitrag von Levittchen, einer Bloggerin mit enormer Reichweite, die sich mit Tiraden gegen Klimaschutz und durch ihre Nähe zu Russland einen Namen gemacht hatte. Der Tipp war von Alex gekommen. Seither folgte Sophie mit ihrem Fake-Account der Bloggerin und bekam ihre Beiträge angezeigt. Und die hatten es in sich.

„Das gibts doch nicht!“, entfuhr es Sophie.

„Was hast du?“

„Ich habe dir doch von der Bloggerin Levittchen erzählt. Sie ätzt gegen deinen Arbeitgeber. Ich zitiere: *Die Genossenschaft für Nachhaltigkeit (GfN) hat die Auswirkungen der Gasterminals auf das Wattenmeer untersucht und einen Bericht verfasst. Wie üblich für Firmen, die für das System arbeiten, handelt es sich um ein maßgeschneidertes Dokument im Sinne der Auftraggeber, in diesem Fall einer Gruppe sogenannter Umweltverbände. Folgeaufträge für die GfN sind damit garantiert. In dem Gutachten wird der sofortige Einleitungsstopp von LNG und der Rückbau der Anlagen gefordert.*"

„Hä? LNG-Einleitungsstopp, Rückbau, so ein Quatsch!"

„Halt, ich bin noch nicht fertig. *Einige Ökoterroristen haben das GfN-Pamphlet wohl allzu wörtlich genommen. Offensichtlich gibt es ihnen die moralische Rechtfertigung für die Angriffe.* Zitat Ende."

„Moralische Rechtfertigung, gehts noch? Wir haben doch nicht zur Sabotage der Terminals aufgerufen, geschweige denn Anschläge zu verüben. Ganz im Gegenteil, wir haben vor Havarien gewarnt und darauf hingewiesen, dass es sich um vulnerable Infrastruktur handelt, die geschützt werden muss."

„Das wissen viele aber nicht! Andere wollen es nicht wahrhaben." Sophie mit erhobenem Zeigefinger.

„Sauerei!" Benjamin schlug mit der Faust auf den Tisch. Er atmete tief durch. „Wir haben ein Gutachten erstellt, in dem die ökologischen Auswirkungen der Terminals auf das Wattenmeer untersucht wurden. Politische Schlussfolgerungen wie die Frage, ob man mehr oder weniger Terminals dieser Art braucht oder ob sie irgendwann überflüssig werden, waren nicht Gegenstand der Studie."

„Die GfN ist in die Schusslinie von Levittchen geraten. Bei ihrer Reichweite kommt sie da nicht so leicht wieder raus. Andere Blogger und Trolle werden aufspringen."

„Ich weiß." Benjamin begann, sich die Haare zu raufen. Sophie kannte das schon. „Achtung, Glatze!"

Daraufhin verzog er sich ins Bad.

Nach einer kurzen Denkpause entschied sie, Alex trotz der vorgerückten Stunde anzurufen und sich mit ihr zu besprechen. Gerade als Sophie wieder auflegen wollte, wurde abgenommen.

„Ja, Sophie", keuchte Alex durch den Hörer.

„Entschuldige die späte Störung. Wo hol ich dich denn her?"

„Was ... ich bin bei mir zu Hause." Ein sehnsüchtiges Stöhnen, dann quietschte etwas. Für ein paar Sekunden klang es, als wäre der Hörer abgedeckt. „Was gibts?", fragte Alex, nun mit festerer Stimme.

Was macht sie gerade? Hat sie Besuch? „Können wir frei reden?"

„Ähm, ja, warte kurz ... jetzt bin ich in der Küche, alles gut. Aber mach's kurz, ich war schon im Bett."

Im Bett, alles klar! Innerhalb einer Minute brachte Sophie ihre Freundin auf den neuesten Stand.

„Ich informiere meinen Chef und rufe dich später zurück." Der Stimme nach zu urteilen war Alex wieder im Dienst.

Die hat wohl einiges nachzuholen! Obwohl Sophie Verständnis hatte, fand sie das Verhalten der jungen Polizistin irgendwo zwischen sehr gewagt und unverantwortlich.

Eine Stunde später rief Alex zurück. „Hör zu, After-Work-Meeting morgen Abend um acht bei meinem Chef. Teilnehmer: die üblichen Verdächtigen."

„Max ist morgen in Berlin. Warum so spät?"

„Um das Tagesgeschäft nicht zu stören, hat er gesagt. Außerdem wollte er Benjamin ermöglichen, dabei zu sein."

„Alles klar! Tut mir leid, dass ich euch so jäh unterbrochen habe. Grüß Niklas und gute Nacht!"

„Wer war Niklas gleich wieder?", fragte Benjamin, der gerade aus dem Bad kam.

DER NOTFALLCODE

Käpsele servierte Getränke. „Heute hatte ich keine Zeit zum Kochen, aber ich kann Pizza bestellen.“

Doch Alex, Sophie und Benjamin hatten schon gegessen und lehnten Käpseles Angebot dankend ab.

„Gut, dann sollten wir keine Zeit verlieren. Zuerst möchte ich wissen, wie das letzte Treffen mit dem Klima-KIT gelaufen ist. Alex?“

„Ich konnte einen guten Kontakt zu Niklas Bär herstellen und sein Vertrauen gewinnen.“

Sehr engen Kontakt, kommentierte Sophie im Stillen.

„Was können Sie mir berichten, Frau Taff?“

„Nur dass Robespierre alias Robert Delarue die Zähne zeigt, wenn ihn Jana nicht an die Kette legt. Sie hat Samstag gefehlt.“

„Was meinen Sie damit?“

„Auf Kritik reagiert er generell aggressiv. In mir hat er eine Schwächere gesehen ...“

„Ausgerechnet in Ihnen“, fiel ihr Käpsele schmunzelnd ins Wort. „Verzeihung, ich wollte Sie nicht unterbrechen.“ Entschuldigender Augenaufschlag.

„... vielleicht hat er auch ein Problem mit Frauen, was weiß ich. Jedenfalls hat er sich stark gefühlt und mich bedroht. Volker Traut ist mir dann beigesprungen.“

„Warum hast du mir nichts davon erzählt, Alex?“

„Zu der Zeit war ich mit Niklas in der Küche. Wir haben es nicht mitbekommen."

„Was wäre passiert, wenn Traut nicht eingegriffen hätte?", fragte Käpsele, nun wieder an Sophie gewandt.

„Vermutlich hätte Robespierre mich angegriffen und ich hätte ihn nach einem Schlag in die Familienplanung verknotet. Unauffällig geht anders, Tarnung in Gefahr."

„Mir gefällt das nicht", sagte Benjamin. „Vielleicht ist der Einsatz doch gefährlicher, als wir dachten."

„Naja", erwiderte Sophie, „in die Hosen gemacht habe ich mir nicht."

„Trotzdem!" Käpsele legte seine Denkerstirn in Falten. „Wir sollten ein Codewort für den Notfall vereinbaren. Damit könntet ihr euch gegenseitig alarmieren und über Handy auch mich. Dann würde ich mit der Kavallerie anrücken. Eure Handyortung läuft sowieso permanent."

Alle nickten.

„Das Codewort sollte für andere nicht als solches erkennbar sein. Vorschläge?"

Es folgte konzentriertes Schweigen. Nach einer Minute hatte Sophie eine Idee: „PMS."

„Hä, was?", fragte Alex.

„Du hast richtig gehört. PMS, nicht Prämenstruelles Syndrom, sondern die Abkürzung PMS."

„Sie haben sich bestimmt etwas dabei gedacht", sagte Käpsele.

„Ja. Es ist plausibel bei Alex und mir und es geht in einen Bereich, in dem es kaum Rückfragen gibt. Falls es zu einem

Gespräch unter Frauen kommt, weichen wir einfach auf den nichtabgekürzten Begriff aus."

Alex nickte. „Passt!"

„Gut, dann machen wir es so", sagte Käpsele. „Jetzt zu den Anschlägen auf die Terminals: Gibt es eine neue Entwicklung?"

„Es läuft ein regelrechter Shitstorm gegen meinen Arbeitgeber", antwortete Benjamin. „Wenn man sich Sprache und Inhalt ansieht, fällt das auf die Verfasser zurück. Die GfN sollte es als Gütesiegel betrachten."

„Solange die Hetze nicht auf die analoge Welt überspringt, kann man das vielleicht so sehen. Wird auch zu Gewalt aufgerufen?"

„Nur vereinzelt."

Käpsele hob mahnend den Zeigefinger. „Behalten Sie die Lage vor Ihren Werkstoren im Auge und zögern Sie nicht, meine Kollegen anzurufen, wenn sich etwas zusammenbraut." Er ließ seine Worte kurz wirken. „Alex, Frau Taff, bis jetzt sind wir keinen Schritt weiter. Ich brauche Ergebnisse. Und passt auf euch auf."

VON WEGEN BACK-UP!

Mittwoch, 27. März, kurz nach 19 Uhr; noch 45 Tage

Sophie hatte über den Gruppenchat vom kurzfristig einberufenen Sondertreffen des KlimaKITs erfahren. Anlass war die Sorge, dass ein Zusammenhang zwischen dem Angriff auf die Gasterminals und der Umweltgruppe hergestellt werden könnte. Hintergrund war eine frühere Verlautbarung, in der sich das KlimaKIT kritisch zu den LNG-Terminals geäußert hatte.

Sophie hätte sich den Abend auch anders vorstellen können. Sie hatte ihr Training absagen müssen und fürchtete sich vor nervtötenden und sinnlosen Diskussionen. Sie saß auf einem Sessel – die beziehungsfreundliche Couch hatte sie gemieden – und wartete darauf, dass es endlich losging.

Die Räume waren gut gefüllt. Die Wortführer Robespierre und Jana, aber auch viele, die sie nicht kannte, waren gekommen. Volker himmelte sie die ganze Zeit an. Man wartete noch auf Niklas, der jeden Augenblick eintreffen musste.

Er kam zusammen mit Alex. Und die Sonne ging auf. Man hätte das Licht ausschalten können, so leuchteten die beiden. Sophies Antennen waren sofort in der Übersteuerung. *Das darf doch nicht wahr sein! Jetzt sitzen sie auch noch nebeneinander auf dem Sofa! Na klar, ganz selbstverständlich legt er ihr den Arm um die Schultern. Und jetzt, jetzt streicht ihre Hand über seinen Oberschenkel! Innenseite! Gehts noch? Warum kuscheln sie nicht gleich?*

„... im Auge behalten und bei Bedarf eine Klarstellung posten", erklärte Jana. Den Anfang hatte Sophie nicht mitbekommen.

„Der Vorwurf wäre völlig aus der Luft gegriffen", sagte ein junger Mann, den Sophie nicht kannte.

„Natürlich, aber das hat Levittchen noch nie gestört", entgegnete Niklas.

„Aber man ..." Sophie hörte nicht mehr hin. Abgelenkt vom Liebesglück auf der Couch, dachte sie über die Implikationen nach, die es mit sich bringen würde.

Um halb neun verließen Alex und Niklas händchenhaltend die Runde. Alex' grenzdebilen Gesichtsausdruck, als sie sich nochmal umwandte und winkte, würde Sophie nicht so schnell vergessen. Sie war enttäuscht, fühlte sich im Stich gelassen! *Dabei bin ich doch nur ihr Back-up.*

Das würde ein Nachspiel haben.

LOYALITÄT IN DER ZWICKMÜHLE

Donnerstag, 28. März, gegen 18 Uhr; noch 44 Tage

„Bist du von allen guten Geistern verlassen?" Noch in der Tür herrschte Sophie ihre verknallte Freundin an, die ihr gerade aufgemacht hatte. Das war die Begrüßung.

„Guten Abend erstmal!" Alex schien die Ruhe selbst. „Du wolltest mich unbedingt sprechen. Also sag schnell, was so wichtig ist, dass es nicht warten kann. Ich will gleich noch zu Niklas."

Ein schwerer Fall von hormoneller Vollverblödung. „Alex, du hast ein Problem! Das fängt mit *Nik* an und hört mit *las* auf."

„Falsch! Ich habe kein Problem mit ihm, sondern ohne ihn!"

„Er ist ein Verdächtiger, schon vergessen?"

„Er ist kein Verbrecher, und das weißt du auch!"

„Ja … nein … er könnte trotzdem in den Unfall verwickelt sein. Dann muss er sich dafür verantworten, auch wenn er kein Verbrecher im herkömmlichen Sinn ist."

Alex winkte ab.

„Du verhältst dich unprofessionell!"

„Bist du etwa eifersüchtig? Bist du nicht mehr glücklich mit deinem Benjamin?"

„Quatsch, ich gönne dir einen liebevollen Freund, wirklich. Aber wie stellst du dir das vor? Erst machst du ihn heiß und dann sperrst du ihn ein?"

Alex' Augen wurden feucht.

„Hast du ihm gesagt, dass du Polizistin bist? Weiß er von unserer Mission?"

„Nein, natürlich nicht." Und dann fing sie an zu weinen.

Sophies Herz wurde schwer. Sie wollte Alex nicht unglücklich machen, sondern sie vor einer Dummheit bewahren. Sie umarmte ihre Freundin. „Ach, Alex!"

„Glaubst du etwa, dass ich kein schlechtes Gewissen habe? Dass ich mir keine Gedanken mache? Es ist einfach passiert, er ist so lieb. Und jetzt wollte ich die Zeit genießen, die wir haben. Und ich hoffe immer noch, dass er unschuldig ist." Alex schniefte.

Oh je, arme Alex! „Was du machst, ist gefährlich. Für dich, für mich, und – wenn er unschuldig ist – auch für Niklas."

„Ja, weiß ich doch. Darum bin ich vorsichtig. Ich hab sogar das Klingelschild von Kühn auf Kern getauscht!"

„Ja, ist mir aufgefallen."

„Wenn mein Chef das mit Niklas rauskriegt, versetzt er mich in die Pförtnerloge", jammerte sie.

Bei der Vorstellung musste Sophie lachen und auch Alex stimmte mit ein.

Auf dem Heimweg ging Sophie die ganze verrückte Situation noch einmal durch. Bei Käpsele zu petzen kam für sie nicht infrage. Aber konnte sie Alex noch vertrauen oder war ihre Freundin blind vor Liebe? Und wie konnte sie sich

Volker vom Leib halten, ohne ihn zu vergraulen? Sophie fühlte, wie sich ein Knoten in ihrem Gehirn formte.

Daheim setzte sie Benjamin ins Bild. „Wie soll ich mich deiner Meinung nach verhalten?"

„Uff, das fragst du mich? Fangen wir mit dem einfachen Problem an: Also mit Volker machst du das ganz gut. Sei freundlich aber unverbindlich. Lass hin und wieder einfließen, dass es mich gibt, dann wird er es schon irgendwann kapieren.

Und mit Alex? Nach allem, was du gesagt hast, ist Niklas harmlos. Alex gefährdet vielleicht die Mission, aber nicht euch persönlich. Falls sie wegen Niklas die Ermittlungen tatsächlich in den Sand setzt, bekommt sie ein Verfahren an den Hals und muss sich einen neuen Job suchen. Dann möchte ich nicht in ihrer Haut stecken. Aber so weit sind wir noch nicht."

„Also keine Gefahr für Leib und Leben?"

„Ich glaube nicht. Da hast du schon ganz andere Sachen durchgezogen. Aber danke, dass du mich gefragt hast."

„Das habe ich dir versprochen. Und deine Meinung ist mir wichtig."

Er belohnte sie mit einem flüchtigen Kuss.

„War bei dir in der Arbeit alles ruhig?", fragte Sophie.

„Alles normal, kein Krawall vor dem Gebäude. Ich checke mal kurz, ob sich der Shitstorm gegen uns gelegt hat."

Während er über das Display seines Smartphones wischte, bildeten sich immer tiefere Sorgenfalten auf der Stirn. Seine Augenbrauen strebten aufeinander zu.

Sophie begann, sich Sorgen zu machen. „Darf ich dir über die Schulter gucken?“

Der Tenor in den entsprechenden Foren war von Falschbehauptungen und Beleidigungen auf Drohungen umgeschlagen. Sophie ging davon aus, dass die meisten Gewaltfantasien von harmlosen Spinnern gepostet wurden. Aber es reichte ein kleiner Prozentsatz Enthemmter, die sich gegenseitig anstachelten, um die Lage eskalieren zu lassen.

„Da braut sich was zusammen“, sagte Benjamin.

„Sieht so aus. Kannst du morgen nicht von zu Hause aus arbeiten?“

„Schlecht. Homeoffice hätte ich anmelden müssen.“

„Am gefährlichsten ist es, wenn du das Gebäude betrittst oder verlässt. Das könnte ein Spießrutenlauf werden.“

HACKER, HETZE, HASS

Freitag, 29. März; noch 43 Tage

Als Benjamin morgens am nagelneuen, nach ökologischen Gesichtspunkten errichteten GfN-Firmengebäude eintraf, lungerten einige schräge Gestalten in Grüppchen auf der Straße herum. Sie warfen ihm stechende Blicke zu, belästigten ihn aber nicht. Zur bedrohlichen Atmosphäre passte, dass das Firmenschild am Eingang über Nacht mit einem am Galgen hängenden Strichmännchen beschmiert worden war.

Drinnen wartete die nächste Überraschung auf ihn. Die Kollegen von der IT hasteten von einem Rechner zum anderen. Monitore, die alle ein seltsam eingefrorenes Bild zeigten. Greifbare Nervosität. Während die Informatiker mit zittrigen Händen Eingaben machten, zischten sie sich leise Informationen zu, die Benjamin nicht verstand.

„Was ist los?", fragte er mit ebenfalls gesenkter Stimme. Situationsangepasstes Verhalten, doch sie ignorierten ihn.

Benjamin entdeckte die Kollegen seiner Arbeitsgruppe, die mit ratlosen Gesichtern zusammenstanden und sich leise unterhielten. Er stellte sich dazu und wiederholte die Frage: „Was ist passiert?"

„In der Nacht hat es einen Cyberangriff gegeben", antwortete der Gruppenleiter. „Zuerst wurden Daten gestohlen und dann alles vernichtet, was auf den Festplatten war."

„Alles?"

„So ziemlich. Daten, Programme, Betriebssystem, einfach alles."

„Back-ups?" Benjamin wurde angst und bange.

„Nur die stündlichen. Auf die ausgelagerten täglichen Sicherungen hatten die Angreifer keinen Zugriff. Das ist unsere Rettung."

Benjamin war erleichtert. Die IT-Spezialisten würden den Stand vom Vortag wiederherstellen können.

„Aber wie lange es dauert, bis wir wieder halbwegs arbeitsfähig sind, weiß derzeit niemand", sagte ein Kollege. „Wahrscheinlich den ganzen Tag."

„Und was ist mit den gestohlenen Daten?"

„Die werden mit Sicherheit gegen uns verwendet."

„Oder gegen unsere Kunden, indem vertrauliche Daten veröffentlicht oder Untersuchungsergebnisse gefälscht werden", sagte Benjamin. Das würde in die Zeit passen.

Als der Schreck nachließ, lösten sich die Grüppchen auf und die Leute gingen an ihre Arbeitsplätze. Benjamin erledigte den Papierkram, den er sonst stiefmütterlich behandelte. Analoge Dokumente fand er so was von old fashioned, aber jetzt war er froh darum.

Ein Blick zur Mittagszeit aus einem der großen Fenster zeigte ein dramatisches Bild von der Situation vor dem Eingang. Ganze Horden von vierschrötigen Gestalten mit kurzgeschorenen Haaren, Springerstiefeln und dunklen Jacken standen vor dem Haus. Ihre Mienen waren finster, ihre Augen suchten nach einem Anlass für Krawall. Sporadisch wurden Hetzparolen skandiert und im Takt dazu die

Fäuste geschwungen. Ein Typ – er hatte ein Hakenkreuz auf seine Glatze tätowiert – schaute zu Benjamin hinauf. Als sich ihre Blicke trafen, zog der Typ eine Lefze hoch, öffnete seine Jacke ein Stück und deutete mit dem Zeigefinger auf den darunter verborgenen Baseballschläger.

Levittchen hatte wirklich ganze Arbeit geleistet, indem sie die GfN mit den Angriffen auf die LNG-Terminals in Verbindung gebracht hatte. Ihre dreisten Lügen und ihre Hetze waren tatsächlich auf die analoge Welt übergesprungen, die Saat des Hasses war aufgegangen. Die Leute dort unten glaubten ihr, glaubten an sie. Ihre Follower gehorchten – folgten – ihr wie brave, unmündige Kinder. Das Ergebnis war niederschmetternd.

Genau in diesem Moment bahnte sich ein Übertragungswagen des Regionalfernsehens einen Weg durch die Menge und hielt vor dem Eingang. Benjamin hoffte, dass Fernsehkameras mäßigend auf die Schläger einwirken würden. Dann wandte er sich wieder seinen Papieren zu.

Gegen halb fünf wurde Benjamin von Lärm aufgeschreckt. Seinen Teamkollegen erging es ebenso. Erst sahen sich alle an, dann sprangen sie an die Fenster. Benjamin traute seinen Augen nicht. Unten war das Chaos ausgebrochen.

ALLES LIVE UND IN FARBE

Freitag, 29. März; noch 43 Tage

Sophies Bürojob war eigentlich wie immer. Trotzdem brauchte sie heute länger, weil sie es nicht lassen konnte, das Netz wieder und wieder nach Nachrichten zu durchkämmen. Sie stellte fest, dass die Trolle immer zahlreicher, schriller und besser organisiert wurden. Oder war es Einbildung? So wie man auf der Straße mehr alte, verrostete, japanische Kleinwagen sah, wenn man selbst einen fuhr.

Um kurz nach vier stolperte sie in eine Liveübertragung des Regionalfernsehens. Eine Reporterin stand vor einem Gebäude und berichtete von tumultartigen Zuständen. Hinter ihr das verunstaltete Logo der GfN. Elektrisiert verfolgte Sophie den Bericht, der über das Kamerabild und die Geräuschkulisse hinaus nicht viel hergab. Offenbar sahen das die Fernsehmacher genauso, denn sie schalteten die Sprecherin ab und brachten einen Kameraschwenk über die Szenerie. Eine Schar mehr oder weniger glatzköpfiger Schläger in dunkler Kleidung stand einer Handvoll Polizisten gegenüber, die den Eingang zur GfN bewachten. *Nur Streifenpolizisten, wo bleibt die Bereitschaft?* Plötzlich brach Sophie der kalte Schweiß aus.

Einige Minuten später ging es los. Wie auf Kommando vermummten sich die Glatzköpfe. Steine wurden auf die Polizisten geworfen, die hinter ihrem Streifenwagen Deckung suchten. Diesem galt der erste Molotowcocktail.

Während der Wagen in Flammen aufging, wurden die Beamten mit Feuerwerkskörpern ins Kreuzfeuer genommen.

Die Kamera wechselte zurück zur Reporterin, die sich verängstigt an ihrem Mikrofon festhielt. Dann traf sie ein Faustschlag mitten ins Gesicht. Das Bild verrutschte, zeigte kurz den Himmel und wurde schwarz. Offenbar hatte es auch den Kameramann erwischt.

Sophie hatte genug gesehen. Es war nur eine Frage der Zeit, bis der Mob das Gebäude gestürmt hatte. Benjamin saß in der Falle. Sie musste ihm unbedingt zu Hilfe eilen. Es waren ja nur ein paar Kilometer zur GfN.

Sie schwang sich auf ihre uralte Möhre, mit der sie manchmal zur Arbeit radelte, und raste mit zwanzig Stundenkilometern – mehr holte sie aus der Tretmühle nicht raus – in Richtung GfN. Noch nie war ihr die Strecke so lang vorgekommen und sie verfluchte ihren Drahtesel, der sich störrisch allen Anstrengungen widersetzte. Immerhin hatte sie dadurch mehr Zeit, sich einen Plan zurechtzulegen. Praktischerweise kannte sie das Bürogebäude von der Einweihungsfeier, zu der sie als Benjamins Partnerin eingeladen worden war. Stolz hatte er sie durch das Gebäude geführt, als würde es ihm gehören.

Kurz vor dem Ziel verdichtete sich die Menschenmenge. Gaffer blockierten Straße und Bürgersteig, Flüchtende kamen mit schreckgeweiteten Augen entgegen. Kopflos waren sie alle. Sophie musste ihr ohnehin schon langsames Tempo weiter drosseln, um einen Unfall zu vermeiden. Ohnmächtige Wut kochte in ihr hoch.

Eine Kakophonie aus Geschrei und Zerstörung – so stellte sich Sophie Gefechtslärm vor – wurde lauter und lauter. In der Ferne Martinshörner. Das Firmengebäude kam in Sicht. Sie nahm nicht den Weg zum Schlachtfeld vor dem Eingang. Dank der Einweihungsfeier wusste sie genau, wohin sie sich wenden musste.

DER TORNADO
MIT DEN GRÜNEN AUGEN

Freitag, 29. März, kurz vor 17 Uhr; noch 43 Tage

Nachdem der Polizeischutz im Handstreich beseitigt worden war, war klar, dass die Eingangstür den Angreifern nicht lange standhalten würde. Benjamin und seinen Kollegen blieb nur die Flucht.

Weil der Haupteingang als Fluchtweg nicht infrage kam, nahm die Belegschaft den Weg über den Hinterausgang, den sie von Übungen zum Verhalten im Brandfall kannte. Unbehelligt gelangten sie ins Freie.

Sophies Ziel war der Hinterausgang, den sie – wenn ihre Erinnerung richtig war – als wahrscheinlichsten Fluchtweg für das GfN-Personal identifiziert hatte. Sie konnte den Ausgang und die Menschentraube davor schon sehen, als ein Angreifer in der Nähe seine Kameraden durch heftiges Winken herbeirief. Sofort flüchteten die GfN-Mitarbeiter in alle Richtungen.

Sophie entdeckte Benjamin auf der Straße, die vom Firmengelände wegführte. Er wurde von zwei Glatzen mit Baseballschlägern verfolgt. Sie hängte sich dran, trat mit voller Kraft in die Pedale.

Der Verkehr auf der Straße war zum Erliegen gekommen. Sie sah, wie Benjamin sich im Slalom zwischen den Autos hindurchschlängelte. Das ging schneller als auf dem

Bürgersteig, wo sich die Schaulustigen drängten. Schlank und mit langen, durchtrainierten Beinen ausgestattet, war er ein hervorragender Läufer und konnte den Abstand zu seinen muskelbepackten Verfolgern vergrößern.

Sie selbst kam mit ihrem schwerfälligen Fahrrad kaum zwischen den Autos durch und fürchtete, den Anschluss zu verlieren. Kurzerhand warf sie das Rad zur Seite und rannte hinterher. Der Abstand zu den Verfolgern verringerte sich.

Benjamin kam an eine T-Kreuzung, bog links ab und verschwand aus dem Blickfeld. Sein Abstand zu den Verfolgern hatte sich weiter vergrößert, dafür hatte Sophie die beiden fast eingeholt. Als Sophie die T-Kreuzung erreichte, gaben die Gebäude den Blick frei. Sie entdeckte Benjamin ein gutes Stück weiter die Straße hinunter und musste sich eingestehen, dass er sie fast abgehängt hatte. Sie forcierte das Tempo.

Plötzlich schlug Benjamin einen Haken und verschwand in einem Durchgang zwischen zwei Häusern. *Ups, was ist passiert? Warum macht er das?* Sophie entdeckte zwei weitere Angreifer, die auf der Straße entgegenkamen. An ihren schwarzen Jacken, den Schlagstöcken und dem völkischen Haarschnitt waren sie leicht zu erkennen.

Das war die Gelegenheit für die alten Verfolger aufzugeben. Der eine stützte seinen Oberkörper mit den Armen auf den Knien ab, der andere hielt sich an einem geparkten Auto fest. Beide hatten hochrote Köpfe und rissen die

Münder auf, als wären sie am Ersticken. Sophie konnte gefahrlos an ihnen vorbeirennen.

Die neuen Verfolger verschwanden in der Passage. *Möglicherweise eine Sackgasse!*, schoss es ihr durch den Kopf. Jetzt wurde es eng. Vor ihrem geistigen Auge stand Benjamin mit dem Rücken zur Wand und sah sich zwei übermächtigen Gegnern gegenüber. Sie gab voll Stoff.

Benjamin rannte in den Durchgang. Hier war er noch nie gewesen. Der Gang knickte nach links und ging in eine Arkade über. Rechts zwischen den Säulen ein Innenhof. Hektisch sah er sich um, eilte weiter. *Wo ist der Ausgang?* Er konnte keinen entdecken. Die Arkaden bogen nach rechts ab, schnell weiter. Links ein Hauseingang, er rüttelte daran – verschlossen. *Mist!* Plötzlich der Hall schneller Schritte im Durchgang. *Was tun?* In seiner Not versteckte er sich hinter einem Pfeiler, etwas Besseres fiel ihm nicht ein. Ihm war klar, dass er nur ein paar Sekunden gewonnen hatte.

Jetzt keine Schritte mehr. *Meine Verfolger müssen die Arkaden und den Innenhof erreicht haben, Abstand nur wenige Meter, wenn überhaupt.* Vorsichtig lugte er um eine Ecke der Säule, hinter der er sich versteckt hatte, und entdeckte einen Angreifer im Durchgang stehen: messerscharfer Seitenscheitel, den Baseballschläger lässig vor dem Bauch in die Ellenbeuge gelegt. Seine Aufgabe war klar, er sollte den Ausgang blockieren. *Aber wo ist der andere?* Er musste sich in der Arkade auf ihn zu bewegen, eine andere

Erklärung gab es nicht. Instinktiv trat Benjamin aus der Arkade in den Innenhof und hoffte, dass die Säulen ihm Sichtschutz boten. Ein unmögliches Unterfangen.

„Sieh mal einer an", rief ein drahtiger Typ mit Reibeisenstimme. Er stand in der Arkade und schlenderte nun auf ihn zu. „Die Ratte zeigt sich." Er ließ den Knüppel mehrmals in seine flache Hand klatschen.

Benjamin wusste nicht, wie er reagieren sollte. Er saß in der Falle. In seinem Hals hatte sich ein Kloß gebildet.

Plötzlich raste ein kreischender Tornado auf den Typen am Ausgang zu. Benjamin konnte keine Konturen erkennen. Der Wirbelsturm tanzte mit irrsinniger Geschwindigkeit um Seitenscheitel herum. Der versuchte mit plumpen Abwehrbewegungen, sich den Sturm vom Leib zu halten, doch seine Tritte und Schläge gingen ins Leere. Wie von einer unsichtbaren Faust getroffen, brach er Schrei für Schrei, Stück für Stück, in sich zusammen. *Definitiv ein schnell rotierender Wirbelsturm mit hohem Schadenspotenzial,* so die vorläufige Analyse des Ingenieurs Benjamin Neumann. Schon hatte der Tornado dem am Boden liegenden Schläger den Knüppel entrissen, dann wurde er langsamer, das Kreischen ließ nach. Konturen wurden sichtbar, smaragdgrüne Augen schälten sich heraus und richteten sich auf Benjamin. Das Naturereignis materialisierte sich zu Sophie Taff.

Reibeisenstimme sprang knüppelschwingend aus der Arkade seinem Kameraden bei. Sophie wirbelte herum. In bester Rittermanier parierte sie seinen Hieb mit ihrem

Knüppel und rammte den Griff in das freiliegende Gesicht. Dann fegte sie ihm das Standbein weg. Wie ein nasser Sack fiel Reibeisenstimme zu Boden und blieb stöhnend auf dem Rücken liegen.

Sophies Eingreifen hatte nur wenige Sekunden gedauert. Ohne es selbst zu bemerken, war Benjamin an sie herangetreten.

„Wie bist du hergekommen?", fragte er erstaunt und erleichtert zugleich.

„Erst mit dem Rad", sie japste nach Luft, „und dann zu Fuß." Der Schweiß rann ihr von der Stirn in die Augen. Mit dem Handrücken wischte sie ihn weg.

„Ja, aber ..." Weiter kam er nicht. Seitenscheitel richtete sich hinter Sophie auf und zückte ein Messer. Benjamin reagierte reflexhaft und trat dem Mann mit voller Wucht ins Gesicht. Der Schwung war so groß, dass der Messerheld mit dem Hinterkopf auf das Pflaster knallte und regungslos liegen blieb.

„Ich hab als Kind viel Fußball gespielt", sagte Benjamin.

„Das merkt man. Lass uns abhauen. Die beiden Kraftbolzen, denen du davongelaufen bist, können jeden Augenblick hier sein."

Durch den Durchgang hasteten sie auf die Straße und mischten sich unters Volk. Nur Sekunden später humpelten die beiden abgehängten Verfolger in den Durchgang.

„Dann können die wenigstens den Krankenwagen rufen", raunte Sophie.

„Ich möchte zur GfN zurück", sagte Benjamin.

„Ja, aber wir müssen vorsichtig sein.“

Zwischen Schaulustigen und Passanten bahnten sie sich den Weg zurück, den Benjamin auf seiner Flucht genommen hatte. Sie hielten einander im Arm und waren zu verstört, um etwas zu sagen. Unterwegs sammelten sie Sophies Rad ein, das jemand zur Seite gestellt hatte. Für das olle Ding interessierten sich nicht einmal die Diebe.

Das nagelneue Firmengebäude stand in Flammen. Die Feuerwehr versuchte zu löschen, wurde aber von einem wütenden Mob attackiert. Genauso erging es den Rettungskräften, die sich um die Verletzten kümmern wollten. Ein paar versprengte Polizisten versuchten, die aufgeheizte Lage unter Kontrolle zu bringen, mussten sich aber selbst schützen.

Benjamin schüttelte schockiert den Kopf und betrachtete die bürgerkriegsähnliche Szenerie mit feuchten Augen. Sophie seufzte, zog ihn an sich und strich ihm sanft über den Rücken.

„Ich will wissen, wer dahintersteckt!“, sagte er mit vor Wut bebender, heiserer Stimme.

ORDNUNG INS CHAOS

Samstag, 30. März; noch 42 Tage

„Wo ist die Polizei, wenn man sie mal braucht?" Sophie funkelte Käpsele und Alex an. Das Treffen fand diesmal in Forschs Büro statt.

„Wenn Sophie mich nicht rausgehauen hätte, läge ich jetzt im Krankenhaus!" Benjamin hatte sich in Rage geredet. „Und die Polizei sagt, dass sie nichts tun kann, weil gegen die beiden verletzten Schwachmaten nichts vorliegt? Hätte ich mich erst zusammenschlagen lassen müssen?"

„Ja, so ist es leider!" Käpsele verschenkte eine Serie von entschuldigenden Augenaufschlägen. „Ich gebe zu, die Polizei gibt in dieser Sache keine gute Figur ab."

„Ich könnte einen schönen Artikel über die Figur der Polizei schreiben", sagte Forsch. „Meine Mitarbeiterin war vor Ort. Eigentlich ideal."

„So seriös, wie Sie sich gerne geben, dürfen aber die Hintergründe nicht unerwähnt bleiben." Der Kommissar knetete die Hände.

„Hintergründe, die da wären?"

„Also, erstens fand zu der Zeit, als es zu den Angriffen auf die GfN kam, ein Fußballspiel statt. Die meisten Kollegen der Einsatzpolizei waren deswegen am Stadion und im öffentlichen Nahverkehr gebunden. Außerdem war am Marienplatz eine Schülerdemonstration zu Gange."

„Kam es bei Schülerdemos jemals zu Gewalt?", unterbrach ihn Sophie.

„Nein, ich glaube nicht", räumte Käpsele ein. „Einen möglichen Angriff auf die GfN hatten wir überhaupt nicht auf dem Schirm, nicht in dieser Größenordnung."

„Wir hatten doch darüber gesprochen", beschwerte sich Benjamin. „Ich habe noch Ihre Worte im Ohr: *Behalten Sie die Lage vor Ihren Werkstoren im Auge und zögern Sie nicht, meine Kollegen anzurufen, wenn sich etwas zusammenbraut.* Wo waren Ihre Kollegen? Damit meine ich nicht die paar armen Schweine, die vor dem Eingang überrannt wurden."

„Wie gesagt, nicht in dieser Größenordnung. Dazu muss man sich verabreden. Unsere Spezialisten haben erst gestern Abend den entsprechenden Gruppenchat gefunden. Leider zu spät."

Alex sagte: „Jedenfalls zeigt sich Levittchen zufrieden, dass sich das Volk gewehrt und die GfN zur Rechenschaft gezogen hat, wie sie es ausdrückt."

„Kann man die Schlange nicht zur Verantwortung ziehen für das, was sie anrichtet?", fragte Sophie.

„Nein, leider nicht!" Käpsele klang zerknirscht. „Für ein Ermittlungsverfahren gegen Levittchen fehlt die Grundlage. Sie ruft nie direkt zu Gewalt auf, sondern nur zwischen den Zeilen. Sobald der Shitstorm richtig Fahrt aufnimmt, hält sie sich zurück. Sie legt den Samen, für die weitere Entwicklung kann man sie nicht verantwortlich machen. Sie macht das richtig gut."

„Das gibts doch nicht!", fauchte Sophie. „Hat die Polizei ihr wenigstens ein bisschen auf den Zahn gefühlt?"

„Ha, kannst du vergessen", rief Alex und winkte ab. „Es findet keine Kontaktaufnahme statt, da offiziell nichts gegen sie vorliegt und wir befürchten müssen, dass sie dies sofort gegen uns verwenden würde."

„Levittchen ist ja nicht ihr richtiger Name", sagte Benjamin. „Was wissen wir über sie?"

„Wir haben ein paar Bilder von ihr gefunden." Käpsele zückte sein Smartphone, wischte darauf herum und legte es auf den Tisch, damit jeder es sehen konnte.

Auf mehreren Fotos zeigte sich eine brünette, schlanke junge Frau im typischen Blogger- oder Influencer Styling, stark geschminkt und in affektierter Pose. Es folgten privat aufgenommene Bilder mit einem jungen Mann an ihrer Seite und beim Joggen.

Auf einem Foto von Levittchen im Bikini am Strand entdeckte Sophie ein Tattoo auf der Schulter. „Könnten Sie das vergrößern, Herr Käpsele?"

„Einen Moment ... hier ... ah, ziemlich verpixelt."

„Was könnte das sein?", fragte Forsch.

„Sieht aus wie das Porträt einer Frau", sagte Benjamin.

„Das siehst du natürlich sofort!", entfuhr es Sophie.

Alex kicherte. „Könnte doch sein, ja, ich glaube, er hat recht."

„Eine Frau mit zwei Gesichtern, besser gesagt mit zwei Gesichtshälften", präzisierte Benjamin. „Die eine Hälfte liegt im Licht und ist gut zu erkennen, aber die andere Hälfte liegt im Dunkeln verborgen."

Jetzt sah Sophie es auch. „Stimmt. Außerdem wird der Kopf von Flügeln umrahmt. Könnte auf einen Engel hindeuten."

„Merkwürdig!" Käpsele nahm sein Smartphone wieder zu sich. „Ich habe noch ein paar Daten, viel ist es nicht. Levittchen wird 1995 als Anastasia Demagowa in St. Petersburg, Russland, geboren. Eltern Boris und Ekaterina. Anastasia siedelt 2017 nach Deutschland über. Zwei Jahre später heiratet sie den Deutschen Patrik Höhn und nennt sich fortan Anna Höhn. 2021 lassen sich die beiden scheiden. Anna behält den Namen Höhn."

„Russischer Hintergrund", sagte Forsch. „Vielleicht arbeitet sie im Auftrag des Kremls und will Chaos verbreiten. Stichwort hybride Kriegsführung."

„Dazu würde auch die Cyberattacke passen, die dem Überfall der Skinheads vorausging", sagte Benjamin.

„Das würde in der Tat gut passen, genauso wie die Anschläge auf die LNG-Terminals", sagte Käpsele. „Da sind staatliche Akteure wahrscheinlich. Oder Levittchen alias Anna Höhn ist freischaffende Überzeugungstäterin, russische Nationalistin oder alles zusammen."

„Das müssen wir unbedingt herausfinden!" Alex hatte Blut geleckt.

Käpsele sah seine Mitarbeiterin mit festem Blick an und hob den Zeigefinger. „Falsch, müssen wir nicht und werden wir auch nicht. Falls Russland oder ein anderer Staat dahintersteckt, ist das Sache des BKAs, des Staatsschutzes und der Geheimdienste. Und wenn Levittchen auf eigene

Rechnung arbeitet, können die Kollegen von Cybercrime sie beobachten. Unsere Aufgabe ist herauszufinden, wer für den Unfall verantwortlich ist. Und hier sind wir noch keinen Schritt weitergekommen."

„Gibt es schon eine Bilanz des Überfalls auf die GfN?", fragte Forsch. „Anzahl der Verletzten, Sachschäden? Und wie geht es mit dir weiter, Benjamin? Existiert die GfN noch?"

„Ja, also zum zweiten Teil deiner Frage: die Büros sind ausgebrannt. Die dort gelagerten Datenträger sind zerstört. Die Daten auf den Servern im Keller sind durch den Cyberangriff korrumpiert, also nicht mehr wirklich zu gebrauchen. Außerdem sind Daten gestohlen worden und sicher nicht in guten Händen gelandet."

„Oh Gott", entfuhr es Forsch.

„Und jetzt zu den guten Nachrichten. Wir haben ausgelagerte Back-ups vom Vortag, auf die wir schnell zugreifen können. Bis die Büroräume wiederhergestellt sind, können wir im Homeoffice damit arbeiten. Das ist nicht ideal, wir werden in Kurzarbeit gehen und haben wegen der Verletzten mit einem hohen Krankenstand zu kämpfen, aber es geht weiter."

„Apropos", sagte Käpsele. „Etwa achtzig Prozent der Angestellten hat Blessuren davongetragen, die meisten davon leicht. Aber es gibt auch mittelschwere und schwere Verletzungen. Zum Glück schwebt niemand in Lebensgefahr. Die sieben Polizisten, deren Aufgabe es war, den Eingang zu bewachen, wurden kräftig vermöbelt. Ebenso das Reporterteam. Zwei Beamte erlitten zudem Verbrennungen durch Feuerwerkskörper. Aus den Meldungen der Notaufnahmen der Krankenhäuser können wir entnehmen, dass es auch unter den Angreifern einige Leichtverletzte gegeben haben muss." Er warf einen Blick auf Sophies Hände, deren Fingerknöchel die typischen Blutergüsse und Aufschürfungen aufwiesen, wie sie bei Faustschlägen entstehen „Außerdem wurden zwei Verletzte, einer davon schwer, in einem Hinterhof gefunden."

„Ich möchte herausfinden, wer dahintersteckt", erklärte Benjamin mit einer Stimme, die keinen Widerspruch duldete. „Und ich bin in Kurzarbeit, habe also Zeit. Mein erster Schritt wird mich zum KlimaKIT führen, denn die Aktivisten haben den gleichen Feind."

„Davon kann ich nur abraten! Die Untersuchung des Autobahnunfalls ist eine Sache. Aber was Sie vorhaben, ist eine ganz andere Nummer. Überlassen Sie das den Profis!".

BENJAMINS SHOW

Dienstag, 2. April, kurz nach 19 Uhr; noch 39 Tage

Schon wieder ein Sondertreffen. Jana hatte wegen des Sturms auf die GfN darum gebeten. Sie befürchtete, dass der Funke auf das KlimaKIT überspringen könnte.

„Levittchen ist fertig mit der GfN", sagte sie. „Nach der Vernichtung der Firma wird sie sich ein neues Ziel suchen und ich möchte nicht, dass wir das sind. Wir müssen uns im Voraus – also jetzt – überlegen, wie wir das verhindern können."

„Wir lassen uns nicht verbiegen!", proklamierte Robespierre und fuchtelte theatralisch mit den Armen. Er kam Sophie vor wie ein römischer Senator. Es fehlte nur noch der Lorbeerkranz.

„Es geht nicht darum, sich zu verbiegen, sondern klug zu handeln und zu kommunizieren", erwiderte Jana.

„Ich stehe zu meiner Meinung, auch wenn es hart auf hart kommt."

„Apropos hart auf hart: Ihr habt sicher schon bemerkt, dass wir ein neues Gesicht unter uns haben!" Jana deutete auf Benjamin. „Benjamin von der GfN. Wie wäre es, wenn du dich selbst vorstellst? Und wie hast du den letzten Freitag erlebt?"

Benjamin räusperte sich. „Ja, also ich heiße Benjamin und bin Sophies Freund. Ich arbeite als Projektingenieur bei der GfN, der Genossenschaft für Nachhaltigkeit. Wie ihr alle wisst, wurden wir letzten Freitag von rechten Chaoten überfallen. In der Nacht davor fand eine Cyberattacke statt. Die Büros sind ausgebrannt, Daten wurden gestohlen, sind aber nicht verloren gegangen. Insgesamt ist der Schaden natürlich enorm." Er machte eine kurze Pause. „Trotzdem sind wir glimpflich davongekommen. Meine Kollegen und ich konnten über einen Notausgang fliehen. Obwohl wir entdeckt worden sind, hat es nur wenige Schwerverletzte gegeben, was vermutlich daran lag, dass der Mob seinen Opfern hinterherrennen musste und sich abreagiert hatte, bevor er sie verprügeln konnte. Sagt zumindest die Polizei."

„Echt jetzt, du hast mit den Bullen geredet?", fragte Robespierre.

„Natürlich."

Robespierre fasste sich an den Kopf.

„Hast du viel abgekriegt?", fragte Jana. „Man sieht dir gar nichts an."

„Ich hatte Glück und konnte fliehen." Das war die Version, die er mit Sophie abgesprochen hatte. Und es war nicht gelogen. Er ließ nur den Teil mit dem zweiten Verfolgerpärchen weg. „Jedenfalls war es eine üble Erfahrung, die ich nicht noch einmal machen möchte und niemandem wünsche."

„Da hörst du es", sagte Jana zu Robespierre.

„Wie geht es jetzt weiter für dich?" Niklas stand händchenhaltend mit Alex im Durchgang zur Küche.

„Wir arbeiten stundenweise im Homeoffice. Offiziell bin ich in Kurzarbeit. Wenn die Büroräume wiederhergestellt sind, machen wir weiter wie bisher. Wir sind angeschlagen aber nicht vernichtet, wie du es genannt hast, Jana.“

„Sorry!“

„Kein Thema. Jedenfalls habe ich gerade etwas Zeit übrig, die ich gerne mit euch verbringen würde.“

Das gab Beifall. Sophie fand, dass Benjamin seine Vorstellung überzeugend gemeistert hatte und war mächtig stolz auf ihn. Überhaupt fand sie, dass er durch die jüngsten Ereignisse entschlossener, tatkräftiger – ja, männlicher – geworden war. Er wollte die Brandstifter finden und setzte sein Vorhaben in die Tat um. Selbst Käpseles Warnung konnte ihn nicht davon abhalten. Ihr imponierte das ungemein.

Sie ließ ihren Blick über die klatschende Menge schweifen, bis er bei Volker hängen blieb. Mit hängenden Schultern und trauriger Miene starrte er zu Boden. Ihm musste endgültig klargeworden sein, dass er gegen einen wie Benjamin keine Chance hatte. Er tat ihr leid, aber sie konnte ihm nicht helfen.

„So Leute, wie können wir unsere Position verbessern, damit uns ein Schicksal wie das der GfN erspart bleibt?“, fragte Jana und holte die Leute aus der Partylaune ins Hier und Jetzt zurück. „Benjamin, neue Besen kehren gut. Hast du eine Idee?“

„Ja, vielleicht. Das Image des KlimaKITs ist derzeit nicht das beste. Das macht uns anfällig für Hass und Hetze. Eine Charmeoffensive würde uns guttun.“

„Du redest echt wie ein Politiker!“ Robespierre konnte sich nicht entblöden.

„Und du wie ein Prolet!“ Niklas, natürlich.

Sophie hatte die Schnauze voll von weiterem Streit zwischen den beiden, wobei sie in der Sache ganz klar bei Niklas war. „Ruhe!“, rief sie. „Ich habe eine Idee.“

„Lass hören“, sagte Jana.

„Wie führen ein Theaterstück auf. Straßentheater, auf dem Marienplatz oder sonst wo.“

„Wenn ich schauspielern soll, kann ich gleich Politiker werden!“, rief Robespierre.

„Du darfst sowieso nicht mitspielen!“ Sophie regte der Kerl wirklich auf. Benjamin schmunzelte.

„Ich lass mir von dir nicht ...“, brüllte Robespierre und sprang von seinem Stuhl auf. Benjamin, der hinter ihm stand, packte ihn an den Schultern und drückte ihn wieder hinunter. Sophie hob den Zeigefinger und sah Robespierre direkt in die Augen. *Denk nicht mal dran!*

Als sie sich Jana zuwandte, um ihre Idee vorzutragen, bemerkte sie deren forschenden Blick auf sich ruhen. *Mist, hoffentlich schöpft sie keinen Verdacht.*

Sophie skizziert ihre Vorstellungen und erntete spontanen Applaus. Es wurde noch gefeilt, weitere Ideen diskutiert und am Ende stand das Stück. Alle schienen zufrieden.

Sogar Robespierre hatte sich beruhigt und wollte eine wichtige Rolle übernehmen.

Im anschließenden Geplauder scharten sich die Klimaschützer um Benjamin. Weil er bei der GfN arbeitete, genoss er ein gewisses Ansehen. Bei Fragen zu seinem Privatleben blieb er nahe an der Wahrheit, aber vage. Dann lenkte er das Gespräch wieder von sich weg zur Politik im Allgemeinen.

Sophie fand seinen Auftritt authentisch und war sehr zufrieden. Nur die Ermittlungen waren ins Stocken geraten, auch wenn Alex die hautnahe Observierung einer bestimmten Person allzu wörtlich nahm. Die beiden waren schon wieder weg.

„Über Benjamins Job wissen wir schon eine ganze Menge, aber was genau machst eigentlich du?", fragte Jana. Sophie hatte gar nicht gemerkt, wie sie sich herangeschlichen hatte. Nun saßen sie etwas abseits an einem kleinen Ecktisch. Ein typisches Vieraugengespräch.

„Ich bin Bürokauffrau", antwortete Sophie. „Verwaltung, Abrechnungen, Ablage und der ganze langweilige Kram." *Wenn es geht, bei der Wahrheit bleiben.*

„Und wie heißt die Firma?"

Wurde das jetzt ein Verhör? Sie musste aufpassen. *Ich arbeite für einen Investigativjournalisten,* würde Verdacht erregen.

„Ich habe vor ein paar Jahren bei der GUL AG angefangen." Dass sie dort längst nicht mehr arbeitete, brauchte Jana nicht zu wissen.

„Bei der GUL AG, soso." Jana lächelte verschmitzt.

FOSSILE VOR GERICHT

Samstag, 6. April; noch 35 Tage

Die Zeit drängte, denn sie wollten unbedingt Levittchens Hetzkampagne zuvorkommen. Sophie hatte ihr Abendtraining am Mittwoch und Freitag und die heutige Klettertour absagen müssen, um mit dem KlimaKIT am Theaterstück zu arbeiten. Dabei hatte sie die Regie übernommen.

Es gab keine ausgefeilten Dialoge, nur grobe Vorgaben. Eine Gerichtsverhandlung als phantasievolles Improtheater. Spektakulär und authentisch sollte es sein. Auf juristische Korrektheit kam es nicht an.

Die Öffentlichkeitsarbeit hatte Jana übernommen. In Windeseile hatte sie eine Pressemitteilung verfasst, mit Redakteuren geflirtet, als Greenderella Beiträge in sozialen Netzwerken gepostet, kurzum ihr komplettes Netzwerk aktiviert. Und irgendwie hatte sie es sogar geschafft, in der Kürze der Zeit der Stadtverwaltung eine Genehmigung zur Aufführung aus dem Kreuz zu leiern. Sophie bewunderte sie dafür.

Sie trafen sich mittags um eins an der Feldherrnhalle. Das geschichtsträchtige Gebäude bot die ideale Kulisse für das geplante Gerichtsdrama. Letzte Vorbereitungen wurden getroffen, Stühle auf die Bühne gestellt, die Oberbekleidung gewechselt, kleine Missgeschicke ausgebügelt. Hektik und Nervosität überall. Auch Sophie konnte sich nicht davon freimachen, obwohl sie nicht selbst auf der Bühne stehen würde. Alex, nur für Hilfsarbeiten im Hintergrund eingeteilt, fieberte mit Niklas. Für Sophie wirkten Jana und Benjamin am souveränsten.

Schon eine Viertelstunde vor Beginn der Veranstaltung blieben Leute stehen und verfolgten die letzten Vorbereitungen auf der improvisierten Bühne, die nur aus einigen Tischen und Stühlen bestand. Sophie konnte Käpsele und Forsch unter den Zuschauern ausmachen. Einige filmten mit ihren Smartphones. Die Pressevertreter stießen hinzu. Janas Marketing war wirklich effektiv gewesen.

Um Punkt 14 Uhr betraten die Schauspieler die Bühne. Robespierre hatte sich einen dunklen Poncho übergeworfen, der eine Richterrobe darstellen sollte, und eröffnete die Gerichtsverhandlung.

„Hiermit eröffne ich die Verhandlung: das Volk gegen die fossile Wirtschaft. Die Anklage hat das Wort."

Staatsanwältin Jana trat vor. Raumgreifend stand sie im Zentrum der Bühne und begann mit tragender, fester Stimme zu sprechen. „Den Angeklagten wird vorgeworfen, breite Bevölkerungsschichten um ihren Wohlstand, ihre Gesundheit und ihr Leben gebracht zu haben. Des Weiteren wird ihnen vorgeworfen, die lebenswerte Zukunft und das Leben breiter Bevölkerungsschichten zu gefährden. Dies alles geschah und geschieht grob fahrlässig und aus niederen Beweggründen, die da wären: kurzfristiges Gewinnstreben auf Kosten anderer und Streben nach Anerkennung und Macht."

Das Publikum spendete spontanen Szenenapplaus. An einem Tisch auf der Seite saßen wie versteinert die fossilen

Angeklagten, gespielt von Niklas und Volker, in sich zusammengesunken und mit schuldbewusster Miene. Daneben, lässig zurückgelehnt, ihr Verteidiger Benjamin. Als er an der Reihe war, stand er auf und rief: „Die Verteidigung plädiert auf nicht schuldig."

Es folgte die Beweisaufnahme. Die Staatsanwaltschaft präsentierte Medienberichte von Stürmen, Dürren und Flutkatastrophen, deren vermehrtes Auftreten dem Klimawandel zugeschrieben wurde. Dazu wurde auf wissenschaftliche Statistiken verwiesen.

Die Verteidigung vertrat die Ansicht, dass der Wissenschaft generell nicht zu trauen sei. Außerdem sei eine Statistik nicht gerichtsverwertbar, weil von einer Statistik nie auf den Einzelfall geschlossen werden könne. Aber gerade auf den Einzelfall käme es vor Gericht eben an.

Im Publikum kam Unruhe auf, Buhrufe ertönten.

„Ruhe, oder ich lasse den Platz räumen!", rief Robespierre als Richter und erntete allgemeines Gelächter.

Es lief richtig gut und Sophie jubelte innerlich. Anklage und Verteidigung lieferten sich ein spannendes Wortgefecht. Zurufe aus dem Publikum wurden aufgegriffen und in die Argumentation eingeflochten.

Im Plädoyer forderte die Anklage für die verantwortlichen Manager 15 Jahre Haft auf Bewährung und 3 Monate Sozialarbeit. Sollte in den nächsten drei Jahren der Ausstoß von Treibhausgasen nicht mindestens halbiert werden, müssten die Vertreter der fossilen Wirtschaft ihre Strafe absitzen. Benjamin als Verteidiger forderte Freispruch aus Mangel an Beweisen.

Nun war es an Robespierre, das Urteil zu verkünden. Er erhob sich von seinem Stuhl. Staatsanwältin Jana, Verteidiger Benjamin und die beiden Angeklagten standen ebenfalls auf. Im Publikum herrschte gespannte Ruhe. Es war ausgemacht, dass er dem Antrag der Staatsanwältin folgen würde.

„Im Namen des Volkes ergeht folgendes Urteil!" Er machte eine bedeutungsschwangere Pause. „Die Angeklagten werden zum Tod durch den Strang verurteilt."

Sophie schlug die Hände vors Gesicht. *Mein Gott, was tut er da!*

„Zur Urteilsbegründung: Auf Grund der Schwere der Schuld ..." Weiter kam Robespierre nicht, denn das Publikum schrie entsetzt auf. Viele zeigten den Vogel und winkten ab. Die Menge zerstreute sich in Windeseile. Zuletzt verließen auch die Vertreter der Presse, die alles dokumentiert hatten, den Platz. Ihr Bericht würde nicht lange auf sich warten lassen.

Sophie stürmte auf Robespierre zu, der verbal heftig von Jana, Alex, Niklas und Benjamin attackiert wurde. Zwar konnte sie nichts verstehen, aber die Körpersprache war eindeutig. Sie erreichte die Gruppe.

„Du bist ein solcher Idiot", schrie Niklas mit hochrotem Kopf. Wild und hilflos zugleich fuchtelte er mit den Armen. Robespierre hielt sich den Bauch vor Lachen.

Sophie platzte der Kragen. „Bist du von allen guten Geistern verlassen? Was sollte das jetzt?"

„Ich habe nur improvisiert. Hast du ausdrücklich erlaubt." Wieder lachte er.

„Das war anders abgesprochen! Und mit Improvisation war das Aufnehmen von Impulsen aus dem Publikum gemeint. So wie es Jana und Benjamin gemacht haben!"

Abrupt drehte sich Robespierre zu ihr um. Sein Lachen war unverhohlener Aggression gewichen. Mit funkelnden Augen starrte er sie an und zeigte mit dem Finger auf sie. „Ich hab dir schon mal klar gemacht, dass ich mir von dir nichts sagen lasse", zischte er. „Gar nichts! Du musst noch viel lernen, Sophie!"

Sie musste sich wirklich beherrschen, ihm nicht in die Eier zu treten. Schließlich durfte so was wie er sich nicht vermehren. *Gewalt ist keine Lösung,* ermahnte sie sich.

Unvermittelt überkam ihn eine Lachattacke.

Er ist krank, erkannte Sophie. *Irgendwas stimmt mit ihm nicht.*

Als sie sich abwandte, sah sie Volker noch immer auf dem Stuhl des Angeklagten sitzen. Hier, im Abseits, brütete er vor sich hin. Machtlosigkeit und Resignation überkamen sie. Nach ein paar Sekunden bemerkte er sie und sah auf. Sophie zuckte mit den Schultern, hob die Arme und ließ sie wieder fallen. Dabei schüttelte sie den Kopf. Er lächelte traurig in stummem Einvernehmen.

Jemand kam von hinten und legte den Arm um sie, Benjamin. „Na du, da kannste nichts machen."

„Lass uns gehen. Ich kann keine Klimaaktivisten mehr sehen. Ich kann ihn nicht mehr sehen, ihn einfach nicht länger ertragen. Die müssen den Spinner irgendwie loswerden. So wie es gerade läuft, mag ich nicht mehr.“

DRESSCODE

Montag, 8. April, kurz nach 11 Uhr; noch 33 Tage

„Klaus hat angeordnet, Robespierre auf den Zahn zu fühlen." Mit dieser Nachricht platzte Alex in Sophies Büro.

„Heißt was?", fragte Sophie.

„Observierung!"

„Oh! Wir beide?"

„Yep! Ab sofort, wenn es geht."

„Äh!"

„Ja, das kommt jetzt etwas plötzlich. Aber so wie es bisher gelaufen ist, kommen wir nicht weiter!"

„Ist mir auch schon aufgefallen."

„Zuerst müssen wir dich neu einkleiden."

„Soll heißen?"

„Wir gehen shoppen."

„Klingt gut. Der Auftrag gefällt mir schon jetzt!"

„Ich muss einen Blick in deinen Kleiderschrank werfen, um zu sehen, was du brauchst."

„Ist das Vorschrift?"

„Nur, wenn du von staatlichen Zuschüssen profitieren willst."

„Ach so, dann schau ruhig. Du wirst sehen, dass ich fast nichts zum Anziehen habe."

Sophie informierte Forsch über die neueste Entwicklung. Eine Viertelstunde später waren sie in ihrer Wohnung. Alex warf einen Blick in den übervollen Kleiderschrank und machte sich Notizen. Dann war der Schuhschrank dran.

„Ts, ts, ts! Tut mir leid, Sophie, aber du wirst mit deinem Schuhpark auskommen müssen. Da geht nichts."

Sophie brummte missmutig. Auf Schuhe wäre sie am meisten scharf gewesen.

„Auch Sportklamotten sind reichlich vorhanden", fuhr Alex zu Sophies Bedauern fort. „Ebenso richtig schicke Sachen. Aber was Tussiges könntest du gebrauchen."

„Kann ich nicht!"

„Doch! Wenn du dich als Flittchen verkleiden musst."

„Als WAS? Als Flittchen gehe ich nicht! Kommt gar nicht infrage!" Sophie merkte selbst, dass ihre Stimme einen schnippischen Unterton angenommen hatte.

„Oh, da habe ich wohl einen Knopf gedrückt!" Alex grinste.

Sophie ärgerte sich, insbesondere, weil Alex recht hatte. *Warum will mich alle Welt als Flittchen sehen?* Das ging seit Jahren so.

„Schmuck?"

„Hier, sieh selbst!" Sophie und reichte ihr die kleine Schatulle.

Alex öffnete sie. „Nicht viel, aber alles dabei, von Modeschmuck bis zu echten Sachen. Sagt viel über deine Bio."

Es ließ sich nicht leugnen, Sophies beste Freundin war Polizistin. Das hätte sie sich vor zehn Jahren nicht träumen lassen. Damals, als sie klaute und fast auf die schiefe Bahn geraten wäre, wie viele ihrer Mitschüler. Das war das Risiko, wenn man in einem Scherbenviertel aufwuchs.

„Was ist mit Perücken?", fragte Alex und holte sie in die Gegenwart zurück.

„Perücken hab ich nicht."

„Hab ich mir schon gedacht. Dann müssen wir mit dem auskommen, was wir im Lager haben."

Alex schleppte Sophie in einen Billigladen für Billigklamotten. Ultra Fast Fashion, wohin man blickte.

„Nachhaltig ist das Zeug aber nicht!", maulte Sophie.

„Sicher nicht, da musst du über deinen Schatten springen." Alex' Augen blitzten und ein süffisantes Lächeln umspielte ihre Mundwinkel.

„Ich bin doch keine dreizehn mehr!" Sophie sah sich vor ihrem geistigen Auge in dem Fummel und schämte sich schon jetzt.

„Aber du wirst dich so zurechtmachen. Ich habe Schminke für drei gekauft."

„Warum ich und nicht du?"

„Du bist ein Jahr jünger und zierlicher als ich. Du gehst viel eher als Teenie durch."

„Aber ..."

„Schluss jetzt! Das hier ist ein Einsatz. Ich bin die Leiterin und du bist meine Assistentin. Schon vergessen?"

Sophie fügte sich in ihr Schicksal. Sie hatte sich die Shoppingtour ganz anders vorgestellt.

Anschließend fuhren sie ins Präsidium. Dort nahmen sie den Einsatzwagen in Empfang. Der VW-Bus hatte ordentlich Stauraum und konnte als Umkleidekabine genutzt werden.

„Das Navi ist speziell auf Observierungsaktionen angepasst worden", erklärte Alex. „Hier, der blinkende Punkt, ist Robespierres Handy, das wir hochgenau lokalisieren können. Dafür werden mehrere Ortungsverfahren parallel genutzt und miteinander verrechnet. Man kann nun diesen Punkt als Ziel ins Navigationssystem eingeben. Sehr praktisch bei einem sich bewegenden Ziel, denn die Route wird automatisch nachgeführt."

„Genial! Aber was ist in einem Funkloch oder wenn er in die U-Bahn steigt? Oder sich im Café mit jemandem trifft?"

„Dann werden wir gefordert. Eine fährt das Auto, die andere übernimmt zu Fuß. Ab und zu wechseln wir uns ab, damit es nicht auffällt. Umziehen zwischendurch. Und natürlich halten wir Funkkontakt."

„Wow! Endlich tut sich mal was."

„Die Polizei ist eine Behörde", erklärte Alex. „Da darf die Bürokratie nicht zu kurz kommen. Du musst noch ein paar Formulare ausfüllen und eine Belehrung über dich ergehen lassen, damit du mitmachen und zivile Einsatzfahrzeuge fahren darfst."

Es war bereits später Nachmittag, als sie endlich fertig waren.

„Dank der Handyortung wissen wir, dass Robespierre nicht vor zehn außer Haus geht“, sagte Alex. „Ich hole dich morgen also punkt acht von zu Hause ab. Du stehst mit deinen Utensilien wie besprochen bereit. Alles klar?“

„Alles klar!“

„Dann bis morgen!“

AUF STANDBY

Dienstag, 9. April, ca. 11:30 Uhr, noch 32 Tage

Seit einer Stunde warteten sie nun schon in ihrem VW-Bus und beobachteten abwechselnd den blinkenden Punkt im Navigationssystem und den Hauseingang in der analogen Welt. Jedes Mal, wenn sich die Tür öffnete und einer der Bewohner das Haus verließ, schreckten sie auf, um sich gleich darauf wieder zu entspannen, denn Robespierre ließ sich nicht blicken.

Sophie war für die erste Schicht der Fußobservierung eingeteilt. Passend zu Robespierres Wohngegend sollte sie das Klischee einer frühreifen, geschmacksverirrten Jugendlichen aus einfachen Verhältnissen bedienen und hatte sich dementsprechend herausgeputzt.

Sie trug ein helles, verwaschenes, bauchfreies T-Shirt – mit einem Bauchnabelpiercing konnte sie nicht dienen –, eine ganz sicher nicht atmungsaktive dunkle Trainingsjacke, sowie eine miserabel verarbeitete Jeans im Destroyed-Look, alles aus dem Billigladen. Außerdem war sie wie ein Weihnachtsbaum mit Glitzer behängt und hatte ein Parfümbad genommen.

Um ihre auffälligen smaragdgrünen Augen zu kaschieren, hatte sie sich auf die Schnelle noch farbige Kontaktlinsen besorgt. Jetzt waren die Augen von einem hellen blau, herrlich unpassend zu den fliederfarbenen Strähnchen in ihrer blonden Perücke und zur Farbenpracht im Gesicht.

„Robespierre ist nicht ganz richtig im Kopf", sagte Sophie. „Das hat man bei unserem Theaterstück gesehen."

„Ich habe mit meinem Chef darüber gesprochen. Klaus meint, Robespierre hat mit Klimaschutz so viel am Hut wie Ronald Tumb oder die OPEC. Und ich glaube das inzwischen auch."

„Warum ist er dann beim KlimaKIT?"

„Weil er denkt, dass er da Randale machen kann. Robespierre ist Anarchist, Sophie. Er lehnt sämtliche Regeln und Absprachen ab. Das Todesurteil, das er gefällt hat, war nur das Sahnehäubchen. Mit Klimaschutz ist so eine Haltung unvereinbar."

„War er zuvor in anderen Gruppen aktiv? Im Dossier stand etwas von Vorstrafen wegen Sachbeschädigung, Ladendiebstahl und Körperverletzung, aber nichts Großes."

„Er ist ein Hitzkopf und scheint wenig mit sich anfangen zu können. Fünf Studiengänge in elf Semestern. Wir wissen eigentlich nicht, was er so treibt. Noch nicht."

„Könnte er der Hauptverantwortliche für den Unfall sein, bei dem die Familie starb?"

„Genau um das herauszufinden, sind wir hier. Aus Niklas ist ja nichts herauszukriegen."

„Oh je! Was ist passiert?"

„Eigentlich nichts. Wir haben uns sehr lieb. Trotzdem weiß ich nicht, ob unsere Beziehung eine Zukunft hat." Alex sah auf die Uhr. „Schon nach zwölf."

„Observierungen habe ich mir spannender vorgestellt."

„Das sind sie nur im Fernsehen. In der Realität bestehen sie hauptsächlich aus Warten. In der kurzen Zeit dazwischen aus Hektik und Stress. Du wirst schon sehen.“

Sophie griff nach einer Banane.

„Mit Niklas und mir ist es genau so, wie du es prophezeit hast. Wir sind nicht offen und ehrlich miteinander, sondern machen uns was vor. Das ist Gift für jede Beziehung.“

Sophie schwieg und wartete auf das, was noch kommen würde.

„Entsprechend meiner Coverstory spiele ich ihm eine Justizangestellte vor. Manchmal sage ich Sätze wie: *Ich finde, jeder muss zu seinen Taten stehen und Verantwortung übernehmen.* Damit klopfe ich auf den Busch. Er wird dann ganz still.“

„Hm, schwierig.“

„Sehr. Vor allem meine ich das mit der Übernahme der Verantwortung wirklich so, wie ich gesagt habe. Ich könnte damit leben und ihn lieben, wenn er sagen würde: *Ja, wir haben Mist gebaut und ich nehme meinen Teil der Schuld auf mich.* Dieses Schweigen jedoch, das macht mich fertig.“

„Aber wenn er sein Schweigen bricht, wird er zum Verräter. Er steckt in der Klemme.“

„Ja, sicher.“

„Und du auch. Wenn du ehrlich bist und ihm gestehst, dass du Polizistin bist, fühlt er sich hintergangen und benutzt. Außerdem begehst du eine üble Pflichtverletzung. Dasselbe gilt, wenn du weitermachst wie bisher.“

„Ja, das geht gar nicht! Ich bin ein bisschen auf Abstand zu ihm gegangen, Überstunden und so.“

Sophie dachte darüber nach, was Alex gesagt hatte. Über Levittchen und Robespierre, über Politik. Lug und Trug allenthalben, alles eine riesige Show. Und sie selbst, als ein Teil davon, gab sich im KlimaKIT als jemand anderes aus.

Die Haustür öffnete sich und Robespierre trat heraus.

TÄUSCHEN, TRICKSEN, TARNEN

Dienstag, 9. April, ca. 13 Uhr; noch 32 Tage

„Achtung, los gehts!", rief Alex. „Kaugummi!"

„Ich mag nicht!"

„Quatsch nicht! Pfefferminz oder Zitrone?" Alex hielt ihr zwei Packungen hin. Sie wählte Zitrone.

„Raus mit dir!", befahl Alex.

Sophie öffnete die Tür und sprang vom Beifahrersitz auf den Bürgersteig. Der Wagen gab ihr Sichtschutz. Dann spazierte sie Robespierre hinterher. Er benutzte den rechten Bürgersteig, sie den linken. So lag die Straße mit den parkenden Autos zwischen ihnen.

In ihrer löchrigen, ausgefransten Tasche, die sie schon wegschmeißen wollte, befand sich das nagelneue Funkgerät, das über Bluetooth an das mit Manga-Aufklebern verunstaltete Earset gekoppelt war.

Robespierre bog rechts ab.

„Zielperson ist rechts abgebogen und steuert geradewegs die Bushaltestelle an", gab Sophie durch.

„Verstanden, bleib dran!" Alex' Stimme war glasklar zu hören, nur ein Vorteil des Digitalfunksystems. Ein anderer war, dass Alex sie exakt orten konnte. Zusammen mit dem Ortungssignal von Robespierres Handy wurde eine effektive Koordinierung möglich. So hatte man es Sophie gestern im Präsidium angepriesen. Und dann hinzugefügt, dass das System noch im Aufbau sei. Sie hatte übersetzt: *Es ist noch nicht fertig.*

Inzwischen hatte auch Sophie die Bushaltestelle erreicht und stellte sich schräg hinter Robespierre. Zwischen ihnen stand eine Gruppe Jugendlicher, die ihr Sichtschutz boten. Sie stand etwa fünf Meter von Robespierre entfernt. Im Bus würden sie sich vielleicht direkt begegnen. *Hoffentlich erkennt er mich nicht!* Sie musste es auf sich zukommen lassen wie einen unangenehmen Termin. Nervös hüpfte sie von einem Bein aufs andere. *Hör auf damit, sonst erregst du noch seine Aufmerksamkeit!* Sie zwang sich stillzustehen.

„Hi", flöteten drei Teenagermädchen wie aus einem Mund und winkten Sophie zu. Sie lächelte zurück, spielte die Schüchterne. Die Verkleidung schien einigermaßen zu funktionieren. Das beruhigte sie ein wenig.

Ein etwa Siebzehnjähriger trat an sie heran. Er war hochgeschossen und erinnerte sie an die Dealer aus der Gegend, in der sie aufgewachsen war.

„Hey, ich hab dich hier noch nie gesehen und du wärst mir bestimmt aufgefallen, ich schwöre", sagte er grinsend. Seine Augen konnte man aufgrund der verspiegelten Sonnenbrille nicht sehen. „Auf welche Schule gehst du?"

Okay, die Tarnung klappt wirklich perfekt! Aber sie hatte keine Ahnung, wie die Schulen hier hießen und musste den Typen schnell und unauffällig entsorgen.

„Ey, ich find' dich echt mega cute, aber wallah, ich hab seit 'ner Woche 'nen festen Boyfriend und bin voll happy. Sorry, Bro." Sie versuchte sich an einem hormongesteuerten, dümmlichen Grinsen. *Oh Gott, ist das peinlich.*

Zum Glück kam in diesem Moment der Bus. Aber war es auch der Richtige? Sophie reihte sich hinten ein, um zu sehen, ob Robespierre einsteigen würde. Er nahm die hintere Tür.

Sophie stieg vorne ein und kaufte beim Fahrer ein Ticket. Alle Sitzplätze waren belegt. Von ihrem Stehplatz aus konnte sie sein Spiegelbild in einem der Fenster unauffällig im Blick behalten. Robespierre schaute permanent aus dem Fenster und wippte mit dem Fuß.

„Bin im Bus Nr. 173 zum Petuelring, Situation normal, er wirkt etwas angespannt.“ Man hatte ihr eingeschärft, keine Namen zu nennen und leise zu sprechen, wenn fremde Ohren in der Nähe waren.

„Ich habe alles mitgehört, auch das mit den Jugendlichen“, antwortete Alex. „Du machst das super! Ich folge jetzt dem Bus in großem Abstand.“

„Möchtest du dich setzen?“, fragte der Siebzehnjährige von der Haltestelle und machte Anstalten aufzustehen. So einfach hatte sich ihr neuester Fan doch nicht abschütteln lassen.

„Nein, danke“, antwortete sie. Sie streckte die Nase himmelwärts und wandte sich demonstrativ ab.

„Blöde Bitsch!“, grummelte er.

War ja klar!

Dann schien er zu telefonieren: „Digga, du glaubst gar nich’, was für ’n Megaflittchen gerade auf mich losgegangen is’!“

Ruhig bleiben, kontrolliert atmen! Nimm's nicht persönlich, du spielst hier nur eine Rolle und es liegt an der Verkleidung, wenn er dich mit dem bösen F-Wort belegt!

Um nicht weiter zuhören zu müssen, ging sie ein kleines Stück nach hinten. Kurz darauf erreichten sie das Olympiazentrum und Robespierre stieg aus. Sophie folgte ihm mit Abstand ins Olympische Dorf.

„Ich schau mal, wo ich hier parken kann", funkte Alex.

„Könnte schwierig werden. Die Connollystraße ist ja mehr eine Fußgängerzone."

„Kein Problem, ich bin die Polizei."

„Jetzt betritt er das Bistro Olyander. Ich spicke mal durchs Fenster ... scheint eine Studentenkneipe zu sein. Wenn ich da reingehe, falle ich auf wie ein bunter Hund."

„Bleib drauthen, wir tauschen."

Sophie stutzte. *Seit wann lispelt Alex?* „Wo bist du?"

„Schau mal nach linkth!"

Eine stämmige, rothaarige Studentin mit unvorteilhaft karierter Latzhose kam auf Sophie zu. Über der Schulter trug sie eine große Tasche, die mit Büchern vollgestopft war, sodass der Deckel nicht mehr richtig schloss. Sie trug eine auffällige Hornbrille und grinste Sophie mit riesigen, schlechten Zähnen an. Außerdem hatte sie Hautprobleme.

„Thietht du den Wagen da unten?", fragte sie mit feuchter Aussprache.

„Die Zähne hättest du nicht in XXL nehmen sollen, Alex."

„Jetht itht eth tthu thpät!"

„Bis später!" Sophie trollte sich zum VW-Bus.

Kurz darauf meldete sich das Funkgerät. „Er itht hier tthu Mittag. Mit meinen Tthänen kann ich nur einen Tee trinken."

„Alles klar, ich zieh mich in der Zwischenzeit um."

Sophie takelte sich ab, kratzte sich die Schminke aus dem Gesicht und entfernte mit einem feuchten Waschlappen das aufdringliche Aroma des Billigparfums für Backfische. Gerade als sie, nur mit Unterwäsche bekleidet, in ihre neue Rolle schlüpfen wollte, meldete sich Alex über Funk.

„Ich bin rauth auth dem Laden, nachdem er mich gethehen hat. Jettht thitthe ich drauthen auf einer Bank und habe den Eingang im Blick. Noch itht er drin, aber du mutht mich ablöthen, wenn er rauthkommt."

„Ich brauche noch ein bisschen!"

„Bether du beeiltht dich, denn wir withen nicht, wieviel Ttheit wir haben."

Diese Drängelei konnte Sophie nicht ausstehen. Und was hieß *nachdem er mich gesehen hat*? Erkannt hatte er Alex wohl nicht, sonst würde sich die Situation anders darstellen. *Cool bleiben*, ermahnte sie sich.

Am Ende ging es doch schneller als gedacht. Gekleidet in ein Businesskostüm, mit blonder Perücke, einer zentimeterdicken Schicht Make-up, Lipgloss und Perlenohrsteckern stieg Sophie aus dem VW-Bus. Das Funkgerät war in die superelegante Lederhandtasche von Chanel gewandert. Oben ragte die neueste Ausgabe der Capital heraus. Ihre farbigen Kontaktlinsen hatte sie behalten für den Fall, dass sie die Gucci-Sonnenbrille abnehmen musste. Auf die High Heels hatte sie verzichtet, obwohl die besser zum Businessoutfit gepasst hätten. Aber Beweglichkeit und geräuscharmes Gehen hatten klar für die Slipper gesprochen.

Sophie war noch etwa fünfzig Meter vom Eingang des Olyander entfernt, als Robespierre herauskam und schnellen Schrittes den Weg zur U-Bahn einschlug. Sie nahm die Verfolgung in den Untergrund auf, während Alex zum Einsatzfahrzeug zurückkehrte, um sich auf ihre neue Rolle vorzubereiten und hinterherzufahren.

„Er nimmt den Zug zum Marienplatz", gab Sophie durch, als sie kurz nach Robespierre durch eine der Nachbartüren einstieg. Keine Antwort. „Hallo, Alex?" Doch die Polizistin blieb stumm.

Sophie kramte in ihrer edlen Handtasche und warf einen verstohlenen Blick auf das Digitalfunkgerät. Die Empfangsanzeige stand auf null. *Das System befindet sich derzeit im Aufbau.* Diese Worte aus der Einweisung hallten in ihr nach. Und ihre Übersetzung: *Es ist noch nicht fertig.*

Zeit für Plan B. Sophie koppelte ihr Smartphone mit dem Earset und wählte Alex' Nummer. Sofort wurde abgenommen.

„Ich habe es gerade gesehen. Du bist im Untergrund, oder?" Ohne ihr schreckliches Gebiss war Alex deutlich zu verstehen.

„Ja", antwortete Sophie. „Er sitzt im Zug zum Marienplatz. Wir fahren gerade in den Scheidplatz ein."

„Verstanden! Ich bin auf dem Weg in die Innenstadt."

Am Scheidplatz stiegen an Sophies und Robespierres Tür jeweils ein Fahrkartenkontrolleur und ein Wachmann ein. Nach Aufforderung zeigte Sophie ihr Ticket und beobachtete aus den Augenwinkeln, wie Robespierre sich unauffällig Richtung Wagenmitte in Bewegung setzte. *Der hat keinen Fahrschein!* Als der Zug in den nächsten Bahnhof einfuhr, stand Robespierre in der Wagenmitte, eingeklemmt zwischen den Kontrolleuren.

Als sich die Türen öffneten, schob er einen Kontrolleur mit der Schulter entschlossen zur Seite und kam direkt auf Sophie zu. Sie hielt den Atem an. *Hoffentlich funktioniert die Verkleidung.* Er stieß sie grob zur Seite und wollte auf den Bahnsteig entwischen, doch der Wachmann hielt ihn entschlossen fest. Robespierre versuchte, sich loszureißen und es kam zu einer Rangelei. Sophie brachte sich in Sicherheit und beobachtete mit den anderen Fahrgästen die Szene. Der zweite Wachmann und die Kontrolleure eilten hinzu und nahmen Robespierre in die Zange.

„Ich möchte hier aussteigen!“, rief er. „Sie müssen mich rauslassen!“

Die Gruppe stieg aus. Sophie sprang hinterher und versteckte sich hinter einer der Säulen auf dem Bahnsteig.

„Kritische Situation, Alex! Er ist beim Schwarzfahren erwischt worden und macht ein Affentheater.“

„Ich bin Fahrgast und habe Rechte!“, protestierte er wie zur Bestätigung. „Was Sie hier machen ist Freiheitsberaubung!“

„Deine Position?“, fragte Alex.

„Bonner Platz, auf dem Bahnsteig. Eine Säule gibt mir Sichtschutz. Zielperson diskutiert mit den Offiziellen. Das Problem ist, dass er mich fast umgerannt hat. Ich habe die Befürchtung, dass er mich wiedererkennt und misstrauisch wird, wenn ich ihm weiter folge."

„Hier ist eine Baustelle und ich stecke trotz Blaulicht im Stau. Ich kann dich jetzt nicht ablösen. Vielleicht kannst du dein Aussehen verändern und ihm mit größerem Abstand folgen."

„Ich versuch's!"

Sophie nahm ihre Sonnenbrille ab und zog die Jacke ihres dunkelblauen Businesskostüms aus, drehte sie auf links und zog sie wieder an. Dass sie die Jacke auf links trug, sollte nicht auffallen, schon gar nicht auf die Entfernung. Zuletzt fasste sie die Haare zu einem Pferdeschwanz zusammen und hoffte, dass die Veränderungen reichen würden. Vielleicht hatte er in dem Durcheinander auch nicht so genau auf seine Umgebung geachtet.

Gerade als Robespierre ein *erhöhtes Beförderungsentgelt entrichtet* hatte, wie es im Amtsdeutsch hieß, fuhr der nächste Zug ein. Sophie stieg ein gutes Stück von Robespierre entfernt ein. Im Waggon konnte sie ihn gerade noch zwischen den anderen Fahrgästen ausmachen.

„Wir sind wieder unterwegs zum Marienplatz", gab sie durch.

„Vielleicht bin ich gerade über euch. Ich fahre nämlich auf der Leopoldstraße stadteinwärts."

„Perfekt!"

„Wir sind gerade an der Giselastraße ausgestiegen“, funkte Sophie nach ein paar Minuten. „Zum Glück sind eine Menge Studenten unterwegs. In meinem Outfit könnte ich als BWLerin durchgehen.“

„Ich bin an der Münchner Freiheit. Halte mich auf dem Laufenden.“

„Wir nehmen den Ausgang Giselastraße. Vielleicht will er in den Englischen Garten.“

„Ich habe eure Peilung wieder. Schalte auf Digitalfunk.“

Richtig, wir sind wieder an der Oberfläche. In großzügigem Abstand folgte Sophie Robespierre durch die Giselastraße. Wie schon zu Beginn der Observierung, nutzte sie den Gehsteig auf der anderen Seite und hatte so die geparkten Autos – meist neuere Modelle deutscher Premiumhersteller – als Deckung. Gepflegte Altbauten ergänzten das Bild von den Vermögensverhältnissen der Anwohner.

Die Giselastraße mündete in die Königinstraße. Robespierre bog rechts ab. Als Sophie an der Stelle war, kam wie aus dem Nichts eine muslimische Frau im traditionellen Tschador und sagte: „Ablösung!“

Sophie war perplex. Mit schwarzem Kopftuch und eingehüllt in einen weiten schwarzen Umhang, war Alex nicht zu erkennen. Sie schleppte eine riesige Billigtasche mit sich herum.

„Unser Auto steht links“, hörte Sophie die Stimme ihrer Freundin aus dem Earset. Sie ging die wenigen Schritte, stieg ein und verfolgte die blinkenden Punkte für Alex und Robespierre im Navi. Sie bewegten sich in den Englischen

Garten. Eine unauffällige Verfolgung mit dem Auto war dort nicht möglich.

„Zieh dich um, Sophie", kam prompt die Anweisung, „du wirst Mutter."

DIE MUTTER ALLER SPIONINNEN

Dienstag, 9. April, ca. 16 Uhr; noch 32 Tage

„Alles klar!" Auf diese Rolle hatte sie gehofft. Nachdem aus der Businessfrau wieder eine Sophie Taff in Unterwäsche geworden war, schnallte sie sich die Latexpolster für Busen, Bauch und Po um, wodurch sie optisch fünfzehn Kilo zulegte. Darüber eine bequeme, praktische Hose und ein Schlabberpulli mit original Milchflecken. Auf eine Jacke konnte sie wegen der Polster verzichten. Eine riesige, unförmige Tasche für Milchfläschchen & Co, das obligatorische Spucktuch sowie eine Perücke mit roten, strähnigen Haaren rundeten ihre Erscheinung ab.

Und nun das Sahnehäubchen: Der James-Bond-Kinderwagen. Darin lag die täuschend echt aussehende Babypuppe, herausnehmbar und über Bluetooth mit dem Wagen verbunden. Man konnte sie auf Knopfdruck schreien, glucksen, lachen oder pupsen lassen. Geruchspatronen sorgten für den olfaktorischen Hintergrund.

Die Bedienknöpfe waren in den Schiebegriff des Kinderwagens integriert. Dort befand sich auch die Steuerung für das versteckte Mikrofon und für die Kameras, deren Objektive, als Glasschmuck getarnt, vorne und an den Seiten angebracht waren.

„Bin unterwegs", gab Mama Sophie durch, als sie den VW-Bus abschloss.

„Folge der Ausschilderung zum Chinesischen Turm!"

Kaum hatte Sophie den Englischen Garten betreten, kam die Anweisung: „Halte dich rechts Richtung Monopteros."

Sophies Weg führte zunächst durch alten, hohen Baumbestand. Dann öffnete sich der Blick und sie konnte von Weitem das auf einem kleinen Hügel thronende Monument erkennen, das wie eine Kreuzung aus griechischem Tempel und Pavillon aussah.

Als sie sich dem Bauwerk näherte, konnte sie einzelne Personen ausmachen, die auf den Steintreppen saßen und die Aussicht genossen. Auf der Wiese davor hatte eine Frau im Tschador ihre Decke ausgebreitet und blickte in die Runde.

„Er sitzt oben auf den Stufen, aber ich habe das Gefühl, das bleibt nicht so. Kannst du ihn schon sehen, Sophie?"

„Ja, habe ihn schon erkannt!"

„Ich möchte, dass du ihm einen Besuch abstattest."

„Gerne doch."

Sie schob den Kinderwagen den Hügel hinauf. Der Weg wurde immer steiler. Zuerst kamen einzelne, dann vermehrt Stufen, die zum Glück so flach waren, dass sie den Wagen nicht tragen musste. Oben führte ein Fußweg um das Bauwerk herum. Sophie schob den Kinderwagen in Robespierres Nähe, aktivierte eine Seitenkamera und richtete sie nach ihm aus. Als Bildschirm diente ihr Smartphone, das über Bluetooth mit dem Kinderwagen verbunden war.

Nach ein paar Minuten ließ sie die Babypuppe schreien. Sie kramte einen Schnuller aus ihrer monströsen Tasche und nuckelte ein wenig daran, weil sie das bei echten Müttern gesehen hatte. Sie drückte den Schnuller dem E-Baby auf den Mund, wo er einschnappte. Auch dies eine Spezialanfertigung. Auf Knopfdruck beruhigte sich die Puppe.

Ein hochgewachsener Mann, Typ Bohnenstange, setzte sich neben Robespierre auf die Steinstufe. Sophie aktivierte das Mikrofon und die vorbereitete Kamera, justierte den Bildausschnitt nach und beobachtete das Geschehen auf ihrem Smartphone. Nebenbei schäkerte sie mit der Babypuppe, die sie nach Bedarf glucksen ließ.

Der Neuankömmling war Mitte dreißig, noch größer als Robespierre und hatte aschblondes, ungewaschenes Haar, das nach einem Frisör schrie. Betont lässig hockte er mit überschlagenen Beinen neben Robespierre, der heftig mit dem rechten Fuß wippte. Dafür hatte der Neuankömmling einen Blinzeltick.

Das Zappeln der beiden passte so gar nicht zu ihrer zur Schau gestellten Coolness. *Die machen sich gegenseitig was vor, weil sie sich nicht über den Weg trauen,* kombinierte Sophie.

Robespierre sagte etwas, ein paar Worte, einen Satz vielleicht. Der andere antwortete ähnlich kurz. Leider konnte Sophie nichts verstehen, weil sie so leise sprachen und Hintergrundgeräusche sie übertönten. Dann tauschten sie blitzschnell ihre Zigarettenschachteln. Sofort stand der Unbekannte auf, kam auf Sophie zu, eilte an ihr vorbei, stieg über das Geländer und marschierte die Wiese hinunter, Richtung Alex. Robespierre war ebenfalls aufgestanden und nahm den offiziellen Weg.

„Alex, unsere Zielperson hat sich mit dem Kerl getroffen, der direkt auf dich zukommt!"

„Habe es schon bemerkt und packe zusammen. Was macht die Zielperson?"

„Nimmt den normalen Weg."

„Bleib dran und warte auf weitere Anweisungen. Ich folge unserem Unbekannten ... puh!"

„Was ist?"

„Unser neuer Freund ist gerade an mir vorbeigestürmt. Der hat ja eine Ausdünstung!"

„Hygieneminimalist, ist mir auch schon aufgefallen."

Sophie hatte das Monument umrundet und rumpelte mit dem Kinderwagen die Stufen hinunter. Der Abstand zu Robespierre vergrößerte sich, doch sie konnte das Tempo nicht weiter steigern.

„Ich verliere ihn, Alex. Er bewegt sich einfach zu schnell."

„Mir geht es ähnlich. In meiner Verkleidung kann ich unmöglich Joggen. Ich würde auffallen wie ein bunter Hund. Wir brechen ab und treffen uns am Auto."

„Glaubst du, die haben uns bemerkt?", fragte Sophie wenig später, während sie sich im Auto umzogen. „Oder warum hatten die es auf einmal so eilig?"

„Schwer zu sagen, aber ich glaube nicht, dass wir entdeckt wurden. Mir kam es wie ein Fluchtreflex vor."

DIE GEHEIMNISSE DER ZIGARETTENSCHACHTELN

Mittwoch, 10. April, ca. 19:15 Uhr; noch 31 Tage

Alex hatte Pizza kommen lassen. Jetzt saßen sie in gewohnter Runde in ihrem Wohnzimmer und werteten die Ergebnisse der Observierung aus.

„Erst einmal ein Kompliment an die Damen", sagte Käpsele. „Das war wirklich hervorragende Arbeit."

„Aber ist auch etwas dabei herausgekommen?", fragte Sophie.

„Wenig, aber mehr war nicht drin und besser als nichts. Wir konnten anhand der Filmaufnahmen den Mann identifizieren, mit dem sich die Zielperson getroffen hat. Er heißt Paul Ranzig, nennt sich aber Pablo Ranzo, ist 35, Sozialhilfeempfänger und Kleinkrimineller. Wegen Letzterem ist er bei uns im System. Vor vier Wochen – und jetzt wird es interessant – ist er durch Beleidigungen und Widerstand gegen die Staatsgewalt auf einer Qwehrkraft-Demo aufgefallen."

„Wo bitte ist er aufgefallen?", fragte Benjamin.

„Auf einer Demonstration der Qwehrkraft", antwortete Alex. „Das ist eine kleine, sehr laute Gruppe von Unzufriedenen. Ziemlich rechts und mit Klimaschutz haben die definitiv nichts am Hut."

„Wieso triff sich einer aus dem KlimaKIT mit so jemandem?", fragte Forsch.

„Genau das ist die Frage. Aufgrund seines Benehmens hegen wir schon länger den Verdacht, dass Robespierre Anarchist ist, der sich weder an Regeln noch an Absprachen hält. Mit seinem Auftritt als Richter hat sich das bestätigt. Für ihn ist das KlimaKIT nur das Vehikel, um gegen gesellschaftliche Normen und Konventionen zu verstoßen. Mit den Zielen der Organisation hat er nichts gemein. Er könnte also problemlos zur Qwehrkraft wechseln oder sogar eine Zeit lang parallel fahren.“

„Was bedeutet Qwehrkraft?“, fragte Benjamin. „Ist das eine Abkürzung?“

„Ja, eine ganz sperrige, die ich mir nicht merken kann“, antwortete Käpsele. „Weißt du sie noch, Alex?“

„Nein, nur, dass es total schräg war.“

„Sehen wir uns das Überwachungsvideo an“, sagte Käpsele.

Alex stellte ihr Notebook in die Mitte des Tischs, sodass alle zuschauen konnten. Käpsele startete die Wiedergabe und kommentierte: „Das Zappeln der beiden verrät ihre Nervosität.“ Er hielt das Video an. „Die Frage ist, warum? Vermutungen?“ Er sah in die Runde.

„Sie kennen sich noch nicht.“ Für Benjamin die wahrscheinlichste Erklärung.

„Das vermuten wir auch.“

„Oder sie trauen sich gegenseitig nicht über den Weg“, sagte Sophie.

„Gut möglich. Geht in die gleiche Richtung.“

Käpsele ließ das Video weiterlaufen und hielt es nach einer halben Minute wieder an.

„Erst sagt Delarue etwas, dann Ranzig. Leider können wir es nicht hören und es lässt sich auch nicht herausfiltern, so die Experten. Wir sind also auf die Bilder angewiesen.

Beide sprechen nur wenige Worte, aber aus den Lippenbewegungen kann man entnehmen, dass sie nicht dasselbe sagen. Wir vermuten, dass es eine Losung war. Gleich darauf kommt der entscheidende Moment.“

Das Video zeigte, wie die beiden Männer ihre Zigarettenschachteln tauschten. Benjamin hatte durch Sophie davon gehört, doch es mit eigenen Augen zu sehen, war etwas anderes.

„Was ist in den Schachteln?“, fragte Käpsele. „Nur Zigaretten – wohl kaum.“

„USB-Sticks?“, spekulierte Forsch.

„Gut möglich“, antwortete Alex.

„Können auch Zettel gewesen sein“, sagte Sophie. „Auf jeden Fall Informationen. An Drogen oder Geld glaube ich nicht. Zu kompliziert, zu aufwendig.“

„Informationen welcher Art?“, fragte Forsch.

„Das ist die Preisfrage!“ Käpsele lachte. „Wir haben keine Ahnung, aber wir werden es herausfinden. Nächsten Samstag findet nämlich die Qwehrkraft-Vollversammlung in einem Landgasthof bei Moderöd statt. Das ist irgendwo Richtung Landshut.“

„Und Sie meinen, die ziehen dort einen Zettel aus einer Zigarettenschachtel und lesen laut vor?" Forsch legte die Stirn in Falten.

„Nein, natürlich nicht. Wir suchen eine Gemeinsamkeit, eine Parallele, oder allgemeiner eine Verbindung zwischen der Qwehrkraft und dem KlimaKIT. Auf den ersten Blick stehen sie auf verschiedenen Seiten. Aber was wissen wir schon über die Qwehrkraft? Fast nichts! Das wollen wir ändern."

„Und Sie wissen auch wie?"

„Richtig, Herr Forsch. Der Gasthof sucht für die Veranstaltung noch Aushilfen im Service. Und da wir zwei vielseitige Damen und einen Akademiker in Kurzarbeit in unseren Reihen haben, können wir drei Personen in idealer Weise einschleusen. Außerdem werde ich als Hotelgast einchecken. Und Sie, Herr Forsch, haben Sie am Samstag schon was vor?"

AUF TUCHFÜHLUNG

Sophie schloss auch den obersten Knopf ihres Kleids. Schwarz, Dekolleté, maximal knielang, so die Vorgabe des Wirts. Weil sie nicht schon wieder als Flittchen in Verruf geraten wollte, hatte sie die Vorschrift sehr sittsam ausgelegt. Außerdem wusste sie nicht, auf was sie sich eingelassen hatte. *Sicher ist sicher!*

Das Anforderungsprofil war minimal gewesen. Die Bezahlung war es auch und außerdem schwarz, aber das war zweitrangig. Jedenfalls hatten neben ihr auch Benjamin und Alex den Job bekommen.

Sophie trat auf den Parkplatz vor dem Haus. Der Gasthof lag einsam in einer moorigen Gegend. Sie waren schon nachmittags zur Einweisung gekommen. Jetzt war es gleich sechs und die ersten Gäste trudelten ein.

Obwohl es noch hell war, hatten sich erste Nebelschleier über die feuchten, von braunen Sumpflöchern durchzogenen Wiesen gelegt. Übelriechende Faulgase hingen in der Luft. Der Blick gegen die tiefstehende Sonne zeigte Schwärme von Eintagsfliegen, die ihren Hochzeitstanz begonnen hatten. Ein paar Krähen drehten auf der Suche nach einem Abendessen kreischend ihre Kreise. Melancholie pur – und das mitten im Frühling. Wie mochte es hier im Herbst aussehen?

„Sophie, wo bleibst du? Du wirst hier nicht fürs Rumstehen bezahlt!" Der Wirt. Dass er ein Sklaventreiber war, hatte sie gleich gemerkt. Sie ging nach drinnen.

Die eingetroffenen Gäste hatten Zimmer gebucht und checkten gerade ein. Käpsele war einer von ihnen. Trotz Perücke und Dreitagebart hatte sie ihn sofort erkannt. Sein Akzent ließ sich nicht kaschieren.

In der Gaststube, dem Veranstaltungsraum des Gasthofs, herrschte gähnende Leere. Jetzt stand sie drinnen rum und der Wirt war zufrieden. Die Ruhe vor dem Sturm.

Sophie startete unauffällig die Tonaufnahme-App auf ihrem Smartphone. Sie würde den ganzen Abend laufen. Als Vertreterin der Presse durfte sie das, schließlich hatte Forsch ihr letztes Jahr einen Presseausweis besorgt. Nicht ganz auf dem üblichen Weg, aber was hieß das schon? Benjamin war als Privatperson hier. Private Tonaufnahmen ohne Genehmigung waren verboten. Und Alex hätte als Polizistin sogar eine richterliche Befugnis gebraucht. Doch dafür reichten die Verdachtsmomente nicht.

Alex kam herein. Ihr Kleid hatte weniger Stoff als das von Sophie und sie war kurviger. Der Wirt strahlte.

Sophie hörte Geräusche und spähte aus einem der Fenster. Autos fuhren auf den Parkplatz. Unter den Reifen knirschte der Kies. Irgendwo da draußen musste Forsch sein. Bewaffnet mit einer Kamera mit lichtstarkem Teleobjektiv sollte er Aufnahmen von den Gästen schießen. Als Journalist durfte er das. Sie vermutete ihn verborgen im

Grünen. Später würde er mit seinem Wagen neben den Gästen parken und dort auf Motive lauern.

„Alles klar, mein Schatz?", hörte sie Benjamins Stimme in ihrem Rücken.

Sie drehte sich um und musterte ihren Auserwählten. Er trug ein weißes Hemd, dazu eine graue Weste und eine dunkle Anzughose. Polierte Lackschuhe rundeten sein Erscheinungsbild ab. „Ciao, Bello! Wow!"

„So, Aufstellung!", fuhr der Wirt dazwischen. Nervosität lag in seiner Stimme.

Wie einstudiert stellten sie sich – der Größe nach! – neben dem Durchgang zur Küche auf. Benjamin rechts, in der Mitte Alex und zwei Köche, Sophie als Kleinste ganz links.

Einen Moment später platzten drei Herren im Anzug herein und füllten den Saal mit ihrer Autorität. Der Wirt knipste ein Lächeln an und begrüßte die Herren aufs herzlichste. Seine Haltung war devot. Die Herren fertigten den Wirt schnell ab und stürmten zu einem Mikrofon, das auf einem Podest stand. Ein Anzugträger klopfte mit dem Fingerknöchel darauf und sagte: „Eins, zwo, eins, zwo, Test, Test", ein anderer schaltete die Spots an und aus, der dritte, ein Mittfünfziger mit Bauchansatz und Vollbart, ging in die Saalmitte und machte … nichts. *Er trägt die Verantwortung,* spekulierte Sophie.

„In Ordnung", sagte der Verantwortliche. Der Wirt strahlte. Erleichterung ging von ihm aus.

Weitere Gäste füllten den Saal. Nach ihrer Kleidung und ihrem Äußeren zu urteilen, handelte es sich um gewöhnliches Fußvolk. Einen von ihnen kannte Sophie: Pablo Ranzo.

Im Gegensatz zu den Anzugträgern, die von den aufgereihten Bedienkräften keine Notiz genommen hatten, begrüßten die einfachen Gäste sie mit einem freundlichen Nicken. Es gab ein kurzes Durcheinander, bis jeder seinen Platz gefunden hatte. Die Bedienungen verteilten sich im Raum, um die Bestellungen aufzunehmen.

Sophie hatte Tische erwischt, an denen fast nur kräftige Männer zwischen dreißig und vierzig saßen, die schon vor der Vorspeise beim zweiten oder dritten Bier waren. Möglicherweise interpretierten sie VOLLversammlung auf ihre eigene Art. Ranzo war einer von ihnen. Wenigstens roch er heute nicht so streng und hatte sich die Haare gewaschen.

Als sie einem schmierigen Schnauzbartträger mit Doppelkinn eine weitere Halbe brachte, machte er sie auf plumpe Art an. Sie versuchte mit einem schiefen Lächeln zu signalisieren, wie nervig sie sein Verhalten fand.

Sophie beneidete Benjamin. Er hatte einen Tisch mit Weintrinkern, die gepflegt miteinander umgingen. Dort hatte auch Käpsele Platz genommen. An einem anderen von Benjamins Tischen wurde hauptsächlich grüner Tee getrunken. Die Leute umgab eine merkwürdige Aura, die Sophie schlecht greifen konnte.

Alex war bei der Chefetage gelandet. „Die feinen Pinkel sind dermaßen arrogant“, raunte sie, als sie sich an der Getränketheke trafen. Sophie hätte gern mit ihr getauscht.

Als sie einen Gruß aus der Küche servierte, spürte Sophie eine Hand auf ihrem Hintern. Schnauzbart, natürlich. Sie drehte sich zu ihm um, fixierte ihn mit den Augen und hob den Zeigefinger. „Mein Hintern gehört mir“, erklärte sie mit schneidender Stimme. „Da hat Ihre Hand nichts zu suchen, ist das klar?“

„Okay, aber dafür bringst du mir noch ein Bier“, forderte er und nahm seine Hand weg. Ein paar Minuten später knallte sie ihm den Krug hin.

Es war Zeit für die Suppe. Wieder landete seine Hand in der verbotenen Zone. „Pfoten weg“, fauchte sie.

Er sah sie mit einem öligen Grinsen herausfordernd an. Dann kniff er ihr in den Hintern. *Der Wichser glaubt wohl, er kann sich alles erlauben!* Sie sah nach unten. In seine Hose kam Bewegung. Sophie platzte der Kragen. *Grenzen setzen,* sagte sie sich. *Schließlich bin ich kein Flittchen.*

„Ups!“ Die Suppentasse glitt vom Unterteller und kippte ihren Inhalt auf seinen Schoß. Schnauzbart schrie und sprang von seinem Stuhl auf. Klirrend zersprang die Suppentasse auf dem Boden. Die Leute am Tisch grölten.

Mit nasser Hose und schmerzverzerrtem Gesicht stand er neben seinem umgekippten Stuhl. *Armes Würstchen,* ging es Sophie mit Genugtuung durch den Kopf.

Sie trat an ihn heran und stellte sich auf die Zehenspitzen. „Kraftbrühe, äußere Anwendung“, flüsterte sie in sein

Ohr. „Genau das, was ein richtiger Mann wie du braucht!" Dann wandte sie sich ab und ließ ihn stehen. Sie musste Putzzeug holen.

„Das wirst du mir büßen!", schrie er ihr mit überschnappender Stimme hinterher. Sie registrierte, dass der Vorfall Aufmerksamkeit erregt hatte, denn alle Augenpaare waren auf sie gerichtet und es herrschte relative Ruhe unter den Gästen. Doch schon nach wenigen Sekunden wandten sich die Leute ihren Tischnachbarn zu und der Lärm erreichte wieder seinen normalen Pegel.

Der Wirt lauerte ihr auf dem Weg zum Putzschrank auf. „Die Suppentasse zieh ich dir vom Lohn ab. Und wegen deines Verhaltens sprechen wir uns noch!"

Als sie zur Reinigung an den Tatort zurückkam, war der Lüstling verschwunden. Das machte die Sache einfacher. Später kam er zurück, vermutlich von der Toilette.

Nach dem Vorfall hatte Sophie den Eindruck, dass es besser lief. Sie hatte sich Respekt verschafft.

Auf die Hauptspeise folgte der offizielle Teil. Die drei Anzugträger traten ans Mikrofon und erklärten ihre Vorstellungen von einer besseren Welt als Ziele der Bewegung. Es wurden die üblichen, in Sophies Augen rückwärtsgewandten, Phrasen gedroschen.

Das vielbeschworene traditionelle Familienbild hielt sie für frauenfeindlich. Was als Bewahrung der eigenen Identität und Kultur verkauft wurde, war für sie fremdenfeindlich. Das Schwadronieren über Corona, Staatsmedien und *die da oben* war für Sophie typisch Verschwörungsmythologie. Populismus wurde als Volksnähe getarnt. Die angestrebte Freundschaft mit Russland wurde als Friedenspolitik verkauft, lächerlich in Zeiten des Angriffskrieges gegen die Ukraine. Sophie mochte sich gar nicht vorstellen, welche Summen von Russland an die Qwehrkraft flossen. Dass der Klimawandel geleugnet wurde, passte ins Bild.

Als die erfolgreiche Zusammenarbeit mit der Bloggerin Levittchen gelobt wurde, spitzte Sophie die Ohren. Leider nannten die Anzugträger keine Details. Dennoch war sie sensibilisiert. *Levittchen, wieder Russland.*

Zu vorgerückter Stunde wurde das Gesagte durch Stammtischparolen mit Leben gefüllt. Der Alkohol hatte die Zungen gelöst. Die Aussprache wurde undeutlich, die Aussagen dafür umso klarer. *Betrunkene und Kinder sagen immer die Wahrheit.* Sophie wurde angst und bange. Sie kontrollierte auf ihrem Smartphone, ob die Sprachaufnahme noch lief.

Gegen Mitternacht löste sich die Gesellschaft auf. Die meisten, die kein Zimmer gebucht hatten, setzten sich ans Steuer, obwohl der Wirt ihnen ein Quartier anbot. Sophie konnte es nicht fassen.

„Kannst du da nichts machen?", zischte sie Alex beim Abräumen zu. „Sie gefährden sich und andere!"

„Ich glaube, der Chef war schon aktiv", antwortete Alex

Bevor Sophie etwas erwidern konnte, durchschnitt die Stimme des Wirts den Gastraum: „Sophie, mitkommen, sofort!"

KAFFEE, KUCHEN UND KONFLIKTE

Sonntag, 14. April, noch 27 Tage

Benjamin legte die letzte Kuchengabel auf eine Serviette. Für 15 Uhr – also in fünf Minuten – war ein Kaffee-und-Kuchen-Treffen angesetzt, bei dem die Früchte des gestrigen Abends zusammengetragen werden sollten. Passend dazu hatten Sophie und er am Vormittag noch schnell einen Obstkuchen gebacken.

Sie waren erst am frühen Morgen ins Bett gekommen. Beim Aufräumen hatte der Wirt Sophie eine gehörige Standpauke wegen der verschütteten Suppe gehalten. Dabei war er so laut geworden, dass man in der Gaststube jedes Wort verstehen konnte, obwohl er Sophie in sein Büro bestellt und die Tür geschlossen hatte. Angeblich hatte sich der betroffene Gast beschwert und mit einer Schmerzensgeldforderung gedroht.

Später, auf der Rückfahrt in Alex' Auto, hatte Sophie gesagt, sie habe sich immer sein Gesicht beim anstehenden Besuch der Steuerfahndung vorgestellt.

Beim Gedanken an die Rückfahrt kam Benjamin die Verkehrskontrolle gleich nach der Abfahrt in den Sinn. Das volle Programm: Führerschein und Fahrzeugkontrolle, Ausweiskontrolle der Mitreisenden und Alex sollte *freiwillig* in ein Röhrchen blasen. Sie verkürzte die Prozedur mit ihrem Dienstausweis, denn sie wollten endlich ins Bett.

Die Klingel riss Benjamin aus seinen Gedanken.

„Ich geh schon!", rief Sophie auf dem Weg zur Tür.

Käpsele und Alex kamen herein, etwas später auch Forsch. Benjamin fand es bemerkenswert, dass die beiden Polizisten zusammen vor der Tür standen. Zufall, weil sie zur genau gleichen Zeit eingetroffen waren? Oder hatten sie vorab etwas unter vier Augen besprochen? Auch hatte er den Eindruck, dass Alex anders war als sonst, aber vielleicht bildete er sich das nur ein.

Bei Kaffee und Kuchen wurden Witze über die Teilnehmer des Treffens gerissen. Und über den Wirt, weil er ein steuerhinterziehender Sklaventreiber war, der nach oben katzbuckelte. Die Standpauke, die er Sophie verpasst hatte, bekam ebenfalls ihren Senf ab. Als die Sprache auf Sophies Abwehrreaktion mit der Suppe kam, erreichte die Stimmung ihren Höhepunkt. Alex bekam eine ihrer Lachattacken. Danach wurde sie wieder ernst und ein Schleier legte sich über ihren Blick. Etwas belastete sie, dessen war sich Benjamin sicher.

Nachdem der Kuchen aufgegessen war, berichtete Käpsele von der Verkehrskontrolle, die er veranlasst hatte. „Zahlreiche Führerscheine wurden wegen Fahrens unter Alkoholeinfluss eingezogen und die Fahrzeuge abgeschleppt. Ich kann mich einer gewissen Schadenfreude nicht erwehren. Zuerst *Law and Order* fordern und dann sich selbst nicht daranhalten.“

Käpsele nippte an seinem Kaffee. „Was haben wir sonst noch?“, fragte er, um gleich selbst die Antwort zu geben.

„Erstens: Euer Engagement war illegal. Ihr wart nicht angemeldet. Um ihn kümmert sich jetzt die Steuerfahndung. Haken dran.

Zweitens: Die Angehörigen der Qwehrkraft und ihre Sympathisanten. Sie gehören unterschiedlichen Strömungen an, erkennbar an den Tischen und an dem, was sie konsumiert haben. Sie, Frau Taff, hatten das zweifelhafte Vergnügen mit Männern, von denen die meisten Kraftsport betreiben und dem Bier sehr zusprechen. Welchen Eindruck haben Sie von diesen Leuten gewonnen?"

Sophie musterte mit zusammengekniffenen Lippen die Kuchenkrümel auf ihrem Teller. Offenbar suchte sie nach der richtigen Formulierung. Dann begann sie langsam und bedächtig zu sprechen. „Die Typen waren ja nicht alle gleich. Viele haben mich angewidert, einer wurde zudringlich, aber einige waren auf ihre Art ganz nett. Ich glaube, was sie eint, ist ein gewisser Korpsgeist. Sie sehen sich als Männer der Tat, als Kämpfer für die rechte Sache und sie halten zusammen. Mein Eindruck ist, sie sehen sich selbst als Speerspitze der Bewegung."

„Du sprichst von Korpsgeist", hakte Benjamin nach. „Damit geht meist einher, dass man die Welt außerhalb als feindlich ansieht."

„Richtig, die Welt außerhalb der Qwehrkraft. Aber auch nach innen sehen sie sich als Elite, und zwar als kämpferische Elite, nicht als Führer." Sie sah vom Teller auf und fixierte Benjamin. „Ich habe es dir noch nicht gesagt, aber sie waren beim Sturm auf die GfN dabei, Benjamin." Ihr Blick wanderte zu Käpsele. „Besoffen wie sie waren, haben sie sich damit gebrüstet, *es der Polizei gezeigt* zu haben." Sie richtete ihre Augen auf Forsch. „Und dem Staatsfernsehen auch, derweil war es ein Privatsender, aber naja ..." Sie winkte ab.

„Sicher nicht gerichtsverwertbar", sagte Alex.

„Nein, das ist ja das Schlimme." In Benjamin kochte die Wut. *Erst machen sie mich fast arbeitslos und dann darf ich sie auch noch bedienen.*

„Falls es dich beruhigt", sagte Sophie, „sie haben auch davon gesprochen, dass zwei Kameraden seither im Krankenhaus liegen."

„Herr Neumann, was wissen Sie uns zu berichten", fragte Käpsele und holte ihn aus seiner negativen Gedankenspirale.

„Also, an dem einen Tisch saßen Sie, Herr Käpsele, der andere war merkwürdig", antwortete Benjamin. „Auffallend war, dass dort nur Tee, überwiegend grüner Tee, getrunken wurde. Ein paar tranken nur Leitungswasser. Einer hatte sein eigenes Wasser dabei, von dem er sich heimlich bedient hat. Mit dem Wirt gab es Ärger, weil er – außer dem Dessert – kein vegetarisches Essen anbot und trotzdem den vollen Preis verlangte. Die zwei Veganer unter ihnen konnten nicht einmal den Nachtisch essen."

„Ist das wichtig?", fragte Käpsele.

„Ja, schon. Das waren nämlich Gesundheitsapostel. Ein Konglomerat aus Geistheilern, Heilpraktikern, Esoterikern, irgendwelchen Gurus und vielleicht noch Wahrsagern, so genau kenne ich mich in der Räucherstäbchenecke nicht aus."

„Nicht die Welt eines Ingenieurs", entfuhr es Sophie. Käpsele warf ihr einen tadelnden Blick zu.

Benjamin ließ sich nicht beirren. „Sie führten pseudowissenschaftliche Diskussionen und leiteten daraus die Überlegenheit der arischen Rasse ab. Dann sprachen sie von Säuberungswellen. Und das alles mit einer Sanftheit in der Stimme – das war echt spooky. Ich bekomme jetzt noch eine Gänsehaut, wenn ich daran denke."

„Wie du weißt, habe ich schon gute Erfahrung mit Heilpraktikern gemacht." Sophie schaute angriffslustig zu ihm herüber.

„Das sollte keine Pauschalverurteilung sein", antwortete er schnell.

„Alex, möchtest du uns noch von deinem Tisch erzählen?", fragte Käpsele.

„Die Führungsriege, das hat man schon an der Kleidung gesehen. Natürlich fast nur Männer. Ein paar waren ganz umgänglich, aber die meisten haben den Chef rausgekehrt und mich wie Dreck behandelt."

„Nimm es nicht persönlich", sagte Sophie. „Wir alle kennen, schätzen und mögen dich." Sie erntete zustimmendes Gemurmel.

„Das ist lieb und ihr seid mir auch viel wichtiger. Jedenfalls diskutierten die Bosse über Strategien, Öffentlichkeitsarbeit und Kommunikation. Viel wurde darüber gesprochen, was man gerade noch sagen, wie weit man gerade noch gehen darf, ohne sich der Verbreitung von Naziparolen schuldig zu machen. Ein Anwalt war auch dabei und kannte sich aus. Beim Thema Onlinepräsenz kamen sie dann auf Levittchen und einen Ausbau der Zusammenarbeit zu sprechen.“

„Ihr Gerede von den Ökoterroristen kommt bei den Qwehrkraft-Leuten natürlich gut an“, sagte Benjamin.

„Und wenn da was dran ist?“, fragte Sophie.

„Quatsch“, entfuhr es Forsch.

Sie erntete verständnislose Blicke.

„Was meinst du?“, fragte Benjamin schließlich. Er kannte seine Freundin und wusste, dass ihre Gedanken gelegentlich sonderbare Wege nahmen und sie dabei Dinge entdeckte, die andere übersahen.

„Was, wenn das, was am 17. Februar auf der Autobahn passiert ist, gar kein Unfall war?“

„Nichts deutet auf einen gezielten Anschlag hin“, erklärte Käpsele. „Die Familie, die bei dem Unfall getötet wurde, war ein Zufallsopfer. Die Eltern waren in ihrer Kirchengemeinde aktiv. Keine Verbindung zum KlimaKIT oder anderen politischen Gruppierungen, keine Feinde, nichts.“

„Trotzdem, irgendwas stimmt da nicht.“ Sie zog die Augenbrauen zusammen und schüttelte den Kopf.

„Sie haben sich verrannt. Es wird Zeit, dass wir zum Ende kommen. Bei mir saßen die Geldgeber: finanzkräftige Unternehmer, die den Identitären nahestehen, und noch nicht ganz verarmter Adel, der von der guten alten Zeit träumt und sich als Reichsbürger eine bessere Zukunft erhofft. Wie es sich gehört, wurde auch nur deutscher und österreichischer Wein getrunken.

Zu den Vorträgen: Es wurden die üblichen Phrasen gedroschen, die ich hier nicht wiederholen möchte. Die Anhänger der Qwehrkraft sind Menschen, deren Vertrauen in den Staat und seine Organe im Zuge der Coronapandemie zutiefst erschüttert wurde. Verschwörungstheorien machten die Runde. Die Macht schwebte im Raum. Die Rechten haben ihre Chance gesehen und die ursprünglich heterogene Gruppe unterwandert. Inzwischen haben sie das Ruder übernommen und Menschen, die ihr Weltbild nicht teilen, hinausgedrängt. In der aktuellen Phase bilden sich erste Strukturen. Die rechten Esoteriker – ich nehme das jetzt als Sammelbegriff für die Räucherstäbchenfraktion innerhalb der Bewegung – passen insofern dazu, dass sie die derzeitigen Regeln abschaffen möchten und dasselbe faschistische Menschenbild teilen. Aber was danach kommen soll, passt nicht zusammen. Die Rechtsextremen möchten ihr autoritäres *Law and Order* durchsetzen, während die rechten Esoteriker nach Abschluss der völkischen Säuberungsaktion von Regeln nichts wissen wollen und von einer spirituellen Alternativgesellschaft träumen.“

„Ist die Qwehrkraft also nur eine weitere rechte Gruppierung?", fragte Forsch.

„Ja, aber eine, die in den bestehenden aufgehen wird", antwortete Käpsele. „Ihre Bilder können Sie für die Reportage verwenden, wenn Sie eine schreiben."

„Das werde ich auf jeden Fall machen, schließlich war meine beste Mitarbeiterin hautnah dabei."

„Ein Stück Stoff war noch dazwischen", stellte Sophie richtig und hob den Zeigefinger.

„Wo ist die Verbindung zum KlimaKIT?", fragte Benjamin. Er hatte das starke Gefühl, dass sie etwas Entscheidendes übersahen.

„Ich sehe keine Verbindung zwischen der Qwehrkraft und dem KlimaKIT", sagte Käpsele.

„Und was ist mit Robespierre und Pablo?" Sophie hatte die Handflächen nach oben gedreht und schüttelte den Kopf. Mimik, Gestik, Stimme, alles drückte Unverständnis aus.

„Irgendeine private Aktion? Vielleicht sind sie sich sympathisch, was weiß ich. Jedenfalls nichts, was uns bei der ursprünglichen Frage weiterbringt, wer die Hauptverantwortlichen für den Unfall auf der Autobahn sind. Und die sind beim KlimaKIT zu suchen, nicht bei der Qwehrkraft." Er ließ seine Worte ein paar Sekunden wirken. „Außerdem werde ich Alex vom Fall abziehen."

„Was, warum, wieso?", fragten Benjamin, Sophie und Forsch durcheinander. Nur Alex nicht. Sie richtete ihre Augen auf die Kaffeekanne, ihr Blick hingegen schien nach innen gerichtet zu sein. Benjamin begriff, dass Alex wusste, was nun kommen würde. Und dass es etwas Unangenehmes sein würde. Etwas, was auf ihrer Seele lastete. Seine Beobachtung hatte ihn also nicht getäuscht.

„Wir haben nichts gefunden!", antwortete Käpsele. „Niemand, den man zur Verantwortung ziehen kann. Vertane Zeit, verschwendete Steuergelder. Außerdem habe ich Zweifel an der Objektivität der einen oder anderen Beteiligten."

Ups! Gespannte Stille. Benjamin beobachtete, wie Sophie ganz leicht den Kopf schüttelte, um Alex zu signalisieren, dass sie nichts gesagt hatte, und wie Alex mit einem Wimpernschlag bestätigte.

„Was meinen Sie damit, Herr Käpsele?", fragte Forsch.

Käpsele schwieg.

Alex räusperte sich. Ihre Augen hatten sich auf der Kaffeekanne festgesaugt. „Ich habe ein Verhältnis mit einem aus dem KlimaKIT angefangen."

„Oh nein, Frau Kühn!"

„Ja, doch, gegen jede Vernunft. Es ist einfach passiert."

„Sie sieht ihren Fehler ein und wird ihn umgehend korrigieren", sagte Käpsele in einem Ton, der keinen Widerspruch duldete.

Alex' Augen wurden feucht. „Ja, aber ein paar Tage musst du mir schon geben. Ich werde die Sache ordentlich zu Ende bringen, ohne die Tarnung auffliegen zu lassen." Ihre Stimme war rau geworden. Es war ihr anzuhören, wie sehr sie sich zusammenriss.

Sophie legte den Arm um sie. Ein Seufzer und die Andeutung eines entschuldigenden Augenaufschlags verriet Käpsele. Als Vorgesetzter war er knallhart aufgetreten, doch auch ihm ging die Situation nahe. Forsch wirkte überfordert und zählte die Kuchenkrümel auf seinem Teller.

Sophie ließ von Alex ab und setzte sich aufrecht auf ihren Stuhl. Sie machte ein entschlossenes Gesicht und ihre Augen blitzten. „Okay, Alex ist draußen, aber ich kann jetzt nicht aufhören. Nicht, bevor ich nicht weiß, was zwischen Robespierre und Pablo gelaufen ist."

„Ich weiß, das ist unbefriedigend ...", räumte Käpsele mit entschuldigendem Augenaufschlag ein.

„Mehr noch", sagte Benjamin. „Das ist unerträglich. Die einen bringen eine Familie um, die anderen zünden meine Firma an und verprügeln meine Kollegen, und es hat keine Konsequenzen? Das kann nicht sein, das lasse ich einfach nicht zu!"

„Herr Neumann, bitte, werden Sie nicht unvernünftig!"

„Herr Käpsele, ich kann Sie verstehen. Sie haben viele Fälle zu lösen und dürfen sich nicht verzetteln. Bei mir ist das anders. Ich bin gerade in Kurzarbeit und möchte die Ursache dafür bekämpfen!"

Käpsele lachte auf, bevor er antwortete. „Das haben Sie treffend formuliert. Na gut, wenn Ihnen und Frau Taff so viel daran liegt, dann bleiben Alex und ich auf Standby. Wenn Sie etwas finden oder", er hob den Zeigefinger, „bevor es brenzlig wird – die Betonung liegt auf bevor – holen Sie uns ins Boot."

BUBBELING

Sonntag, 14. April, ca. 19:30 Uhr; noch 27 Tage

Als die Gäste gegangen waren, machten es sich Sophie und Benjamin mit einem Glas Rotwein und Salzgebäck auf der Couch bequem.

Sophie schaute versonnen zum Fenster und wickelte sich eine Haarsträhne um den Finger. Das letzte Licht des Tages erlosch in einem Feuerwerk an Farben, tauchte den Raum in warme Rottöne und spiegelte sich in ihren Augen. Benjamin konnte sich nicht sattsehen an dieser Frau in diesem Licht. Ihre zart schimmernde Haut, die Grazie, mit der sie das Weinglas hielt, ihre Nachdenklichkeit.

Sie nippte an ihrem Rotwein. Dann fasste sie ihre Gedanken in Worte. „Das sind nicht alles schlechte Menschen bei der Qwehrkraft. Sie sind unterschiedlicher, als ich dachte. Was sie eint, ist ihr verschrobenes Weltbild."

„Was sie eint, ist die Angst", präzisierte Benjamin. „Unter Angst ist man empfänglich für schnelle, einfache Lösungen. Das machen sich Extremisten zunutze. Erst schüren sie Angst, dann erhalten sie Zulauf, indem sie einfache Lösungen präsentieren, die aber nicht funktionieren. Für das Scheitern wird dann der politische Gegner verantwortlich gemacht. Als Folge verfestigen sich Angst und Extremismus. Im Grunde besteht die Qwehrkraft aus verunsicherten Menschen und machtgeilen Rädelsführern." Er machte eine Pause und trank einen Schluck. „Es spielt keine Rolle, in welche Richtung der Extremismus geht. Bei

den Rechtsradikalen sind es die Volksverhetzer, im religiösen Bereich die Hassprediger, die sie anführen. Es sind die
gleichen Typen."

„Richtig. Es sind die Spalter und Sektierer. Woher
kommt das?"

„Gute Frage", antwortete Benjamin. „Vielleicht kann
uns die deutsche Sprache helfen. Wie läuft das mit der
Wahr-Nehmung? Den Sinneseindrücken von außen wird
die Wahrheit entnommen. Jeder nimmt sich das, was in
sein Weltbild passt."

„Die Wahrheit als Selbstbedienungsladen. Wenn das
Umfeld als bedrohlich wahrgenommen wird, haben Extremisten jeder Couleur leichtes Spiel. Dasselbe Umfeld, als
vertraut wahrgenommen, und die Extremisten haben keine
Chance. Wahrheit ist immer subjektiv."

„Richtig. Und jeder umgibt sich mit Leuten ähnlicher
Wahrnehmung. Das verstärkt den Effekt. Am Ende lebt jeder in seiner Blase und kann mit dem, was außerhalb ist,
nichts mehr anfangen."

Nach einer kurzen Denkpause fragte sie: „Warum passiert so was gerade jetzt?"

„Wir leben in einer zunehmend undurchsichtigen Welt
mit komplexen Problemen. Wenn man einen Teil davon
ausblendet oder nicht wahrnimmt, reduziert sich die Kom-
plexität und einfache Lösungen tun sich auf. Die so entste-
henden selektiven Wahrheiten erscheinen attraktiv. Beispielsweise Nationalismus als überschaubare Alternative

zur Globalisierung. Oder der Klimawandel wird einfach geleugnet, Sache erledigt.“

„Wahrheitsblasen, und was nicht reinpasst, wird einfach geleugnet. Die Wahrheit wird zurechtgebogen. So macht es auch Levittchen.“

„Genau. Sie verbreitet alternative Fakten.“

„Sie verbreitet Lügen!“, stellte Sophie mit erhobenem Zeigefinger klar.

„Egal wie du es nennst, es muss zur Geschichte passen. Denn zu jeder Wahrheitsblase gehört eine gute Story.“

„Definiere gute Story!“

„Sie muss Emotionen wecken. Sie muss nicht wahr sein.“

„Du meinst, die Story ist das Weltbild. Sie muss begeistern und einfache Lösungen aufzeigen. Dann finden sich auch Leute, die das glauben.“

„Korrekt.“

„Glaube als Alternative zu belegbaren Fakten, wie im Mittelalter?“ Sophie sah ihn ungläubig an.

„Genau!“ Benjamin fand, dass sie es wunderbar auf den Punkt gebracht hatte. „Das frustriert derzeit die Wissenschaft, denn sie ist der Wahrheit verpflichtet. Versteh mich nicht falsch, auch Wissenschaftler können irren. Aber wenn das passiert, passen sie die Lehre an, nicht die Fakten. Das ist der Unterschied zu Leuten wie Levittchen.“

„Mein Akademiker!“ Sie kicherte.

Benjamin schob es auf den Rotwein und schenkte ihr nach. Erfahrungsgemäß musste Sophie, die fast nichts vertrug, kurz vorm Herumalbern sein, das meist von Kichern eingeleitet wurde.

„Die Leute basteln sich also ihre eigene Wahrheit", sagte sie. „Damit machen sie sich selbst und anderen was vor. Eigentlich macht jeder jedem was vor. Die KlimaKIT-Aktivisten inszenieren sich als Retter der Welt. Wir schlüpfen in andere Rollen und schleichen uns bei ihnen und der Qwehrkraft ein. Alex und ich laufen sogar verkleidet durch München. Apropos Alex: sie macht sich selbst und Niklas was vor. *Love in a Bubble*." Die letzten vier Worte setzte sie mit Fingern in Anführungszeichen und riss dabei die Augen auf. Sie hatte einen Silberblick.

„Levittchen sowieso", fuhr sie fort. „Die macht mit ihren Lügen sogar Geld, weil sie vom Filteralgorithmus der Sozialen Medien belohnt wird."

„Alles ist Storytelling", sagte Benjamin. „Die ökologische Partei sollte es mal mit einer positiven Zukunftsvision versuchen, anstatt permanent Katastrophen an die Wand zu malen. Dann würde man sie vielleicht auch wählen."

„Utopien sind definitiv attraktivere Narrative als Dystopien, exakt!" Sophie nickte, dass ihr fast der Kopf abfiel. Dabei rutschten ihr die Haare ins Gesicht.

Benjamin registrierte überrascht, dass bei Sophie manche Schaltkreise unter Alkoholeinfluss früher ausfielen als andere. Fremdwortfindungsstörungen hatte sie jedenfalls noch nicht.

„In der Story der Liberalen könnten alle, die es verdienen, in Wohlstand und Geld baden, gegen den Klimawandel gepanzert in vollklimatisierten Villen", sagte er.

„Und die bayrischen Konservativen erzählen Geschichten von Lederhosen und Blasmusik, mit Freibier für jeden, der die Bazis wählt", ergänzte Sophie kichernd.

„Die Linken könnten von einer bundesweiten WG träumen", spann Benjamin den Faden weiter.

„Und die Rechten sperren das Ausland aus und merken nicht, dass sie sich selbst einsperren!"

„Hurra, es lebe das Klischee!", rief Benjamin. Sie lachten.

Plötzlich wurde Sophie ernst. „In einer Woche ist Demo. Da gehen wir hin!"

JUSSUF

Samstag, 20. April; noch 21 Tage

Sophie und Benjamin fuhren zum Max-Weber-Platz. Ihr Ziel war eine Kundgebung, die ein Tempolimit auf Autobahnen und mindestens ein vegetarisches Essen pro Tag bei Schulspeisungen forderte. Aufgerufen hatte ein breites Bündnis aus Umweltgruppen, darunter das KlimaKIT.

Sophies Woche war recht erfreulich verlaufen. Nach seinem Artikel über das Versagen der Polizei beim Schutz der GfN war Forschs bebilderter Bericht über das Qwehrkraft-Treffen die zweite große Reportage innerhalb eines Monats, die er vermarkten konnte. Mittlerweile gehörte er zu den gefragtesten freien Investigativjournalisten der Branche. Und er wusste Sophies Anteil zu würdigen. Trotz der Prämie war sie nicht zufrieden. Sie hatte den Fall noch nicht gelöst.

„Wie geht es deiner Work-Life-Balance?", fragte sie ihren Freund.

„Der geht es ganz ausgezeichnet. Viel Life, wenig Work. Aber das wird sich bald zugunsten von Work verschieben. Zwar wird die Instandsetzung der Büroräume noch dauern, aber die Infrastruktur für Homeoffice steht und die Kollegen werden nach und nach wieder arbeitsfähig."

Sophie sah aus dem Fenster. Der Himmel hatte sich bezogen. „Hoffentlich hält das Wetter."

„Böiger Wind, Regenschauer, typisch April halt."

Der Max-Weber-Platz war mit Menschen überfüllt. Darunter zahlreiche Familien, viele mit Migrationshintergrund. Kein Wunder beim Thema Schulspeisung. Aber auch das geforderte Tempolimit dürfte gelockt haben. Sophie und Benjamin suchten und fanden das KlimaKIT.

„Ja hallo, gibt es euch auch noch?", wurden sie von Jana begrüßt. „Wo wart ihr denn in letzter Zeit?"

„Nach dem Fiasko vor der Feldherrnhalle haben wir Abstand gebraucht", antwortete Sophie. Tatsächlich hatte seitdem Funkstille geherrscht. Zwei Wochen waren das jetzt.

Nach der Begrüßung durch die Veranstalter setzte sich der Demonstrationszug in Bewegung. Volker ging still neben Robespierre, der ständig einen Grund zum Stänkern fand. Niklas gesellte sich zu Sophie.

„Ist Alex nicht mitgekommen?", fragte er.

„Nein, keine Ahnung, wo die steckt." Sie hatte nicht vor, sich aushorchen zu lassen.

Eine vierköpfige Familie, augenscheinlich mit türkischen oder arabischen Wurzeln, ging neben Benjamin. Der Junge, vielleicht acht Jahre alt, lächelte ihn an und fragte, ob er verheiratet sei.

„Nein, bin ich nicht. Aber ich habe eine Freundin. Sophie, hier neben mir."

„Und wie heißt du?"

„Benjamin, und du?"

„Jussuf."

„Das ist ein schöner Name. Was bedeutet er?"

„Keine Ahnung. Auf Deutsch heißt er Josef.“

„Du sprichst sehr gut Deutsch.“

„Du auch!“

Benjamin grinste. „Ich bin ja auch in Deutschland geboren und aufgewachsen.“

„Ich auch!“ Jussuf strahlte Benjamin an. In seinen Augen blitzte der Schalk.

Benjamin lachte. „Du hast mich reingelegt, Jussuf.“

„Ach!“, entfuhr es Sophie, die amüsiert zugehört hatte. „Du wächst also zweisprachig auf, Jussuf.“

„Ja, deutsch und arabisch.“

„Bei mir war es ähnlich. Meine Mutter ist Italienerin.“

„Meine Eltern kommen aus Syrien.“

Sie waren in die Dienerstraße eingebogen, die direkt zum Marienplatz führt, wo die Abschlusskundgebung stattfinden sollte. Plötzlich zupfte Benjamin Sophie am Ärmel und deutete nach rechts. Typen mit kurzgeschorenen Haaren und schwarzen Jacken mit rechter Symbolik hatten sich dem Demonstrationszug angeschlossen. Stechende Blicke und aggressive Mimik strahlten Gewaltbereitschaft aus. Sophie erkannte einige von ihnen wieder. Sie hatte sie erst vor kurzem bedient. *Hoffentlich erkennen sie uns nicht!* Mit der Hand verdeckte sie ihr Gesicht.

Benjamin tat es ihr gleich. „Distanz aufbauen!“, sagte er gerade so laut, dass es alle in der Nähe hörten. Das Klima-KIT und die syrische Familie ließen sich zurückfallen und wichen nach links aus. Nur Robespierre hielt direkt auf die Chaoten zu.

„Von denen lasse ich mich nicht einschüchtern!",
knurrte er.

„Robespierre, bitte sei vernünftig, das bringt doch
nichts", raunte Sophie ihm zu.

„Nichts für dich, es könnte hart werden!", sagte er im
Weggehen.

Spinner! Aber er war alt genug und sie nicht seine Mama.

Die Menge strömte zur Abschlusskundgebung auf den
Marienplatz. Dort war es leicht, einen Sicherheitsabstand
zu den rechten Chaoten aufzubauen. Sie waren außer
Sichtweite und Sophie beruhigte sich. Mit Blick auf das Podest in der Mitte des Platzes warteten sie ein paar Minuten.

Als die erste Rednerin ein Tempolimit auf Autobahnen
forderte, wurde ihre Rede von Trillerpfeifen gestört, sodass
man nichts mehr verstehen konnte.

„Woher kommt das?", fragte Sophie, die keinen Teilnehmer mit Pfeife im Mund ausmachen konnte. Auch schien
der Lärm von rechts zu kommen.

Benjamin stellte sich auf die Zehenspitzen und reckte
den Hals. „Das sind die Freunde der Kurzhaarfrisur. Die
stehen am Fischbrunnen."

Sophie erschrak. *So nah!* Sie selbst standen nur etwa dreißig Meter entfernt.

„Wir lassen uns das Auto nicht verbieten!", tönte es über-
laut aus einem Megafon.

„Darum geht es doch gar nicht", sagte Niklas und verdrehte die Augen.

Bald gab die erste Rednerin auf und reichte das Mikrofon an einen Mann in den Dreißigern weiter. Er begann über ausgewogene Ernährung bei Schulspeisungen zu reden. Er forderte einen höheren Obst- und Gemüseanteil und weniger Zucker und Fett. Dabei wurde er von vereinzelten Pfiffen gestört. Dann forderte er mindestens ein fleischloses Gericht pro Tag.

„Wir lassen uns unser Fleisch nicht verbieten", tönte es aus dem Megafon.

„Darum geht es doch gar nicht", sagte Niklas schon wieder und verdrehte erneut die Augen.

Der Mann am Mikrofon ließ sich nicht beirren und sprach lauter weiter. „Schließlich muss jedes Kind die Möglichkeit haben, zwischen Rindfleisch und Risotto zu wählen. Und wir müssen an die vielen Kinder mit Migrationshintergrund denken, die aus kulturellen oder religiösen Gründen beispielsweise kein Schweinfleisch essen. Koscher und halal lässt sich vegetarisch viel einfacher ..."

Er war nicht mehr zu verstehen. Schon bei Erwähnung des Worts *Migrationshintergrund* hatten die Störgeräusche einen unerträglichen Schallpegel erreicht, bei *koscher* und *halal* kam ein vielstimmiges Kreischen hinzu. Der Redner am Mikrofon blickte zum Fischbrunnen und stockte. Dann sagte er etwas, das im Lärm unterging.

Plötzlich rannten Leute. Vom Fischbrunnen her flohen sie mit angstgeweiteten Augen, zwischen den Stehenden hindurch, auf sie zu, an ihr, Benjamin und den anderen vorbei. Etwas klirrte, knirschte, ein dumpfer Knall, schwarzer Qualm höchstens zwanzig Meter entfernt. Sophie erinnerte sich an den Kastenwagen, der umliegende Geschäfte beliefern wollte. Ein kräftiger Wind trieb die Rauchschwaden waagrecht auf sie zu. Schon begannen die ersten zu husten.

„Unten bleiben und abhauen", rief Benjamin.

Die Menge wollte nur noch weg, stob auseinander, durcheinander. *Alles, nur keine Massenpanik!* schoss es Sophie durch den Kopf. „Wohin?", rief sie, während sie sich gebückt vom Rauch entfernten.

„Da, zu den Treppen!" Benjamin zeigte auf die Symbole von S- und U-Bahn, die den Zugang zum Untergrund markierten. Er hatte sich den Pulli über das Gesicht gezogen. Sie tat es ihm gleich. Tief gebückt bahnte er sich einen Weg durch die Menge. Sie blieb dicht hinter ihm. Weil sie kleiner war, konnte sie sich etwas aufrechter bewegen.

Kaum hatten sie die Treppe erreicht und waren einige Stufen hinabgestiegen, wurde die Luft besser und sie konnten sich aufrichten und durchatmen. Sie blieben relativ weit oben stehen, um das Geschehen auf dem Platz zu verfolgen. Einige taten es ihnen gleich, bei den meisten jedoch überwog der Fluchtinstinkt und sie rannten hinunter zu den Zügen. Dabei nahmen sie meist die Rolltreppe an der Seite.

Nach ein, zwei oder drei Minuten – Sophie hatte jedes Zeitgefühl verloren – ebbte der Flüchtlingsstrom ab. Zwar liefen immer noch Menschen hin und her, aber sie konnte nicht sehen, was wirklich auf dem Platz passierte. Noch immer waberten Rauchschwaden und die Geräuschkulisse verhieß nichts Gutes. Plötzlich schoss ein dunkelhaariger Junge um die Ecke und sprang mit einer irrwitzigen Geschwindigkeit die Rolltreppe hinunter. Dabei nahm er immer mehrere Stufen auf einmal.

„Jussuf", rief Sophie, aber er hörte sie nicht. Unschlüssig sah sie dem Kind hinterher, dann wandte sich ihr Blick nach oben. Sie sah Benjamin die Treppe hinaufspringen. Drei Stufen nahm er auf einmal, dann war er oben. Ihm entgegen stürmte ein völkisch gekleideter Mann, der mit einer Stange bewaffnet war. Er hielt auf die Rolltreppe zu. Sophie kannte ihn. *Schnauzbart, der schmierige Grabscher von der Qwehrkraft.* Er brüllte eine rassistische Parole, die sich auf Kinder bezog.

Sophie sprintete die Treppe hinauf, um Benjamin beizustehen. Am Eingang der Rolltreppe traf er auf den Widerling, der ganz auf das Kind fixiert war. Benjamin stellte ihm ein Bein. Aber nicht irgendwie, sondern meisterhaft. Er fädelte seinen Fuß in den Lauf des Gegners ein und riss dessen Beine nach oben. Schnauzbart hob ab und segelte waagrecht durch die Luft. Sein Schwung trug ihn weit über die sich absenkende Rolltreppe, bevor er aus großer Höhe auf die gerillten Stahlstufen knallte.

Sophie schaute über den Rand der Rolltreppe. Der regungslos auf dem Bauch liegende Mann fuhr nach unten. Oben stand Benjamin und blickte ihm hinterher, von unten spähte Jussuf zu ihnen hinauf. Als die Rolltreppe den wabbeligen Abschaum vor seine Füße spülte, sprang der Junge zurück.

Benjamin trat zu Sophie. „Als Kind und Jugendlicher hab ich viel Fußball gespielt."

„Wie oft bist du vom Platz geflogen?", fragte sie, während sie sich umdrehte und hinabstieg, um nach Jussuf zu sehen. Benjamin folgte ihr.

Der Junge stand zitternd am Fuß der Rolltreppe und starrte mit weit aufgerissenen, dunklen Augen auf seinen leise stöhnenden Verfolger. Immerhin lebte der Mann noch. Sophie und Benjamin beugten sich zu Jussuf hinunter, um auf Augenhöhe mit ihm zu sein.

„Er kann dir nichts mehr tun", sagte Sophie. „Wollen wir nach deinen Eltern sehen?"

Jussuf nickte stumm. Dann nahmen sie das Kind in die Mitte und stiegen die Treppe hinauf. Sophie war ganz bang, welches Bild sich ihnen auf dem Marienplatz bieten würde. Vielstimmiges Martinshorn drang an ihr Ohr, ein schlechtes Omen. *Hoffentlich ist Jussufs Familie in Sicherheit.* Noch waren sie auf der Treppe, noch konnten sie nichts sehen.

Oben bot sich ihnen ein schreckliches Bild. Der Rauch hatte sich verzogen. Zwischen weinenden Menschen lagen verkrümmte Körper, über die sich Angehörige, Freunde oder Sanitäter beugten. Etwas entfernt, am Fischbrunnen, führten Einsatzkräfte der Polizei einige Randalierer ab. Überall Sankas, Streifenwagen, Feuerwehr, blinkendes Blaulicht, das sich in Fenstern spiegelte.

Sie machten sich auf die Suche nach Jussufs Familie. In der Art, wie sie sich durch das Leid bewegten, kamen sie sich fast wie Gaffer vor. Tatsächlich kam ein Polizist auf sie zu und wollte sie vertreiben. Erst als sie ihm ihre Situation erklärten und ihn um Hilfe baten, ließ er sie gewähren.

Plötzlich ertönte ein Schrei von hinten. Bis sich Sophie umgedreht hatte, war Jussuf schon längst in die Richtung gestartet, aus der der Schrei gekommen war. Im nächsten Augenblick lag sich die Familie in den Armen. Jussuf und seine Mutter weinten vor Erleichterung.

„Ich glaube, wir werden hier nicht mehr gebraucht“, sagte Benjamin.

„Ja, zum Glück“, antwortete Sophie.

Sie wandten sich ab, um sich diskret zurückzuziehen, als eine helle Stimme ihre Namen rief. Es war Jussuf.

Die Familie kam auf sie zu und bedankte sich überschwänglich. Wie sich herausstellte, hatten sich Jussufs Eltern und seine kleine Schwester unter dem Tisch eines Straßenlokals versteckt. Dabei hatten sie Jussuf verloren, der dann nach ihnen gesucht hatte und beinahe Schnauzbart in die Hände gefallen wäre.

Adressen wurden ausgetauscht, denn Jussufs Familie wollte sie als Dank unbedingt zu sich nach Hause einladen. Dann verabschiedeten sich Sophie und Benjamin von der Familie.

Zuhause in Germsbach umarmten sie sich. Es tat gut, zu halten und gehalten zu werden. Schutz und Geborgenheit, Liebe. Sophie spürte ein Zittern, ihre Art des spontanen Stressabbaus. Heute war es nur leicht, sie hatte es auch schon heftig gehabt, wenn sie in akuter Lebensgefahr gewesen war. Dann fühlte es sich an wie Schüttelfrost.

Benjamin kannte das nicht. Er trug die Sachen mit sich herum, konnte nachts nicht schlafen oder hatte Alpträume. Gut, Alpträume kannte Sophie auch. Ihnen gemeinsam war der sportliche Ausgleich, er auf dem Rad, sie im Kampftraining oder beim Klettern.

Langsam ließ das Zittern nach. „Gewalt gegen Kinder", sagte sie, „ist echt das Letzte."

„Ja."

„Gut, dass du früher Fußball gespielt hast."

„Ja. Ich weiß nicht, wie ich ihn anders hätte aufhalten können."

„Gar nicht, das war schon okay. Er war hinter einem Kind her!"

„Du hättest ihn vielleicht stoppen können, ohne dass er auf eine Rolltreppe geknallt wäre."

„Du bist nicht ich und hast getan, was du konntest. Und er war bewaffnet. Glaub mir, wenn ich mich um ihn gekümmert hätte, wäre er nicht weniger verletzt worden, nur anders. Mach dir keine Vorwürfe."

„Das sagt sich so leicht."

„Ich weiß, ich weiß!" Sie drückte ihn fester.

„Das war schon die zweite Aktion dieser Art. Beim Überfall auf die GfN, der Verfolger mit dem Messer, dem ich ins Gesicht getreten habe, das schleppe ich immer noch mit mir rum. Und jetzt kommt das von heute noch obendrauf."

„Das heißt nur, dass du nicht abstumpfst. Das ist gut so."

„Du gehst doch zu einem Psychologen. Vielleicht sollte ich das auch."

„Gut, bei mir ist damals jemand gestorben. Aber ja, eine Therapie kann ich nur empfehlen."

Nachdem sie sich einige Sekunden noch fester gedrückt hatten, fragte Sophie: „Woher kommt diese Wut, dieser Hass?"

„Wenn du Levittchen folgst, kennst du die Antwort."

„Wir müssen ihr unbedingt auf den Zahn fühlen. Glaub mir, bei ihr liegt der Schlüssel zu dem ganzen Mist mit der Qwehrkraft und dem KlimaKIT und dem Überfall auf die GfN und ... wer weiß, vielleicht hat sie sogar etwas mit den Anschlägen auf die LNG-Terminals zu tun."

„Tja, Sophie, wer weiß?"

„Nie hätte ich gedacht, dass die Demo heute so endet. Tempolimit und Schulspeisung sind doch Randthemen, oder? Sie sind thematisch nicht miteinander verwandt und man hat sie zusammengelegt, um genug Leute auf die Straße zu bringen."

„Wenn du dich da mal nicht täuscht, Sophie! Das sind echte Aufregerthemen. Beim Tempolimit geht es ums Auto, in Deutschland eine heilige Kuh. Da kochen die

Emotionen hoch. Ähnlich beim Fleischverzehr. Wenn man das noch mit halal oder koscher in Verbindung bringt, ist der Kulturkampf perfekt.“

„Und das wird in den Sozialen Medien gepusht, allen voran von Levittchen.“

„Und Greenderella alias Jana auf der anderen Seite, das wollen wir nicht vergessen!“

„Ich finde, der Vergleich hinkt. Zwar pflegt Greenderella ihre eigene Bubble, aber Hate Speech oder Aufruf zu Gewalt suchst du dort vergebens, Benjamin.“

„Aber sie bietet Projektionsfläche. Genau wie Robespierre in der analogen Welt.“

Sie winkte ab. „Ach, Robespierre ist ein harmloser Idiot!“

VON BUTTERBREZELN
UND BRANDSTIFTERN

Sonntag, 21. April; noch 20 Tage

Sophie und Benjamin waren bei Alex zum *Spätstück* eingeladen. Alex wollte sich mit ihnen ohne die Chefs Käpsele und Forsch treffen, weil hier Dinge anders besprochen werden können, wie sie sich ausgedrückt hatte. Benjamin fühlte sich geehrt, dass er als Mann dabei sein durfte. „Es hätte auch so ein *Mädelsding* unter besten Freundinnen sein können", hatte er gesagt.

„Das ist jetzt so herrlich konspirativ", sagte Sophie zwischen Kaffee, Butterbrezeln und Croissants. „Benjamin und ich ermitteln, obwohl wir das gar nicht gelernt haben. Dafür bist du, Alex, offiziell nicht mehr dabei."

„Aber ich bin auf Standby, wie sich der Chef ausgedrückt hat", antwortete Alex. „Und an meinem persönlichen Interesse habe ich nie Zweifel aufkommen lassen."

„Gibt es was Neues zu deinem persönlichen Interesse?"

Alex schüttelte mit verkniffener Miene den Kopf. „Ich habe den Kontakt zurückgefahren. Mir fehlt einfach ein Grund, um Schluss zu machen. Ich könnte sagen, dass ich ihn nicht mehr liebe, aber ich möchte ihn nicht anlügen. Und Niklas ist nicht blöd. Er würde mir nicht glauben."

Das Radio, aus dem bisher Musik gedudelt hatte, wechselte zu den Nachrichten. Sie hörten zu. *München: Am Rande einer Demonstration von Klimaaktivisten und ihnen nahestehenden Gruppierungen kam es gestern auf dem Marienplatz zu gewalttätigen Auseinandersetzungen mit Gegendemonstranten und der Polizei, bei denen zwölf Beamte verletzt wurden. Auch einige Demonstranten erlitten Blessuren und mussten ärztlich versorgt werden. Sieben Personen wurden vorläufig festgenommen.*

„Ihr wart doch nicht dort, oder?", fragte Alex.

„Doch, waren wir", antwortete Sophie.

„Oh je! Euch scheint aber nichts passiert zu sein!"

„Wir hatten Glück", sagte Benjamin. Zusammen mit Sophie berichtete er von den Ereignissen. Auch, dass sie nicht wussten, wie es Niklas ergangen war.

Die verliebte Polizistin nickte und seufzte. Dann sagte sie: „Ich finde, dass in der Radiomeldung nicht richtig rüberkam, wer für die Übergriffe verantwortlich war."

„Ja, da wurde Genauigkeit der Sendezeit geopfert", antwortete Benjamin. „Und Unklarheiten bieten den Nährboden für Interpretationen, aus denen Wahrheitsblasen entstehen."

Alex griff zum Smartphone. „Du hast recht. In den einschlägigen Foren werden die Veranstalter für die Gewalt verantwortlich gemacht. Das schaukelt sich gerade hoch. Zuerst hieß es, man hätte Vorkehrungen treffen müssen. Dann wurde behauptet, die Gewalt wäre von den Veranstaltern provoziert worden. Und jetzt, ganz aktuell, schreibt einer aus Cottbus, die Gewalt wäre von den Veranstaltern ausgegangen. Dabei kann er gar nicht in München gewesen sein, denn er hat gestern noch Bilder aus seinem Garten gepostet."

„Meine Rede", sagte Sophie. „Social Media ist die digitale Form der Gerüchteküche. Das ist der Beweis."

„Jetzt bin ich bei Levittchen." Alex zögerte kurz, bevor sie weitersprach. „Oh, die Entwicklung gefällt mir gar nicht. Ich hole den Chef dazu." Sie stand auf und brachte ein Tablet.

„Es ist Sonntag", sagte Benjamin. „Er wird nicht begeistert sein. Oder hat er Bereitschaft?"

„Klaus ist schwäbischer Junggeselle. Der hat immer Bereitschaft."

Und tatsächlich, kaum hatte sie ihn mit dem Tablet angefunkt, erschien sein Gesicht auf dem Bildschirm. „Hallo, Alex! Was gibts?"

„Ich sitze gerade mit Sophie und Benjamin zusammen. Angesichts der Demo, die gestern auf dem Marienplatz aus dem Ruder gelaufen ist, läuft Levittchen zur Hochform auf. Ich mache mir Sorgen um die KlimaKIT-Mitglieder."

„Was postet sie?"

„Aus zuverlässiger Quelle habe sie erfahren, dass die Polizei die Unfalltheorie bei der Aktion auf der Autobahn immer mehr infrage stellt."

„Die Frau hat Nerven", fuhr Käpsele dazwischen. „Das wüssten wir doch, Alex, oder?"

Nur weil ihr keine Hinweise gefunden habt, bedeutet es nicht, dass es nicht stimmt! Der Gedanke ließ Sophie einfach nicht los.

Alex fuhr fort. „Sie bringt das in Verbindung mit den Todesurteilen am Ende der Theateraufführung an der

Feldherrnhalle, die ihrer Ansicht nach belegen, dass das KlimaKIT in der Tötung von politischen Gegnern ein legitimes Mittel zur Durchsetzung seiner Interessen sieht."

„Eine abenteuerliche These", kommentierte Käpsele.

„Dazu passe die Gewalt bei der gestrigen Demo auf dem Marienplatz, bei der Klimaschützer Andersdenkende und die Polizei angegriffen hätten."

„In den Polizeiberichten steht etwas anderes", entgegnete Käpsele.

Er hat an seinem freien Wochenende tatsächlich Polizeiberichte gelesen, folgerte Sophie.

„Wir waren vor Ort und haben gesehen, was passiert ist", sagte sie. „Die Gewalt ging von rechten Chaoten aus. Darunter welche, die ich in Moderöd bedient habe."

„Ach", entfuhr es Käpsele, „aber nicht der, der seine Finger nicht bei sich lassen konnte?"

„Doch! Diesmal hat Benjamin ihm eine Spezialbehandlung zukommen lassen."

„Ich bin noch nicht fertig", schaltete sich Alex wieder ein. „Nachdem Levittchen die Gewalt- und sogar Mordbereitschaft nachgewiesen hat, wie sie es nennt, verdächtigt sie das KlimaKIT, die Anschläge auf die LNG-Terminals verübt zu haben."

„Wie bitte?", platzte Sophie heraus.

„Nie und nimmer!" Benjamin warf die Arme in die Luft. „Das ist doch völlig absurd!"

„Die paar Hansel sind doch nicht in der Lage, eine konzertierte Aktion in dieser Größenordnung durchzuführen“, sagte Käpsele „Nicht personell, nicht finanziell, und auch nicht organisatorisch.“

Hier wird ein Shitstorm orchestriert, und Levittchen ist die Dirigentin, erkannte Sophie. *Warum? Was ist der Plan dahinter?*

„Eigentlich müsste doch Jana auf Levittchens Schmutzkampagne reagieren“, sagte Alex und daddelte eifrig auf ihrem Smartphone. „Hier, Greenderella, da ist sie.“

„Und was schreibt sie?“, fragte Käpsele.

„Dass es blanker Unsinn ist, das KlimaKIT mit den Anschlägen in Verbindung zu bringen. Ich lese mal vor: *Mit dem Verdacht, das KlimaKIT könnte in die LNG-Anschläge verwickelt sein, erreicht Levittchens Wahn einen neuen Höhepunkt. Argumente helfen hier nicht mehr, sie braucht einen Arzt.* Damit verlässt Greenderella alias Jana die Sachebene, genau wie ihre Gegenspielerin.“

„Hier geht es längst nicht mehr um sachliche Argumente“, erklärte Benjamin. „Es geht darum, wer mit Emotionen mehr Leute auf seine Seite zieht.“

„Richtig“, sagte Käpsele. „Levittchen legt grundsätzlich keine schlüssigen Beweise für ihre Behauptungen vor. Braucht sie für ihre Zwecke auch nicht. Und sie formuliert, *man hätte ihr zugetragen* oder *aus zuverlässiger Quelle,* und sichert sich damit juristisch ab.“

„Nach der GfN konzentriert sich Levittchen jetzt auf das KlimaKIT“, sagte Alex. „Ihm könnte das gleiche Schicksal blühen wie der GfN.“

„Wir bleiben dran an den Chatgruppen, in denen sich die Chaoten verabreden“, sagte Käpsele. „Ich werde das gleich veranlassen. Wenn sich was zusammenbraut, sind wir vorbereitet.“

DER VOR-ORT-TERMIN

Mittwoch, 24. April; noch 17 Tage

Alex rief Sophie um kurz vor fünf im Büro an.

„Es ist so weit, sie haben sich für halb acht verabredet, um das KlimaKIT auszuräuchern."

„Ist nicht für heute um sieben ein Meeting angesetzt?"

„Genau das ist der Punkt. Wir müssen die Leute warnen und rausholen. Ich möchte, dass du mir dabei hilfst."

„Was ist mit eurer Bereitschaftspolizei?"

„Schwierig! Ein paar Kollegen würden sich schon auftreiben lassen, aber die reichen nicht, um die Festung zu verteidigen."

„Wieder ein Fußballspiel?"

„Richtig geraten. Eigentlich kann das kein Zufall mehr sein. Vermutlich planen die Chaoten ihre Aktionen zeitgleich zu Großereignissen, damit sie freie Bahn haben."

„Wann und wo treffen wir uns?"

„Kannst du um sieben beim KlimaKIT sein? Wir treffen uns dann dort im Park."

„Ja, das geht. Aber Benjamin hat einen Termin."

„Kein Problem, wir erledigen das zu zweit."

Im kleinen Park gegenüber dem heruntergekommenen 50er-Jahre Nachkriegsbau, in dem das KlimaKIT seine Räume hatte, war alles ruhig. Keine herumlungernden Personen, die es kaum mehr erwarten konnten, die Klimaschützer aufzumischen. Alex lehnte an einem Baum und wartete. Sie ließ ihren Blick über Sophie schweifen und begann breit zu grinsen.

Sophie verstand sofort, warum. „Meine anderen Sachen sind in der Wäsche!"

„Und darum hast du den Altkleidercontainer geplündert?" Ihre bernsteinfarbenen Augen leuchteten.

Sophie wusste selbst, dass sie in ihren ältesten Klamotten herumlief. Ihre Mutter, der *fare una bella figura* – eine gute Figur machen – in den italienischen Genen steckte, wäre entsetzt, würde sie sie so sehen.

„Wir sind mit der Wäsche im Rückstand. Kein Grund, mich auszulachen!"

Natürlich lachte Alex erst recht. „Ist der Flittchenfummel von der Observierung auch in der Wäsche?", stichelte sie.

„Du mieses Stück!" Dann stimmte Sophie in Alex' Gelächter ein.

Sie überquerten die Straße und erreichten den Eingang, als ein junges Pärchen mit panisch flackerndem Blick herausstürzte und das Weite suchte. Die beiden kamen Sophie bekannt vor. Sie glaubte, sie schon einmal bei einem Gruppentreffen gesehen zu haben. Sophie und Alex betraten das Treppenhaus durch die noch offene Tür.

Von oben kam Lärm. Schreie, Sachen gingen zu Bruch. Beklommen stiegen sie Stufe für Stufe nach oben. Aus welcher Wohnung kam das? Was war da los? Mit jeder Stufe wuchs das mulmige Gefühl.

Alex blieb stehen und schaute Sophie mit großen Augen an. Alle Farbe war aus ihrem Gesicht gewichen. „Wir sind zu spät!", flüsterte sie.

DIE RAUMPFLEGERINNEN

Mittwoch, 24. April, 19 Uhr; noch 17 Tage

Instinktiv wusste Sophie, dass Alex recht hatte. Wie konnte das sein? *Was genau passiert dort oben? Wie ist die Lage?* Sie musste unbedingt hinauf und sich Klarheit verschaffen, um geeignete Sofortmaßnahmen ergreifen zu können.

Unten wurde die Eingangstür aufgerissen und eine Handvoll junger Leute stampfte durcheinander plappernd die Treppe herauf. *Leute vom KlimaKIT!*, erkannte Sophie. Die Neuankömmlinge blieben stehen, schauten verwirrt zu den beiden Frauen ein paar Stufen höher, verstummten, stutzten. *Jetzt haben sie den Lärm gehört,* interpretierte Sophie.

„Stellt euch unten vor die Tür und lasst keinen mehr rein!", rief sie. „Alex und ich kümmern uns drum!" Was sagte sie da? Sie machte falsche Versprechungen wie eine Politikerin. Aber es funktionierte.

Alex hatte zwischenzeitlich telefoniert. Jetzt nahm sie das Smartphone vom Ohr. „Ich habe ein paar Kollegen von der Streife zur Unterstützung gerufen", raunte sie Sophie zu, sodass es die anderen nicht hören konnten. „Keiner von der Bereitschaft und nur ein kleiner Trupp, aber besser als nichts."

Sophie antwortete genauso leise: „Ich hab eine Idee und geh jetzt rauf!"

„Was für eine Idee? Ich komme mit."

„Lass mich nur machen und halte dich im Hintergrund. Und vor allem, halte den Mund. Tu so, als ob du kein Wort Deutsch könntest."

„Okay!"

Sophie war eingefallen, dass Rumänisch dem Italienischen ähnelte. *Eine Art italienisches Slawisch.* Sie wollte es wenigstens probieren.

Sie gingen die letzten Stufen zur Wohnungstür hinauf, hinter der sich die Räume des KlimaKITs befanden. Die Tür stand offen, ein breitschultriger Mann mit rasierter Glatze stand mit verschränkten Armen darin und drehte ihnen den Rücken zu.

„Scusitsch, Entschuldigung", sagte Sophie mit einem undefinierbaren Akzent. Den Kopf ein- und die Mundwinkel nach unten gezogen, ganz die Verschüchterte. Sie hoffte, dass ihre abgetragene Kleidung authentisch wirken, das Klischee bedienen würde.

Der Türsteher drehte sich um und sah die Frauen von oben herab an. Kleine Augen, fleischige Nase und schmale Lippen in einem quadratischen Gesicht. „Was wollt ihr hier?", knurrte er, ohne die Lippen zu bewegen.

Der Quadratschädel fragt sich gar nicht, warum die Putzfrau gerade dann kommt, wenn ein Gruppentreffen ansteht. Vielleicht hinterfragt er die Dinge auch sonst nicht.

„Pulisch ... wie sagt man ... putzen!"

„Das geht jetzt nicht!"

„Ist Party?"

„Genau, Party! Und ihr seid nicht eingeladen. Also verpisst euch!"

„Wann Party vorbei? Muss putzen. Wenn nicht putzen, kein Sold."

Der Quadratschädel konnte tatsächlich lachen. „Kein Sold, du gefällst mir! Was kriegst du fürs Putzen?"

„Ventitsch, äh, zwanzig Euro."

Er zog seine Geldbörse aus der Gesäßtasche und drückte ihr einen Zwanziger in die Hand. „Hier, und jetzt verschwinde!"

„Sie auch Bakschisch!" Sophie deutete auf Alex.

Er verdrehte die Augen und gab auch Alex das Geld. „Aber jetzt reicht's! Haut ab!"

„Muss putzen. Wenn sporcotsch ... come si dice ... wenn schmutzig, verlieren Klientitsch." Sie drängte sich an ihm vorbei, bevor er reagieren konnte.

Alex hängte sich dran, wurde aber von Quadratschädel aufgehalten. Das wiederum verschaffte Sophie zusätzlichen Freiraum und sie konnte einen kurzen Blick vom Flur in die Haupträume werfen, bevor sie von einem zweiten Glatzkopf, der wie Meister Proper aussah und ihr vage bekannt vorkam, unsanft am Arm gepackt und Richtung Eingang geschoben wurde.

„Brauchen Job", protestierte sie. „Muss läbän!" Sie hatte Volker regungslos im verwüsteten Wohnzimmer liegen sehen. Niklas saß in der zertrümmerten Küche und presste sich ein blutverschmiertes Geschirrtuch auf die Stirn. Zum

Glück hatte er nicht hergesehen und sie versehentlich verraten.

Irgendwie musste sie ihnen helfen. Und dazu musste sie rein. Noch im Flur, kurz bevor Sophie den Eingang mit Quadratschädel und Alex erreicht hatte, überraschte sie Meister Proper und wand ihren Arm aus seinem Griff. Sie eilte ins Wohnzimmer, um nach Volker zu sehen. Doch sie wurde von hinten grob an der Schulter gepackt, herumgeschleudert, eine Pranke packte ihren Unterkiefer und sie wurde gegen die Wand gepresst. Meister Propers Gesicht war nur wenige Zentimeter von ihrem entfernt, als er mit der sonoren Bassstimme eines niedertourigen Zwölfzylinders sagte: „So nicht, Fräulein!"

Dann ging eine Leuchten durch seine Augen. „Dich kenn ich doch!"

Jetzt wusste auch Sophie, wo sie ihn gesehen hatte.

„Du bist doch eine der Bedienungen von Moderöd! Ich war an deinem Tisch!"

So ein Mist. Sie musste sich irgendwie rausreden.

„Aua, mir tuen wäh!", jammerte sie.

Quadratschädel kam herein. „Warum schaffst du sie nicht endlich raus?" Offenbar hatte er das Sagen.

„Sie hat mich überrascht und ist flink wie eine Katze."

„Hey, Heinrich, komm mal rüber und hilf Kalle mit der Putze. Alleine wird er nicht fertig mit ihr."

„Also, das ist doch ..." Meister Proper alias Kalle verschlug es die Sprache. Er nahm die Hand von Sophies Kinn, und stemmte sie in die Hüfte.

Ein Hulk trat aus der Küche. In der Hand hielt er eine herausgerissene Schranktür, die er gegen eine Zarge donnerte, wo sie zerbrach. „Wo soll ich helfen?"

Auch Heinrich der Hulk war Gast in Moderöd gewesen, stellte Sophie bestürzt fest.

„Bring die Kleine raus und lass dich nicht von ihr reinlegen!", befahl Quadratschädel.

„Die kenn ich!", sagte der Hulk. „Hat uns bedient auf der Vollversammlung in Moderöd, zusammen mit so einer Blonden!"

„Die steht im Treppenhaus. Ich hab Wotan hingestellt, damit sie nicht reinkommt."

„Die Dunkle hier hat Pomade die Eier blanchiert. Haben wir doch erzählt."

„Was, die war das?" Quadratschädel grinste. Neben Staunen zeigte sich Respekt in seiner Mimik. Dann legte er seine Stirn in Falten. Pfeifend ließ er Luft durch die Zähne entweichen.

„Genau, das kann ich bestätigen!" Offenbar hatte Meister Proper seine Stimme wiedergefunden.

„Deine Kollegin und du, wo kommt ihr her?", fragte Quadratschädel.

Sophie stand vor der Frage, wie sie ihre Rolle als rumänische Putzfrau mit der einer deutschen Aushilfskellnerin in Einklang bringen konnte. Sie suchte nach einer plausiblen Geschichte und fand keine. Und sie musste antworten. Jetzt!

„Freimann."

„Nein, Land!“

„Romania.“ Sophie hatte mit Akzent geantwortet.

„In Moderöd hat sie ganz normal gesprochen“, sagte der Hulk.

„Du bist eine miese kleine Schauspielerin!“ Quadratschädel kniff die Augen zusammen. „Wer bist du wirklich?“

Na, das hast du ja echt super hingekriegt, Sophie. Wie schaffst du es nur, dich immer wieder in solche Situationen zu manövrieren?

„Kalle, bring die Blonde her, wenn du das schaffst. Ich will die beiden Weiber ausquetschen!“

„Alex, hau ab, lauf!“, rief Sophie. Es reichte, wenn sie selbst in der Klemme saß, die sie sich eingebrockt hatte. Sie wollte keinesfalls ihre Freundin mit hineinziehen.

„Wotan, halt sie fest!“, brüllte Quadratschädel. Meister Proper flitzte los.

Rumpeln aus dem Treppenhaus, die hellen Schreie einer Frau, die dunklen eines Mannes, etwas schlug hart auf den Boden, dann schnelle Schritte und Sprünge, als würde jemand die Treppe hinunterrennen.

Niklas taumelte aus der Küche. „Sophie, du hier? Was ist mit Alex?“

Sophie antwortete nicht. Was sollte sie auch sagen? Mittlerweile hatten sich weitere schwere Jungs um sie geschart.

Meister Proper kam zurück. „Die Blonde ist weg und Wotan liegt k.o. auf der Treppe. Soll ich ihr nach?“

„Nein, zu viel Aufsehen“, sagte Quadratschädel. „Wir müssen abhauen.“

„Was machen wir mit ihr?", fragte Meister Proper und deutete auf Sophie.

„Durchsucht sie!", befahl Quadratschädel.

Ein Befehl, um dessen Ausführung sich die Männer rissen. Der Hulk und Meister Proper setzten sich durch. Sophie riss sich zusammen und ließ sie gewähren, dachte an Blumenwiesen in den Bergen, die sie so liebte, während Hände über jede Stelle ihres Körpers strichen. Quadratschädel nahm ihren Geldbeutel auseinander, zog ihren Personalausweis heraus und fotografierte ihn mit seinem Smartphone. Sollte er ruhig, die Angaben waren sowieso falsch. Eine Sophie Tosta gab es nicht.

„Dürfen wir ein bisschen Spaß mit ihr haben?", fragte Meister Proper.

„Hattest du doch schon, du Wichser!", entfuhr es Sophie und bereute es sofort. Sie hätte sich nicht provozieren lassen dürfen.

„Wir werden dich kleines Wildpferd schon zureiten!" Meister Proper hatte ein fieses Grinsen im Gesicht.

„Schluss jetzt, wir hauen ab", schnauzte Quadratschädel. „Die Blonde hat längst die Bullen gerufen." Wie zur Bestätigung ertönten in der Ferne Polizeisirenen. Er zeigte mit dem Finger auf Sophie. „Um dich, Sophie Tosta, kümmern wir uns später!"

„Können wir das Flittchen nicht mitnehmen?", fragte Meister Proper.

Ich bin kein ... !

„Wir haben mit Wotan genug zu schleppen. Abmarsch!"

Wie eine Büffelherde flohen die Kraftbolzen aus dem Haus. Sofort kümmerte sich Sophie um den am Boden liegenden Volker. Unsicher, was zu tun ist, suchte sie nach seinem Puls.

Niklas kniete sich neben sie, beugte sich tief über Volkers Gesicht und redete auf ihn ein. „Du atmest tief und gleichmäßig, gut so, schlaf dich gesund." Genau in dem Augenblick registrierte Sophie eine Bewegung an der Küchentür. Alex! Wie kam sie dorthin? Sie signalisierte Sophie mit dem Zeigefinger auf den Lippen, zu schweigen, und schlich aus der Wohnung.

Mit ein paar geübten Handgriffen brachte Niklas den Verletzten in die stabile Seitenlage und redete weiter auf ihn ein. „Hörst du auch das Martinshorn? Die Sanis sind sofort da und dann gehts dir gleich besser."

„Das hast du gelernt, oder?", fragte Sophie.

„Ja, ich habe eine Ausbildung zum Rettungssanitäter gemacht. So kann ich mir in den Semesterferien auf sinnvolle Weise ein paar Euro dazuverdienen."

Sophie begann zu verstehen, was Alex an dem Kerl mochte. Selbst wenn er eine Mitschuld am Unfall auf der Autobahn trug, so war er dennoch ein wertvoller Mensch.

Sekunden später stürmten Streifenpolizisten mit gezogenen Pistolen herein, nahmen sich Zimmer für Zimmer vor – viele waren es nicht – und riefen *sauber*. Dann sagte einer in sein Funkgerät: „Die Sanis sollen hochkommen, zwei Verletzte."

Während die Sanitäter Niklas und Volker abtransportierten, wurden Sophies falsche Personalien aufgenommen. Dann durfte sie gehen.

Draußen empfing sie eine unheimliche Szenerie. Streifenwagen, Sankas, tanzendes Blaulicht, zurückgeworfen von den Fassaden, Absperrungen mit Flatterband. Dahinter eine Meute aus Schaulustigen und dunkel gekleideten Glatzköpfen in gesinnungskonformer Tracht. Ausbeulungen in ihren Jacken deuteten auf versteckte Baseballschläger hin. Den Glatzen stand die Enttäuschung ins Gesicht geschrieben. *Die realisieren gerade, dass sie zu spät sind.* Sophie konnte die aufgeheizte Stimmung fast greifen und wollte Distanz aufbauen, bevor die Wut ein anderes Ziel fand.

„Hallo, Sophie", sagte eine Frauenstimme von hinten.

„Hallo, Jana."

„Man lässt mich nicht rein. Was ist los da oben?"

„Irgendwelche kahlköpfigen Schläger haben den Laden auseinandergenommen und einige von uns verprügelt."

„Warum ist dir nichts passiert?"

Sophie war sich unsicher, ob Enttäuschung in Janas Stimme mitschwang oder nicht.

„Ich war spät dran", antwortete sie. „Das war mein Glück. Bevor sie mich richtig in die Mangel nehmen konnten, kamen die Bullen."

„Weiß man, wer's war?"

„Keine Ahnung, Glatzen halt."

Sophie würde einen Teufel tun und von der Qwehrkraft berichten. Stattdessen war es an der Zeit, Jana auf den Zahn zu fühlen.

„Wolltest du nicht zu dem Treffen um sieben kommen?"

„Doch, aber ich habe mich auch verspätet. So wie du!"

„So wie ich, soso." *Die ist doch nicht ganz echt!*

Jana schenkte ihr ein zuckersüßes Lächeln, das ihre Augen nicht erreichte. Das konnte Sophie auch.

An einer Stelle, an der kaum Schlägertypen zu sehen waren, schlüpfte Sophie unter dem Flatterband durch und mischte sich unter die Passanten. Sie schlenderte zu dem kleinen Park, in dem sie sich mit Alex getroffen hatte. Irgendwo musste sie sein. Sophie glaubte nicht, dass sie einfach nach Hause gefahren war. Bei einem in der Nähe geparkten BMW leuchteten kurz die Scheinwerfer auf. *Alles klar.*

BESTE FREUNDINNEN

Mittwoch, 24. April, ca. 20:30 Uhr; noch 17 Tage

Sophie setzte sich auf den Beifahrersitz. „Sag mal, was war das für eine Aktion in der Küche?"

„Ich lasse dich doch nicht mit diesen Primaten allein!"

„Ich dachte, du bist abgehauen, wie ich dir ...", Sophie suchte nach dem richtigen Wort, „... empfohlen habe."

„Bin ich auch. Wotan ist mir nachgesprungen, ich bin ausgewichen, er ist kopfüber die Treppe runtergesegelt und liegen geblieben. Damit konnte ich ungehindert zum Auto rennen und meine Dienstwaffe holen."

„Wann hast du dich in die Küche geschlichen?"

„Als alle Augen auf dich gerichtet waren und die Kerle dich begrapscht haben."

„Was hättest du im Ernstfall unternommen? Wir beide gegen die?"

„Wir drei! Vergiss meine Begleiterin nicht!" Alex öffnete dezent ihre Jacke und gab den Blick auf die Pistole im Holster frei. „Die kann verdammt überzeugend sein!"

„Du hättest geschossen? Einen umgebracht?" Sophie konnte es nicht glauben.

„Wer redet denn von umbringen? Ich dachte an einen Schuss ins Knie als erzieherische Maßnahme. Funktioniert praktisch immer."

„Okay", sagte Sophie gedehnt. Damit konnte sie leben.

„Nach dem, was ich gesehen habe, ist Niklas nicht ernsthaft verletzt. Aber was ist mit Volker?"

„Er war am Leben, aber bewusstlos. Keine Ahnung, was das heißt.“

„Bestenfalls nur eine Gehirnerschütterung.“

Gleichzeitig atmeten sie tief durch.

„Puh, das war knapp“, sagte Sophie. „Weil wir füreinander einstehen, ist es so glimpflich ausgegangen.“

„Yep. Du hast mich gewarnt und ich hätte dich beschützt. So muss es sein, so und nicht anders!“

Die Anspannung fiel ab und sie umarmten sich. Plötzlich bekam Alex einen ihrer typischen Lachanfälle.

„Deine Vorstellung als rumänische Putzfrau war reif für den Oscar. Aber als du dem Neandertaler auch noch das Geld abgeluchst hast ...“ Alex konnte nicht weitersprechen, lachte, verfiel in Schnappatmung.

Sophie ließ sich anstecken, dann wurde sie ernst. „Hast du mitbekommen, dass die Typen alle von der Qwehrkraft waren? Einige haben mich in Moderöd gesehen und wiedererkannt. Das war das Problem.“

„Interessant. Das bedeutet, die Qwehrkraft war vor den anderen vor Ort, um den Job alleine zu erledigen.“

„Ja, aber warum?“

„Intimfeindschaft?“

„So oder so ähnlich.“

„Du hattest recht mit der Verbindung zwischen beiden Organisationen. Es gibt sie, wir sehen sie nur nicht.“

„Verrückt, was?“

„Ich muss meinen Chef davon überzeugen, dass er mich weiter ermitteln lässt.“

„Er wird nach deinem Verhältnis zu Niklas fragen.“

„Ach, Scheiße!“ Alex ließ den Motor an und fuhr los.

DER FUND

Donnerstag, 25. April; noch 16 Tage

Sophie und Benjamin checkten noch vor dem Frühstück das Internet. Levittchen sprach von gerechter Strafe für die Anschläge auf die LNG-Terminals und schuf damit die für sie passende Wahrheit. Also alles wie immer.

Greenderella alias Jana schlüpfte gekonnt in die Opferrolle. Die Situation machte es ihr leicht, denn diesmal waren die Aktivisten des KlimaKITs wirklich unschuldige Opfer. Trotzdem, Greenderella hatte die Rolle voll drauf.

„Das sind Schauspielerinnen, eine wie die andere", sagte Benjamin.

„Die sind beide nicht echt." Damit sprach Sophie aus, was ihr die letzten Tage keine Ruhe ließ. Sie konnte es nicht begründen, es war mehr ein Gefühl. Ein Gefühl, das Benjamin offenbar mit ihr teilte.

Sie versuchte, das, was sie bewegte, in Worte zu fassen. „Das KlimaKIT und die Qwehrkraft stehen auf entgegengesetzten Seiten. Aber es sind die zwei Seiten einer Medaille. Sie sind untrennbar miteinander verbunden, wir wissen nur noch nicht wie. Erst wenn wir das geklärt haben, wissen wir, was damals wirklich auf der Autobahn passiert ist."

Nach dem Frühstück verabschiedeten sie sich. Benjamin hatte im Homeoffice einige Arbeiten zu erledigen, die keinen Aufschub duldeten. Sophie hingegen fuhr zu den Klimaschützern. Jana hatte im Gruppenchat um Mithilfe bei den Aufräumungsarbeiten gebeten. Max Forsch hatte daraufhin Sophie für den Vormittag grünes Licht gegeben. Nachmittags sollte sie ins Büro kommen.

Auf der S-Bahnfahrt von Germsbach zum KlimaKIT nach München ließ Sophie den gestrigen Abend noch einmal Revue passieren. Sie war leichtsinnig gewesen, als sie rumänische Putzfrau gespielt hatte. Sie hatte sich und Alex in Gefahr gebracht. Um die Verletzten hatte sie sich erst kümmern können, als die Dumpfbacken das Weite gesucht hatten. Mit Abwarten hätte sie dasselbe erreicht.

Was hatte sie sich nur dabei gedacht? Kein Wunder, dass sie, kaum zu Hause, die Wohnungstür hinter sich geschlossen und sicher in ihrer Höhle, zu zittern begonnen hatte. Benjamin hatte sie auf die Couch gelegt, zugedeckt und ihr zugehört. Hin und wieder hatte er sie wie einen Goldhamster gestreichelt.

Ihre Art, traumatische Erlebnisse zu verarbeiten, war fast Routine geworden. Wann hatte es angefangen? Sie konnte sich nicht erinnern. Früher hatte sie das Zittern als Schwäche wahrgenommen und sich dagegen gewehrt. Erst als sie gelesen hatte, dass dies auch im Tierreich eine gängige Praxis war, um Stress abzubauen, konnte sie es akzeptieren und als Vorteil betrachten. *Vielleicht ist das meine animalische Seite?* Die Frage amüsierte sie.

Sie hatte schon immer einen riskanten Lebensstil gepflegt. Solange sie bei ihren Eltern im Scherbenviertel gewohnt hatte, ging es nicht anders. Mit dem Heranwachsen wuchsen auch die Risiken. Und als sie von dort wegzog, behielt sie ihr Verhaltensmuster bei. Wie einen Rucksack schleppte sie es immer mit sich herum.

Noch immer mischte sie sich ein und sagte was sie dachte, auch wenn es klüger wäre zu schweigen. Noch immer half sie den Schwachen und legte sich mit den Mächtigen an. Früher hatte sie Mitschülern bei Problemen mit dem Schulhofschläger geholfen. Später hatte sie sich mit den Gangs angelegt und sie ausgetrickst. Das hatte sie geprägt.

Mittlerweile wollte sie es nicht mehr anders. Dafür war Zittern ein akzeptabler Preis. Sie hoffte, dass es dabei blieb. Denn sie kämpfte nicht mehr gegen die Gangs von damals. Heute war alles eine Nummer größer. Es wäre nur normal, wenn auch der Preis steigen würde.

Als Sophie das Haus erreichte, in dem das KlimaKIT seine Räume hatte, stand ein Sperrmüllcontainer neben dem Eingang. *Das ging schnell!* Sophie vermutete, dass Jana ihn organisiert hatte. Sie musste über ein ausgezeichnetes Netzwerk verfügen.

Schon auf der Treppe kamen Sophie Klimaaktivisten mit Sperrmüll entgegen. Oben kroch eine üble Geruchsmischung in ihre Nase. Ganz schwach nur, aber vorhanden. Sie schnupperte. Kalter Rauch, das war normal, weil sich nicht jeder – allen voran Robespierre – an das Rauchverbot hielt, vermischt mit etwas Muffigem, das gestern noch nicht da gewesen war. Woran erinnerte sie dieser Geruch? *An ungewaschene Körper und Kleidung, an, an ... Pablo!* Er musste zwischenzeitlich hier gewesen sein. *Aber wann und warum?*

Es wurde sortiert, geräumt und zusammengefegt. Jana hatte den Hut auf und packte selbst mit an. Auch Robespierre war gekommen. Sophie sah ihn heute das erste Mal nach der Demo, wo er sich mit den Glatzen angelegt hatte.

Die Begegnung hatte Spuren hinterlassen. Sein Gesicht war völlig entstellt: Die Schiene auf der Nase zeugte von einem Nasenbeinbruch. Dazu ein Veilchen und eine aufgeplatzte Lippe. Außerdem ragte ein Drahtgestell aus seinem Kiefer, in dem einige Zähne fehlten. Sophie fühlte sich an ein eingerüstetes, baufälliges Haus erinnert.

Doch all diese Verletzungen waren nur oberflächlich. Seiner Persönlichkeit konnten sie nichts anhaben. „Wir werden ef ihnen heimfahlen!", nuschelte er, während er auf Krücken durch die Trümmer humpelte.

Niklas, den ein weißer Turban vom Arzt zierte, widersprach. „Gewalt ist keine Lösung. Schau mal in den Spiegel. Du siehst noch schlimmer aus als ich!"

Sophie half im Wohnzimmer, die noch brauchbaren Gegenstände zu sortieren. In einer Pause kam das Gespräch auf das, was passiert war, und wie es dazu kommen konnte.

„Levittchen hat das Gerücht gestreut, dass wir hinter dem Angriff auf die Gasterminals stecken", erklärte Niklas.

„Damit hat sie eine Lawine in den Sozialen Medien losgetreten. Und sie nutzt die Zeit, um weitere Fake News zu verbreiten und den Shitstorm anzuheizen.“

„Aber man muss sich doch gegen Lügen wehren können!“, sagte eine junge Frau, die Sophie zum ersten Mal sah und über die es kein Dossier gab. Verzweiflung schwang in ihrer Stimme mit.

„Nein, leider nicht. Schau mal über den großen Teich. Der größte Lügner hat die besten Chancen, Präsident zu werden. Und jeder weiß es.“

„Betrügen ist verboten“, sagte Sophie. „Lügen ist moralisch verwerflich, aber es ist legal und fällt unter die Meinungsfreiheit. Die Alternative wäre eine offizielle Wahrheit, von der nicht abgewichen werden darf. Dann wären wir im Totalitarismus.“

„Sophie und das Wort zum Sonntag“, ätzte Jana. „Los gehts, wir haben noch viel zu tun, packen wir’s an.“

Wenn es noch eines Beweises bedurft hätte, dass die Chemie zwischen ihnen nicht stimmte, hier war er.

Sophie wandte sich den Trümmern des Schreibtischs zu, an dem hauptsächlich Jana gearbeitet hatte. Der PC war Geschichte, dafür genügte ein Blick. Aber vielleicht war die eingebaute Festplatte noch zu retten. Sie ging in die Hocke und versuchte, das verbeulte Gehäuse zu öffnen, doch es klemmte.

„Lass das, um den Rechner kümmere ich mich selbst!“, wurde sie von Jana angefahren. „Geh in die Küche, da kannst du nichts falsch machen!“

Du kannst mich mal! Sophie legte das Gehäuse beiseite und hob eine am Boden liegende Schreibtischschublade an, um sie zusammen mit anderen Trümmern zum Sperrmüllcontainer zu bringen. Unter der Schublade entdeckte sie einen USB-Stick, dessen Steckkontakt abgeknickt war.

Sie scannte ihre Umgebung. Jana hatte sich Niklas zugewandt und schnauzte ihn an. Robespierre taumelte in die Küche. Auch von den anderen schien niemand Notiz von ihr zu nehmen. *Jetzt oder nie!* Schlangengleich schnellte ihre Hand vor, schnappte sich den Stick und ließ ihn in einer Tasche ihrer Jeans verschwinden.

Sie sammelte ein paar Trümmer für den Container auf, verabschiedete sich leise von Niklas und seilte sich ab. Ursprünglich hatte sie vorgehabt, ins Büro zu fahren. Doch mit dem beschädigten Stick in der Tasche steuerte sie das Polizeipräsidium an. Nach telefonischer Anmeldung wartete Alex bereits auf sie.

„Dann schieb das Ding mal rüber", sagte die Kriminalpolizistin und sah sich den beschädigten Speicherstick an. „Sollte für die KTU kein Problem sein. Das quetschen die dazwischen, müsste also schnell gehen."

„Okay, ich muss ..."

„Nicht so schnell. Wir gehen jetzt in die Kantine, ich lade dich ein. Anschließend brauchen wir deine Aussage wegen gestern Abend, *Frau Tosta*."

Sophie traf erst gegen 15 Uhr in ihrem Büro ein. Sie entschuldigte sich vielmals bei Forsch, der zwar Verständnis zeigte, aber auch auf einen Berg dringender Aufgaben verwies. Sie stürzte sich sofort darauf.

Kaum eine halbe Stunde später rief Alex an. „Treffen Punkt 18 Uhr bei meinem Chef. Ich bringe Pizza. Sag Forsch Bescheid!"

„Aber ich hab heut Abend Training! Und du auch."

„Jetzt nicht mehr!"

DER GEHEIMCODE

Donnerstag, 25. April, ca. 18:30 Uhr; noch 16 Tage

„Viel ist nicht drauf auf dem Stick", sagte Käpsele zwischen zwei Gabeln Tortelloni. Als Schwabe habe er sich dafür entschieden, weil das Maultaschen am nächsten komme, wie er erklärt hatte. Er schluckte den Bissen hinunter, der Adamsapfel hüpfte. „Aber das, was drauf ist, hat es in sich."

Weil er nicht weitersprach, wuchs die Spannung ins Unermessliche.

„Herr Käpsele, wollen Sie uns nicht an ihrer Beschlagenheit teilhaben lassen?", fragte Forsch. „Dank des überragenden Engagements meiner besten Mitarbeiterin haben wir viel Arbeit und wenig Zeit."

„Auf dem Stick ist eine verschlüsselte Textdatei, die unsere KTU ausgelesen hat." Käpsele griff zu seinem Smartphone und las vor: „11.05. 1500 3.v.S. re." Er legte das Telefon mitten auf den Tisch, sodass jeder es lesen konnte.

„Das ist jetzt aber nicht ihr Ernst, Herr Käpsele", rief Forsch. „Deswegen haben Sie uns antanzen lassen? Was soll denn das sein?"

„Ein Code!", antwortete Benjamin begeistert. Das Knacken von Codes hatte er schon als Kind geliebt und eine gewisse Begabung dafür entwickelt. „Am 11. Mai punkt 15 Uhr passiert etwas. Das ist in 16 Tagen."

„Richtig", sagte Alex. „Wir wissen aber nicht, was und wo."

„Das *Was* könnte belanglos sein", warf Käpsele ein.

„Glaub ich nicht", entgegnete Sophie. „Wenn es harmlos wäre, hätte Jana auf die Verschlüsselung verzichtet. Außerdem hat sie sich heute wiedermal seltsam verhalten. Sie hat mir verboten, den geschrotteten PC anzurühren."

„Das mit dem kaputten Computer wussten wir nicht", sagte Alex. „Ansonsten hatten wir die gleichen Gedanken und sind zum gleichen Ergebnis gekommen."

„Was ist am 11. Mai um 15 Uhr los?", fragte Benjamin. „Irgendwelche Veranstaltungen?"

„Im Mai? Tausende, das ist es ja! Vereinsfeste, Familienfeiern, Hochzeiten, Volksfeste und so weiter", antwortete Käpsele.

„Großveranstaltungen?"

„Fußball, Konzerte, alles was Sie wollen."

Benjamin bat um einen Zettel mit Stift. Dann notierte er *3.v.S. re.* und legte den Zettel in die Mitte. „Was könnte das bedeuten?"

„Tja", antwortete Käpsele. „Irgendwelche Vorschläge?"

„Also, *re.* könnte rechts heißen, und *3.v.* dritte von", sagte Sophie.

„Das haben wir uns auch gedacht", sagte Alex. „Aber wir wollten euch selbst denken lassen. Bei *S.* haben wir keine Ahnung."

Sie rätselten noch eine Weile, aber niemand hatte eine zündende Idee.

„Mit Jana stimmt was nicht", wechselte Sophie das Thema. „Die ist nicht echt!"

„Wie kommen Sie darauf?", fragte Käpsele.

186

„Wir trauen uns gegenseitig nicht über den Weg und wir wissen das beide."

„Woher wissen Sie, dass Frau Tannecker, also Jana, Ihnen nicht über den Weg traut? Und was macht Sie so sicher, dass sie weiß, dass es umgekehrt genauso ist?"

„Frauen spüren so was, Herr Käpsele."

„Und woher, glauben Sie, kommt dieses Misstrauen?"

„Wir sind beide nicht echt und gaukeln der Außenwelt etwas vor. Meine Rolle ist in unserem illustren Kreis bekannt. Ich bin eine schlechte Schauspielerin und kann meine Umwelt nicht dauerhaft täuschen, Jana schon gar nicht."

„Und Jana?"

„Ist nicht authentisch, spielt ebenfalls eine Rolle. Ich weiß aber nicht, welche."

„Wie hat sich Ihr Verhältnis zu Jana verändert? Wie äußert sich das?"

„In Zickenterror!"

„Oh Gott! Wenn ich im horizontalen Gewerbe zu tun habe, begegnet mir das regelmäßig!"

„Möglicherweise ist es bei uns etwas anders. Denken Sie an maliziöses Lächeln und Anfauchen, immer schön ab wechselnd."

„Und früher war das nicht so?"

„Anfangs haben wir uns ganz gut verstanden. Aber ich hatte immer den Eindruck, dass Jana ein misstrauischer Mensch ist.

„Das gefällt mir nicht. Uns läuft die Zeit davon und der Boden wird langsam heiß. Wir brauchen dringend Ergebnisse!"

„Ich hätte eine Idee, Klaus", sagte Alex.

„Ich höre."

„Ich lade Niklas in eine Bar ein."

Käpsele knurrte.

„Sophie und Benjamin begleiten uns", fuhr Alex ungerührt fort. „Wir machen ihn betrunken. Im Alkohol liegt Wahrheit."

„Ohne mich", rief Sophie. „Ich vertrage nichts und bin daher für diese Art der Befragung nicht geeignet."

Käpsele winkte ab. „Das ist nicht gerichtsverwertbar."

„Sicher nicht", antwortete Alex. „Aber wir wüssten wenigstens, was gelaufen ist. Darauf könnten wir aufbauen."

„Ich bin raus!" Empörung in der Stimme und Kopfschütteln. Augenscheinlich war Sophie fassungslos.

„Ich kenne den Barkeeper", sagte Alex. „Er könnte uns alkoholfreie Drinks mixen und Niklas einen Extraschuss verpassen. Du würdest also nüchtern bleiben."

Sophie laserte Alex mit ihren smaragdgrünen Augen. „Der Alkohol ist nicht mein Hauptproblem, Alex. Niklas ist dein Freund. Mit der Aktion verrätst du ihn auf übelste Weise. Das kannst du nicht machen!"

Benjamin pflichtete ihr bei. „An Niklas' Stelle wärst du bei mir unten durch, Alex." Er war enttäuscht, denn er mochte sie und ihre skrupellose Seite war ihm neu.

„Ich hintergehe ihn schon die ganze Zeit. Die Beziehung hat keine Zukunft, hatte sie nie. Wenn ich schon Schluss machen muss, dann wenigstens für einen guten Zweck.“ Ihre Augen waren feucht, sie blinzelte.

Okay, skrupellos ist sie nicht, korrigierte sich Benjamin, *sondern innerlich zerrissen.*

„Nun, Alex, was du in deiner Freizeit machst, geht mich nichts an, solange es unsere Arbeit nicht behindert“, sagte Käpsele. „Wenn du in diesem Sinne die von dir skizzierte Vernehmungstechnik ausprobieren möchtest und es uns weiterbringt, meinetwegen.“

„Dann machen wir es so“, flüsterte sie. Man sah ihr an, dass sie um Fassung rang. Sie hatte gerade ihre Beziehung zum Abschuss freigegeben.

„Alex, Frau Taff, Herr Neumann, bitte vermehrt Augen und Ohren offenhalten und nichts riskieren“, sagte Käpsele. „Angriffe können aus der Gruppe selbst und von außen kommen!“ Er ließ die Worte kurz wirken. „Es tut sich eine Menge, aber nicht in unserem Sinn. Und die Uhr tickt!“

IN VINO VERITAS

Freitag, 26. April, spätabends; noch 15 Tage

Sophie, Benjamin, Alex und Niklas saßen schon über zwei Stunden in der *Sonderbar*. Sie hatten einen Vierertisch in einer schummrigen Nische, wo sie unter sich waren. Jeder hatte schon einige Cocktails intus. Aber nur einer hatte ziemlich einen sitzen und versuchte, sich nichts anmerken zu lassen. Die andern drei waren stocknüchtern und versuchten ebenfalls, dies zu verbergen.

„Du hast ja schon wieder ausgetrunken, Niklas", lallte Alex. „Bei dir muss die Luft besonders trocken sein!"

„Kann nich' sein. Ich bin doch schon ganz benebelt." Niklas grinste wie ein Honigkuchenpferd mit weißem Turban. Sein rechtes Auge fixierte Alex, während das linke ein reges Eigenleben führte. Sie gab ihm einen übertrieben lauten Schmatz auf die Wange und fing an zu kichern.

„So benebelt kannst du nicht mehr fahren, nicht mal öffentlich. Ich glaube, du musst heute bei mir übernachten!"

„Ja, das mach ich doch gerne", sagte er selig grinsend. „Nebel und fahren, das is' nix!" Plötzlich schaute er ernst.

„Was ist?"

„Musste gerade an Volker denken."

„An Volker, warum das?", fragte Benjamin. Er hatte den Abend ermittlungstechnisch schon abgeschrieben. Jetzt wurde es doch noch interessant.

„Liegt im Krankenhaus. Dabei war er es, der vor dem Nebel gewarnt hat."

„Wovon sprichst du?“, fragte Alex.

„Na, vom 17. Februar. Der Tag, an dem der Unfall auf der Autobahn passiert ist.“

„Von Nebel kam nichts in den Nachrichten.“

„Natürlich nicht. Darum haben wir uns dafür entschieden. Nur Robespierre war dagegen.“

Volker, Robespierre und der nicht vorhandene Nebel. Benjamin war verwirrt.

Niklas wirkte auf einmal niedergeschlagen. Sein Pegel schien nun an dem Punkt zu sein, an dem der Damm brach. Die Gelegenheit galt es zu nutzen.

„Robespierre ist immer dagegen“, sagte Alex. „Wogegen war er diesmal?“

„Na, gegen die Aktion. Er wollte verschieben, weil er die bergige und kurvige Streckenführung am Irschenberg zu gefährlich fand. Da passieren auch so schon genügend Unfälle, hat er gesagt. Ich habe Durst!“

„Hier, magst du mal bei mir nippen?“ Alex hielt ihm ihren führerscheinfreundlichen Cocktail hin. Promille hatte er schon genug. Es nutzte nichts, wenn er ins Delirium fiel.

Benjamin überlegte. *Eine Verschiebung entschärft nicht die Streckenführung am Irschenberg. Außerdem ist am Irschenberg kein Nebel gewesen. Ergo muss es andere Strecken gegeben haben, die wegen des Nebels nicht infrage gekommen sind, zu einem späteren Zeitpunkt – nebelfrei – aber schon.*

Gerade wollte er eine Frage formulieren, da kam ihm Sophie zuvor: „Die anderen Strecken waren eigentlich günstiger, nur herrschte dort Nebel.“

„Genau! Darum wollte Robespierre verschieben. Ihm hat der Irschenberg nie getaugt. Aber Jana und ich, wir hatten keine Geduld mehr. Volker hat sich enthalten.“

Volker wohnte laut Dossier in der Gegend von Ismaning. Menschen, die dort lebten, kannten sich mit Nebel aus.

„Die Alternativstrecken sind wohl eher flach?“, tastete sich Alex heran.

„Ja, keine Kurven, flach, übersichtlich. Eigentlich ideal!“

„Wo gibts so was in Bayern?“ Benjamin dachte an Niedersachsen, wo er aufgewachsen war. *Bayern haben keine Ahnung davon, was flach ist.*

„Doch, das gibt es auch in Bayern!“, antwortete Niklas und sah Benjamin vorwurfsvoll an. Mit erhobenem Zeigefinger und schwerer Zunge fuhr er fort: „Zum Beispiel auf der A9 bei Allershausen oder der A94 Richtung Passau.“

„Wie seid ihr auf die Streckenabschnitte gekommen?“, fragte Sophie.

„Sind wir nicht, das war Jana.“

„Ach, ihr durftet zwischen ein paar Optionen wählen, die Jana rausgesucht hatte?“, fragte Alex.

„Yep, drei Optionen.“ Und nach ein paar Sekunden sagte er in sein leeres Glas. „Ich hätte mich nie darauf einlassen dürfen!“

DIE MANIPULIERTE ABSTIMMUNG

Samstag, 27. April; noch 14 Tage

„Also, Ihre Torta della Nonna ist wirklich köstlich, Frau Taff", sagte Käpsele. „Und könnte ich noch einen zweiten Cappuccino bekommen?"

Alex und Forsch pflichteten dem Chefermittler bei. Während Sophie die Espressomaschine bediente, verteilte Benjamin die letzten Kuchenstücke.

So voll war ihre kleine Küche selten. Sophie, die keinen Platz mehr am Esstisch gefunden hatte, lehnte an der Arbeitsplatte und aß im Stehen, wenn sie nicht gerade die Gäste bediente. Sie freute sich über das Lob.

Nun wussten sie also, wie es zur tragischen Entscheidung im KlimaKIT gekommen war, die Autobahn zu blockieren, was den Tod von vier Menschen zur Folge gehabt hatte. Sie wussten, dass Jana und Niklas für die Aktion gestimmt hatten und von Volkers Enthaltung. Und dass Robespierre – ausgerechnet er – besonnen reagiert und für eine Verschiebung gestimmt hatte. Aus den Polizeiakten ging nicht hervor, ob weitere Aktivisten an der Tat beteiligt gewesen waren. Man wusste nur von mindestens vier Akteuren.

„Leider ist das, was ihr herausgefunden habt, weder für die Presse noch vor Gericht verwertbar", sagte Forsch.

„Das war von Anfang an klar." Ein Anflug von Ärger lag in Alex' Stimme.

„Ich finde bemerkenswert, dass die Abstimmung nicht wirklich demokratisch war“, sagte Käpsele. „So wie es sich darstellt, hat Jana im Alleingang drei Optionen bestimmt und vorgegeben. Nach diesem Prinzip laufen auch Abstimmungen in autoritär regierten Staaten.“

„Das stimmt“, sagte Forsch. „So habe ich es noch gar nicht betrachtet. Die Abstimmung war manipuliert.“

„Außerdem ist mir aufgefallen, dass allen Optionen ein hohes Gefahrenpotenzial innewohnt. Zwei der drei Abschnitte sind im Winter von Nebel geplagt, der andere ist kurvig, bergig und im Winter oft glatt. Ich frage mich, warum gerade diese Strecken? Es hätte weniger gefährliche Alternativen gegeben.“

„Unterstellen Sie ihr Absicht?“, fragte Benjamin.

„Ich bin geneigt, genau das zu tun“, antwortete Sophie an Käpseles Stelle. „Das, was damals passiert ist, war ein schrecklicher Unfall und die Familie ein Zufallsopfer. Aber der Unfall wurde subtil provoziert, und zwar von Jana. Das ist meine Meinung.“

„Eine steile These“, sagte Käpsele, „aber ich kann mich ihr nicht ganz entziehen.“

„Und das Motiv?“, fragte Alex.

„Tja, warum?“, schloss sich Forsch an.

„Um dem KlimaKIT und dem Klimaschutz insgesamt zu schaden“, antwortete Benjamin. „Das ist die plausibelste Erklärung.“

„Dann wäre Jana eine Art Maulwurf“, sagte Sophie.

„Ich möchte noch einmal Janas Dossier durchgehen“, sagte Käpsele. „Vielleicht haben wir etwas übersehen.“

„Ich hole den Laptop“, sagte Benjamin im Aufstehen. „Dann können alle draufgucken.“

Er stellte das Gerät auf die Anrichte und lud Janas Dossier auf den Bildschirm.

Jana Tannecker

Geboren am:	*7. Oktober 2002*	in: *Moskau*
Mutter:	*Katja Tannecker*	
Vater:	*Erich Tannecker*	
Körpergröße:	*174 cm*	
Augenfarbe:	*blau*	
Staatsangehörigkeit:	*deutsch*	
Vorstrafen:	*keine Eintragung*	

Lebenslauf:
Kindheit und Jugend in Moskau und St. Petersburg, 2020 Übersiedelung nach Berlin als Russlanddeutsche; Annahme der deutschen Staatsbürgerschaft; 2021 Aufnahme des Studiums der Politologie an der Ludwig-Maximilians-Universität München; Engagement für Umwelt- und Klimaschutz beim KlimaKIT; seit 2022 Sprecherin der Gruppe mit Schwerpunkt auf Aktivität als Influencerin.

Als Sophie das Dossier las, streifte ein Schatten ihre Gedanken. Sie versuchte, ihn zu greifen. Vergeblich.

„Also ich kann nichts erkennen, was uns in den Ermittlungen weiterbringen könnte“, sagte Benjamin.

„Viel steht ja auch nicht drin“, sagte Forsch.

„Mehr haben wir nicht?“, fragte Alex ihren Chef. „Ich finde das auch recht dürftig.“

Alle Augen waren auf Käpsele gerichtet. Er starrte konzentriert auf den Bildschirm mit dem Dossier, die Lippen zu einem Strich zusammengekniffen. „Da muss es mehr geben. Ich frage beim BKA an.“

„Mit welcher Begründung? Gegen Jana liegt nichts vor.“

„Ich kenne jemanden, der dort arbeitet. Und wenn das nicht reicht, haben wir noch den Code auf dem USB-Stick. Gefahr im Verzug.“

„Den Code hat Sophie gefunden. Offiziell haben wir den gar nicht.“

„Das müssen wir ja nicht sagen. Offiziell gab es eine Tatortbegehung. Kein Polizist wird damit hausieren gehen, etwas übersehen zu haben, was eine Amateurin gefunden hat.“ Beim Wort *Amateurin* sah er zu Sophie und schickte ihr einen entschuldigenden Augenaufschlag.

„Bis wann können wir mit einer Antwort vom BKA rechnen?“, fragte Sophie.

„Bis zum 11. Mai sind es noch 14 Tage und es werden immer weniger. Ich werde es dringend machen und erwarte noch im Laufe des Montags eine Antwort.“

EIN AKT DER NÄCHSTENLIEBE

Sonntag, 28. April, viel zu früh; noch 13 Tage

Sophie hörte durch das gekippte Schlafzimmerfenster die Vögel zwitschern. *Diese Frühaufsteher, schrecklich!* Sie drehte sich noch einmal auf die andere Seite und schlief wieder ein. Schließlich wurde sie unruhig. Trotz geschlossener Augenlider spürte sie, dass es hell geworden war. Sie blinzelte und wurde von Sonnenstrahlen geblendet, die durch die Rolloritzen drangen. Sofort schloss sie die Augen wieder.

„Guten Morgen, mein Schatz!", hörte sie Benjamin sagen. Sie brummte.

„Auch schon wach?", fragte er.

„Nein!"

Die Wärme der Sonnenstrahlen kitzelte ihre Nase. An der Bewegung der Matratze spürte sie, wie er an sie heranrückte. Seine Hand strich über ihr Ohr.

„Wie spät ist es denn?", fragte sie.

„Schon sieben."

„Mitten in der Nacht!"

„Dann ist das die Mitternachtssonne, die dir ins Gesicht scheint."

Sie spürte, wie seine Hand von ihrem Ohr nach vorne wanderte und ihr Gesicht vor der Sonne schützte. Sie wagte einen vorsichtigen Blick durch halbgeschlossene Lider und blinzelte geradewegs in sein Gesicht, das kaum zwanzig Zentimeter entfernt war.

„Als Ingenieur kenne ich mich mit Physik aus." Benjamin mit Grabesstimme.

„Warum sagst du das?"

„Physik ist die Lehre von den Körpern." Sein Gesichtsausdruck verriet, was er damit meinte. Die Hormone übernahmen. Sie zog ihn zu sich, öffnete mit ihren Lippen die seinen und küsste ihn leidenschaftlich. Ihr Körper reagierte entsprechend.

„Oh, darf ich Ihnen einen Praktikumsplatz anbieten?", fragte sie, setzte sich auf und zog sich das Nachthemd über den Kopf. „Bitte söhr, Herr Ingeniör!"

Später sagte sie: „Dein Studium ist ja doch zu etwas zu gebrauchen."

Als sie beim Frühstück saßen, läutete das Telefon.

„Niklas hat gehört, dass es Volker wieder besser geht und er sich über Besuch freut", tönte Alex' Stimme aus dem Lautsprecher. „Wir gehen um drei zu ihm. Kommt ihr mit?"

Spontan stimmten Sophie und Benjamin zu. Niklas würde noch einen Blumenstrauß besorgen, für den sie zusammenlegten.

Nach einem ausgedehnten Waldspaziergang, bei dem sie das warme Frühlingswetter genossen, machten sie sich auf den Weg zum Klinikum Großhadern.

Vor dem Klinikum – von außen eine Mischung aus Flugzeugträger und Bauhaus – trafen sie auf Alex und Niklas, der noch immer seinen weißen Kopfverband trug. Er hatte einen bunten Strauß Frühlingsblumen besorgt. Sophie fühlte sich an den Strauß für Käpsele erinnert, der kurzzeitig in seinem Pokal gelandet war. Alex hielt eine Rose in der Hand. Ihre feuchten Augen hätte man durchaus als Tränen der Rührung interpretieren können, doch Sophie wusste es besser.

Am Empfang erfuhren sie Station und Zimmernummer. Würfel in knallorange, knallgelb und laubfroschgrün – die 70er-Jahre waren hier noch lebendig – hingen von der Decke und versuchten mit einer Kombination aus Buchstaben- und Farbcode, den Weg zu weisen.

Zuerst ging alles gut, doch dann mussten sie an einem Knotenpunkt, in einer Patienten- oder Besucherstraße in einen falschen Flur abgebogen sein. Was tun? Ausschwärmen oder als Gruppe zusammenbleiben? Sie entschieden sich für Letzteres, weil sie Sorge hatten, sich zu verlieren.

Nach wenigen Minuten fanden sie einen Orientierungsplan, den sie erst studierten und dann diskutierten. Sie einigten sich darauf, den gleichen Weg zurückzugehen, den sie gekommen waren. Auch das gelang ihnen nicht.

Sie fragten eine Reinigungskraft, doch die verstand zu wenig Deutsch. Ein Krankenpfleger, den sie in seiner Kaffeepause störten, verwies auf das Leitsystem und den Empfang, der dafür zuständig sei. Eine Schwester eilte an ihnen vorbei zu einer Tür, über der ein rotes Licht blinkte. Die konnten sie nicht fragen.

„Verlaufen?“, fragte eine freundliche Stimme aus dem Off.

Sie drehten sich um und sahen eine kleine, dunkelhaarige Frau Mitte dreißig in Zivil.

„Ist Anfang auch so gegangen. Wohin wollen?“ Ihr Akzent klang osteuropäisch.

Alex nannte ihr Zimmer und Station.

„Ist kompliziert. Ich bringe, mir folgen.“

Wenige Minuten später standen sie vor der richtigen Tür. Sie bedankten und verabschiedeten sich von ihrer Pfadfinderin und klopften.

„Herein!“

Niklas stieß die Tür auf. Volker saß mit aufgerichtetem Oberkörper in seinem Bett. Der Kopf war bandagiert, er trug eine Halskrause und sicher hatte er noch weitere Blessuren. Doch er strahlte sie an. Neben ihm, auf einem Besucherstuhl, saß – Jana.

Alex trat vor und zeigte ihm den Blumenstrauß. „Der ist von uns vieren. Ich suche mal eine Vase.“

„Oh, wie schön, vielen Dank. Vasen gibts im Schwesternzimmer.“

Oder man nimmt Käpseles Pokal, fügte Sophie in Gedanken dazu. Alex verließ das Zimmer.

Niklas trat vor und reichte Volker die Hand. „Turban wird modern, ich wusste es schon immer.“

„Das is’ okay, solange Halskrause nich’ modern wird.“

Schließlich begrüßte ihn Benjamin. „Schön, dass du gekommen bist", sagte Volker.

Als Sophie zu ihm trat, begannen seine Augen zu leuchten. „Sophie, schön, dass du gekommen bist! Du hast mich gerettet, hab ich gehört."

„Da bist du falsch informiert. Das war Niklas, ich habe nur assistiert."

„Aber du hast die Kerle verjagt!"

„Auch das stimmt nicht. Das waren die Bullen, und die hat Alex gerufen."

„Sophie, die Lichtgestalt unter dem Scheffel", giftete Jana. „Demonstrative Bescheidenheit. Du solltest echt in die Politik gehen."

Da passierte etwas ganz Seltenes: Sophie war sprachlos.

„Hallo." Niklas begrüßte Jana ohne erkennbare Gefühlsregung.

Benjamin grüßte nicht. *Dass Benjamin einmal seine gute Erziehung vergisst ... er muss sich maßlos ärgern,* interpretierte Sophie.

Alex kam mit den Blumen in der Vase zurück. Sie hatte von der Missstimmung nichts mitbekommen und reichte Jana mit einem Lächeln die Hand. „Hallo, Jana, dich habe ich vorhin völlig vergessen. Sorry."

„Hallo, Alex." Janas Lächeln, zu süß, um echt zu sein. „Ich muss mal kurz wohin", sagte sie dann und verließ das Zimmer.

„Puh!“ Sophie war froh über jede Minute, die die doofe Ziege auf der Toilette verbrachte und wünschte ihr heftigen Durchfall.

Wie Volker berichtete, hatte er eine schwere Gehirnerschütterung erlitten, befand sich aber auf dem Wege der Besserung und würde in den nächsten Tagen entlassen. Seine zahlreichen Prellungen und sein verstauchter Arm schmerzten noch, doch das würde sich geben.

An den Vorfall selbst konnte er sich nicht erinnern. Das sei normal, sagten die Ärzte. Möglicherweise käme die Erinnerung später zurück.

Für die nächsten zwei Wochen sei er krankgeschrieben, mit der Option auf Verlängerung. Für seine Arbeit als Maschinenschlosser müsse er körperlich fit sein.

Jana kam erst nach einer halben Stunde zurück. Sie war sehr still, ungewöhnlich für eine extrovertierte Person wie sie, die gerne mit mehreren Leuten gleichzeitig sprach und nebenher am Smartphone daddelte. Sophie hätte zu gern in ihren Kopf geschaut.

Nach anderthalb Stunden wurde Volker müde und sie ließen ihn allein. Am Ausgang traten sie noch kurz zusammen, um sich zu verabschieden.

„Habt ihr noch ein bisschen?“, fragte Jana. „Es ist an der Zeit, euch etwas zu zeigen und zu erklären.“

TATTOO

Sonntag, 28. April, 17 Uhr; noch 13 Tage

Sophie reagierte überrascht, fühlte sich gar überrumpelt. Ihre kleine Vorsicht rang mit ihrer großen Neugier.

„Was willst du uns denn sagen?", fragte sie.

„Ihr müsstet mitkommen. Ich muss euch etwas zeigen."

Mitkommen – das könnte gefährlich werden, piepste die Vorsicht. *Die Chance, endlich die Wahrheit zu erfahren,* donnerte die Neugier.

„Mitkommen, wohin?", fragte Benjamin.

Siehste, Benjamin ist vernünftig, jubelte die Vorsicht.

Jana rollte mit den Augen. „In mein Studio, wo ich meine Influencerbeiträge produziere. Der Geburtsort von Greenderella. Ich wollte euch überraschen."

Ganz harmlos, brummte die Neugier.

„Das würde mich brennend interessieren", sagte Niklas. Der Funke der Begeisterung ließ sein Gesicht erstrahlen.

Sophies Vorsicht verstummte.

„Warum nicht?", fragte Alex in die Runde. Dann, an Jana gewandt: „Ist es weit?"

„Nur zwanzig Minuten."

„Also, ich wäre dabei", sagte Niklas, der Rest nickte. Die Sache war entschieden.

Jana hob kurz die Hand und wie aus dem Nichts tauchte ein weißer Van mit getönten Scheiben auf. Sie schob die Seitentür auf. „Nehmt Platz!"

Was, wie, woher, das ist doch ... stammelte die Vorsicht.

Schon saßen sie im Auto. Jana schob die Tür zu und los ging die Fahrt. Sophie kroch ein muffiger Geruch in die Nase, der sie an Pablo erinnerte. Und vom Fahrer sah sie nur den Hinterkopf mit ungepflegtem, aschblondem Haar. Außerdem war er sehr groß. Im Innenspiegel sah sie seine Augenpartie: Blinzeltick! Sophie zählte eins und eins zusammen. *Was zum Teufel hat Jana mit Pablo zu tun?* Er hatte gewartet, die Aktion war bestens organisiert. *Jana musste vorhin kurz mal raus. Aber sie war nicht auf der Toilette, wie ich vermutet habe, sondern hat telefoniert.* Die Früchte ihres Telefonats durften sie nun genießen.

Pablo fuhr sehr flott und die Insassen wurden hin und her geschleudert. Sophie saß hinten auf einer Dreierbank zwischen Benjamin und Alex. Vor ihnen saßen Niklas und Jana, die sich angeregt über die technische Ausstattung des Studios unterhielten. Die Tatsache, dass sich Benjamin nicht daran beteiligte, zeigte Sophie, dass er sich der prekären Lage bewusst war. Sie schielte zu Alex hinüber, die mit angespanntem Gesicht aus dem Fenster sah und schließlich auf ihrem Mobiltelefon zu tippen begann.

Auch Sophie zog ihr Smartphone hervor und informierte Forsch per SMS über die neueste Entwicklung. Mit: Ich halte dich auf dem Laufenden, beendete sie die Nachricht und drückte auf < Senden >.

Trotz des rasanten Fahrstils hatten sie nach zwanzig Minuten ihr Ziel noch nicht erreicht. Sie hatten das Stadtgebiet verlassen und fuhren auf einsamen Straßen durch Felder und Wälder. Kein Haus weit und breit. Sophie hatte die Orientierung verloren. Sie wusste nur, dass sie südlich von München waren.

Wieder griff sie zu ihrem Smartphone, diesmal, um ihre Position zu bestimmen. Doch es ließ sich keine Landkarte laden. Kein Netz. Umgekehrt würden auch ihre Mobiltelefone nicht zu lokalisieren sein.

Alex schielte zu ihr herüber und schüttelte ganz leicht den Kopf. Sie hatte ihr Handy längst wieder eingesteckt.

In Sophie machte sich ein verdammt mulmiges Gefühl breit. Ihre Neugier war verstummt, dafür zeterte die Vorsicht. *Cool bleiben,* ermahnte sie sich.

„Ich weiß, wo wir sind", murmelte Benjamin. „Ich bin hier schon geradelt."

Jana drehte sich nach hinten und sagte: „Wir sind gleich da!"

Sophie erstarrte. Nicht wegen des Gesagten.

Jana hatte, als sie sich zu ihr umgedreht hatte, einen Arm auf die Rückenlehne gelegt. Dabei hatte sich der kurze Ärmel ihres Shirts hochgeschoben und den Blick auf die Innenseite des Oberarms freigegeben. Dort stach ein Tattoo hervor: eine Frau mit einer sichtbaren und einer im Schatten verborgenen Gesichtshälfte, umrahmt von Flügeln. Sophie hatte das gleiche Tattoo schon einmal gesehen. An einer anderen Frau. Auf einem Familienfoto von Levittchen, das Käpsele präsentiert hatte. Die Tattoos waren identisch. Sie war sich sicher.

Für einen Zufall war das Motiv zu extravagant. Es musste eine Verbindung zwischen Levittchen alias Anna Höhn und Greenderella alias Jana Tannecker geben. *Ja, natürlich, dass ich das nicht vorher gesehen habe!* Die Puzzleteile fielen an ihren Platz.

Erste Verbindung: Russland. Beide hatten russische Wurzeln. Das war der Schatten, der gestern durch ihre Gedanken gehuscht war, als sie Janas Dossier studiert hatte.

Zweite Verbindung, noch offensichtlicher: Levittchen setzte sich bestimmt aus Leviten und Schneewittchen zusammen. Und Greenderella aus green und Cinderella, dem englischen Wort für – Schneewittchen, Bingo!

Aber es musste noch mehr geben. Nicht jede Russin mit ähnlichem Influencernamen ließ sich einen geheimnisvollen Engel mit einer verborgenen Gesichtshälfte tätowieren. Die Verbindung musste viel tiefer, für die Ewigkeit sein. Waren sie etwa verwandt?

Und überhaupt, die verborgene Hälfte! Spielten Jana und Anna dasselbe Spiel, nur mit unterschiedlichen Rollen? Das könnte durchaus sein. Wenn Jana mit gezinkten Karten spielte – und dazu würde auch Pablo von der Qwehrkraft passen – dann war das, was gerade passierte, eine Entführung.

„Was ist?", fragte Jana und riss Sophie aus ihrem Gedankenstrom. Es konnten nicht mehr als ein paar Sekunden vergangen sein, so schnell waren die Gedanken gerast.

„Ach", Sophie winkte mit der einen Hand ab und legte die andere auf den Unterbauch, „PMS."

Das Codewort, Alarmstufe rot.

„Kenn ich“, sagte Jana. Maliziöses Lächeln, bevor sie sich abwandte und wieder normal hinsetzte.

Die glaubt mir kein Wort. Trotzdem funktionierte der Alarm, denn nach einer Schrecksekunde hatten Benjamin und Alex ihre Smartphones gezückt und eifrig zu tippen begonnen. Die Hoffnung war, dass die Geräte die Messages versandten, sobald sie ein Netz fanden.

Der Wagen hielt vor einer Ruine.

LOST

„Raus!", befahl Jana und riss die Schiebetür auf.

Schweigend stiegen sie aus und sahen sich um. Nichts als hohe Fichten und ein heruntergekommenes Gebäude aus Beton, das mit Moos und Flechten überzogen war. Auffällig die vergitterten, teilweise eingeschlagenen Fenster. Ein *Lost Place*.

„Was ist das?", fragte Niklas und deutete auf des Gebäude. Skepsis statt Begeisterung.

„Ein altes Gefängnis für Zwangsarbeiter", antwortete Jana und lachte. „Ist noch vom Adolf. Später wurde hier Häuserkampf trainiert. Militärisches Sperrgebiet. Dann wurde es aufgegeben und vergessen, so auch beim Mobilfunk. Hier habe ich meine Ruhe."

Und hier willst du uns entsorgen, wurde Sophie augenblicklich klar. *Unsere Leichen werden nie gefunden.* Dazu passten die Fässer mit ungelöschtem Kalk neben dem Eingang. *Nach zwei Wochen ist außer trüber Suppe nichts mehr übrig.*

Ihr Chauffeur war ebenfalls ausgestiegen und kam um den Wagen herum.

„Darf ich vorstellen? Niklas, das ist Pablo, Pablo, das ist Niklas, von dem ich dir erzählt habe." Jana untermalte ihre Worte mit Gesten. „Ihr andern kennt euch ja schon."

Woher weiß sie das? – Natürlich, von der Veranstaltung in Moderöd! Sie muss mit Pablo einen Fotoabgleich durchgeführt und uns identifiziert haben.

„Na, dann kommt mal rein in die gute Stube." Jana hielt ihnen eine Stahltür auf. „Nach euch!"

Sie betraten einen feuchten Vorraum, den sie schnell durchquerten und in ein heruntergekommenes Treppenhaus gelangten. Fenster gab es hier keine. Die Räume wurden von nackten Glühbirnen an der Decke erhellt.

„Woher hast du den Strom?", fragte Benjamin.

„Hat jemand vergessen abzuschalten", antwortete Jana und ging voraus. „Noch ein Stockwerk nach unten."

Sophie registrierte, dass Pablo immer den letzten Mann machte. Unauffälliges Abseilen wurde dadurch unmöglich. Je weiter sie hinabstiegen, desto trockener wurde es. Wie konnte das sein?

„Also, eines muss man den alten Nazis schon lassen", sagte Jana. „Die haben für die Ewigkeit gebaut. Feuchte Kellerwände: Fehlanzeige. Nur oben, dort wo die Fensterscheiben kaputt sind, regnet es manchmal rein. Aber das ist so wenig, davon merkt man hier unten nichts."

Sie wurden in einen gut wohnzimmergroßen Raum geführt, in dem sich neben Computertechnik auch jede Menge Kameras nebst Zubehör befanden. Jana hatte sich hier tatsächlich ein Studio eingerichtet.

„Wow", sagte Niklas. Seiner Mimik nach zu urteilen kam seine Begeisterung zurück. Sophie hätte es eventuell verstehen können, wenn nicht an einer Seite zwei Türen abgegangen wären. Mit ihren kleinen vergitterten Fenstern erinnerten sie verdammt an Zellentüren. *Sah er die denn nicht?*

Jana machte eine ausladende Handbewegung. „Das hier ist also mein Allerheiligstes. Und weil wir hier gerade so viel von uns preisgeben, mache ich doch gleich hier weiter." Jana deutete auf Sophie. „Das ist Sophie – wie, Tosta? – lächerlich." Jana lachte kurz und freudlos. „Wie bist du auf den Namen gekommen?"

Sophie musste erkennen, dass Jana längst alles wusste. „Tosta ist taff auf Italienisch."

„Macht Sinn, Sophie Taff. Was hat sie dir erzählt, wo sie arbeitet, Niklas?"

„Sie hat gesagt, dass sie einen langweiligen Bürojob hat. Jana, was wird das hier?"

„Das ist eine Vorstellungsrunde. Dir werden gleich die Ohren klingeln. Hast du zum Beispiel gewusst, dass Sophie im Büro eines Presseheinis arbeitet? Ja, sie ist die rechte Hand eines systemtreuen Schmierfinks und so gut in ihrem Job, dass er sie bei uns eingeschleust hat."

„Das ist nicht wahr!", rief Niklas.

Sophie sah ein, dass Leugnen keinen Sinn hatte. Jetzt war die Stunde der Wahrheit. Irgendwann hatte es so kommen müssen. „Doch, Niklas, sie hat recht. Es ist wahr."

„Was?" Niklas sah sie fassungslos an.

„Ja, Niklas, aber es kommt noch besser", rief Jana.

Oh nein, Jana, tu das nicht! Tu das Niklas nicht an!

Doch Jana ließ sich von Sophies stillen Wünschen nicht aufhalten. „Sophie ist nicht allein. Sie hat ihren Polizeischutz dabei. Wer könnte das sein, Niklas?"

„Keine Ahnung." Niklas zuckte mit den Achseln. „Benjamin vielleicht?"

Jana lachte auf. „Knapp daneben. Benjamin ist wirklich das, was er gesagt hat: Ingenieur bei der GfN, diesem scheiß systemtreuen, ökoverseuchten, superkorrekten Gutmenschenladen. Er und du, Niklas, ihr seid in diesem Raum die einzigen, die wirklich das sind, was sie vorgeben zu sein."

„Ich versteh gar nichts mehr!"

„Also, ich öffne dir jetzt die Augen, Niklas! Sophies Bodyguard ist dein heißgeliebter Augenstern. Alex ist Kriminalkommissarin bei der Mordkommission."

„Was, du bist keine Justizangestellte?"

„Nicht direkt, nein!" Alex sah ihn betrübt an.

„Nicht direkt", äffte Jana nach. „Unsere Alex schnüffelt wegen des Unfalls auf der Autobahn. Und dafür geht sie ran an den Mann, nicht wahr? Sie hat dir was vorgemacht, Niklas, um dich auszuhorchen, und am Ende buchtet sie dich ein."

„Nein, das darfst du nicht glauben, Niklas, ich flehe dich an. Meine Gefühle für dich sind echt!"

„Meine Gefühle für dich sind echt!" Wieder äffte Jana Alex nach. „Sie ist ehrgeizig und du bist Teil ihres Jobs. Niklas, mach endlich die Augen auf!"

Niklas blickte zwischen Jana und Alex hin und her. Sophie wusste, wie sie sich entscheiden würde. Sicher nicht für die hasserfüllten, eisblauen Augen von Jana, sondern für die warmen, bernsteinfarbenen von Alex.

„Nein, Jana, das stimmt nicht. Auch wenn Alex mich hintergangen hat, sie liebt mich und ich liebe sie. Und dein Studio interessiert mich nicht mehr. Bitte fahr uns zu irgendeinem Bahnhof.“

„Pfff, das würde dir so passen. Hier fährt niemand irgendwohin.“

„Dann machen wir mal bei dir weiter, Jana“, rief Sophie. Janas Show hatte sie wütend gemacht. „Du hast dich ins KlimaKIT reingewanzt, um es in Verruf zu bringen. Mit Aktionen, die schiefgehen müssen, wie der Unfall auf der Autobahn.“

„Quatsch, das war wie du sagst, ein Unfall!“

„Den du Schlange provoziert hast, indem du gefährliche Streckenabschnitte zur Auswahl vorgegeben hast.“

„Wir haben demokratisch abgestimmt!“

„Von wegen demokratisch! Eine Abstimmung, die du manipuliert hast. Mit deiner Vorauswahl hast du den Rahmen gesetzt. Außerdem hast du Niklas und Volker bezirzt. Bei Niklas warst du erfolgreich, bei Volker immerhin halb, er hat sich enthalten. Nur Robespierre war gegen deinen Charme immun.“

„Ich kann eben sehr überzeugend sein“, rechtfertigte sich Jana.

„Oh ja, das kannst du. Und danach hattest du die Männer in der Hand, weil es eine sogenannte demokratische

Abstimmung war. Sie hingen mit drin. Wer nicht untergehen wollte, musste nach deiner Pfeife tanzen, du durchtriebenes Miststück. Du hast sie gezwungen, die Aussage zu verweigern. Hast du sie schwören lassen dichtzuhalten?"

„Das hat sie in der Tat!", platzte es aus Niklas heraus.

„Es war das Beste für uns alle", rief Jana.

Doch Sophie war noch nicht fertig mit ihr. „Und deine Spielchen mit Levittchen alias Anna Höhn. Habt euch immer schön die Bälle zugeworfen. Woher kennt ihr euch? Noch aus Russland? Ist Anna deine Schwester?"

„Woher weißt du ...", entfuhr es Jana. „Lass Anna aus dem Spiel, hörst du!" Ihre Stimme bebte vor Zorn.

Volltreffer! „Uns fehlt noch Pablo Ranzo, eigentlich Paul Ranzig, aktiv im braunen Sumpf der Qwehrkraft, mit dem du in Verbindung stehst. Du bist eine dreckige Verräterin, Jana!"

„Du bist nicht besser, Sophie. Oder wie würdest du deine Rolle im KlimaKIT bezeichnen?"

„Ich war auf der Suche nach der Wahrheit!"

„Welche Wahrheit? Glaubst du wirklich, dass es eine absolute Wahrheit gibt? Nein, Sophie, so naiv kannst du nicht sein! Wahrheit ist das, was die Leute für wahr halten. Genau deshalb gibt es keine absolute Wahrheit, Sophie. Wahrheit wird gemacht. Anna und ich, wir machen Wahrheit. Und mit KI wird uns ein Quantensprung gelingen. Deep Fakes sind die Wahrheiten der Zukunft."

„Die Gefängniszelle wird deine persönliche Wahrheit sein, Jana!", sagte Benjamin.

„Schluss jetzt!" Jana zauberte eine Pistole aus ihrer Handtasche hervor. „Ihr werdet keine Gelegenheit bekommen, eure Wahrheit zu verbreiten."

Auch Pablo hielt plötzlich eine Waffe in der Hand. Er ging zu einer der Zellentüren und öffnete sie. Ein kleiner Raum von etwa vier Quadratmetern kam zum Vorschein. Keine Möbel, keine Sanitäreinrichtung, nur nackte Betonwände, sonst nichts.

Jana deutete mit der Pistole darauf. „Los, rein da! Jetzt geht erst mal ihr ins Gefängnis. Und zwar in die Todeszelle!" Sie stieß ein meckerndes Lachen aus.

Sophie, Benjamin, Alex und Niklas machten ein paar zögerliche Schritte darauf zu.

„Nein, Alex, du nicht", bellte Jana. „Du leistest mir zuerst Gesellschaft."

Niklas stellte sich zwischen die beiden Frauen. „Gewalt ist keine Lösung, Jana."

„Das sehe ich anders!" Jana gab Pablo ein Zeichen mit dem Kopf. Daraufhin hob Pablo seine Pistole und zielte auf Niklas, der sein Gesicht zu ihm drehte und ihn ungläubig anstarrte. Pablo drückte ab.

Ein ohrenbetäubender Knall hallte durch das Gewölbe. Ein kreisrunder, dunkler Fleck im weißen Verband über der Stirn zeigte die Stelle, an der die Kugel Niklas getroffen hatte. Niklas verdrehte die Augen nach oben, sank auf die Knie und kippte nach vorn. In seinem Hinterkopf klaffte ein trichterförmiges Loch.

Nein!

Alex hatte die Hände vor den Mund geschlagen. Ein unendlich klagender Laut bahnte sich seinen Weg durch ihre Kehle nach draußen. Sie sank neben Niklas auf den Boden und legte zärtlich eine Hand auf seinen Rücken.

Niklas Körper begann zu zappeln wie ein Fisch, wurde schwächer, ein Zucken noch. Dann versteifte er sich, zitterte und erschlaffte.

Nein, nein, nein!

Alex sah mit tränenüberströmtem Gesicht zu Jana hinauf. „Was hast du getan?", rief sie mit gebrochener Stimme. „Warum?"

„Ich habe dir nicht erlaubt, dich hinzusetzen. Los, aufstehen, in die Zelle mit dir!", blaffte sie und fuchtelte mit der Waffe.

Doch Alex reagierte nicht. Sie weinte herzzerreißend, für Menschen, die ein Herz hatten. Jana gehörte nicht dazu, denn sie gab Pablo wieder ein Zeichen, diesmal mit der linken Hand. Pablo trat Alex so kräftig in den Bauch, dass sie abhob und einen halben Meter nach hinten rutschte. Sie krümmte sich und würgte. Dann schleifte er sie an ihrem Pferdeschwanz in die Zelle.

Jana deutete Benjamin mit der Pistole, in die Zelle zu gehen. Das Entsetzen stand ihm ins Gesicht geschrieben. Langsam betrat er die Zelle.

Als Sophie sich anschickte, ihm zu folgen, hielt Jana sie auf. „Nicht so schnell, Sophie. Planänderung! Weil Alex gerade unpässlich ist, fangen wir mit dir an."

IM RAMPENLICHT

Sonntag, 28. April, 18:30 Uhr; noch 13 Tage

„Nein!", rief Benjamin. Sofort zeigten zwei Pistolen auf ihn.

„Lass!", sagte Sophie. Wohin das führte, hatten sie gerade gesehen.

Sie schauten sich in die Augen. Vielleicht zum letzten Mal in diesem Leben. Falls dem so war, würden sie sich in einem anderen Leben wiedersehen. Die Trennung wäre nur kurz. Sophie versuchte, tapfer zu sein. Und ihm stumm etwas mitzugeben: Hoffnung. Sie nickten beide ganz leicht. Dann fiel die Zellentür ins Schloss.

Zwei Bewaffnete gegen eine Unbewaffnete. Wenn keiner ihrer Gegner einen Fehler machte, hatte sie keine Chance. Aber ihre Gegner neigten zu Selbstüberschätzung, verließen sich ganz auf ihre Waffen.

„Da rüber", sagte Jana und wies mit der Pistole auf eine hell ausgeleuchtete Stelle. Sophie ging an Niklas' Leiche vorbei zum vorgesehenen Platz. Nun stand sie voll im Rampenlicht.

Pablo machte sich an einer Kamera zu schaffen und gab Jana Anweisungen. „Noch ein Stück zu mir, ja, so ist's gut, Position eins."

Jana hob die Pistole und zielte auf Sophies Kopf.

Sophie blickte zu Jana. *Euch mach ich fertig!*

Pablo ging zu einer zweiten Kamera. „Jana, du musst näher an Sophie ran. So bist du außerhalb des Bilds. Näher, noch näher, so bleiben. Position zwei, merk dir das!"

Er ging zurück zur ersten Kamera, drehte an einem Objektivring, machte weitere Einstellungen. Dann ging er zu zwei Scheinwerfern, richtete sie aus, warf noch einen Kontrollblick durch die Kameras, letzte Justierungen, dann gab er mit Daumen hoch sein Okay. Jana war mittlerweile auf Position eins zurück.

Dann legte Greenderella alias Jana los. In einem Teaser kündigte sie eine einzigartige Live-Show an, die niemanden kalt lassen würde und nur für Erwachsene bestimmt sei. Sie referierte über Feinde innerhalb und außerhalb des Klima-KITs. Für die Gegner von außerhalb zeigte sie ein gewisses Verständnis. Hingegen bezeichnete sie interne Abweichler als Verräter, die es auszumerzen gelte. Dabei fuchtelte sie die ganze Zeit mit ihrer Pistole herum.

In ihrer Lage fiel es Sophie schwer, die Zeit abzuschätzen. Es dauerte eine gefühlte Ewigkeit, bis Jana zum Punkt kam. Wahrscheinlich hatte sie endlich die gewünschte Anzahl an Followern erreicht, die ihrem Stream live folgten.

„Wir vom KlimaKIT müssen uns wehren. Wir müssen mit den Waffen unserer Feinde zurückschlagen. Wir werden bedroht, gefoltert und getötet, und niemand spricht darüber. Das lassen wir uns nicht länger gefallen. Aber das KlimaKIT kämpft mit offenem Visier. Darum dürft ihr, liebe Fans, heute live dabei sein, wenn drei Verräter bestraft werden." Sie hob drei Finger, um die Zahl drei zu verdeutlichen.

„Wenn ihr unser kleines Theaterstück, die Gerichtsverhandlung an der Münchner Feldherrnhalle, verfolgt habt, dann wisst ihr, dass das KlimaKIT keine Berührungsängste mit der Todesstrafe hat. Unsere drei Verräter heute sind die ersten, die davon profitieren. Wir kommen zu unserer ersten Verurteilten."

Jana begab sich auf Position zwei, einen Meter rechts von Sophie. Die Pistole hielt sie mit beiden Händen nach vorne gestreckt an Sophies Schläfe.

Sophie sah ihre Chance gekommen und hob langsam die Hände, wie in einem alten Western. Pablo, der zu Kamera zwei geeilt war, hob begeistert den Daumen. *Wenn du wüsstest!*

Der Blick auf einen Wandbildschirm, der das Livebild übertrug, zeigte Sophie, dass ihre Lage wirklich bescheiden war. Im Training hatte sie gelernt, dass der Kampf gegen einen bewaffneten Gegner ein Worst Case Scenario war. Gegen zwei Bewaffnete hatte man eigentlich keine Chance. *Es sei denn, ihnen unterlaufen Fehler.*

Jana setzte ihr Programm fort. „Das ist Sophie. Sie arbeitet für ein Mietmaul von der Systempresse und hat sich bei uns eingeschlichen. Dafür bekommt sie jetzt die Belohnung, die sie verdient."

Sophie, hochkonzentriert, hatte sich im Schneckentempo ganz leicht gedreht und den Abstand zu Jana optimiert, die Hände immer noch oben in Westernmanier.

„Ich zähle bis drei!"

Noch eine kleine Drehung, erneute Peilung.

„Eins!"

Jana auf zwei Uhr, Pablo auf zehn, das müsste passen.

„Zwei!"

Jetzt!

Mit der rechten Hand schob Sophie die Pistole nach vorne, gleichzeitig zog sie den Kopf zurück. Jana drückte ab, doch zu spät. Der Schuss verfehlte Sophie, dafür zuckte Pablo zusammen. Sophie klemmte Janas Arme unter die Achsel und griff mit beiden Händen nach der Waffe. Für einen Moment half der Überraschungseffekt und sie konnte einen von Janas Zeigefingern greifen. Sie riss den Finger gegen seine natürliche Bewegungsrichtung nach hinten. Kurz gab es einen Widerstand, dann gab der Finger nach. Jana schrie auf, lockerte den Griff. Dadurch erwischte Sophie Mittelfinger und Ringfinger zusammen, denen es wie dem Zeigefinger erging.

Mit der lädierten Hand konnte Jana nicht mehr greifen. Sophie begann, die zweite Hand zu bearbeiten. Sie rangen um die Waffe. Pablo hatte sich unterdessen so gut es ging aufgerichtet. Mit einer Hand hielt er sich den blutenden Bauch, mit der anderen richtete er die Pistole auf die kämpfenden Frauen. *Er hat kein klares Ziel, aber wie lange noch?*

Jana zog die verletzte Hand zurück und hämmerte den Ellenbogen in Sophies Gesicht. Um sich gegen weitere Treffer zu schützen, presste Sophie die Wange gegen den Waffenarm. Janas Ellenbogen bearbeitete nun Sophies

Nieren, ein Knie rammte wieder und wieder ihren Bauch. Der Schmerz war unerträglich und ihr blieb die Luft weg. Möglicherweise hatte ein Kniestoß den Solar Plexus getroffen. Trotzdem durfte Sophie die Waffe nicht loslassen, sonst war sie verloren. Gleichzeitig verbesserte sich das Schussfeld für Pablo.

Sophies Gesichtsfeld wurde von den Rändern her schwarz. *Tunnelblick als Folge des Sauerstoffmangels, reiß dich zusammen!* Mit letzter Kraft richtete sie die Waffe in Janas Hand auf Pablo aus und drückte auf den Zeigefinger am Abzug. Der Schuss löste sich. Pablo fasste sich an die Brust, sackte zusammen.

Wieder half der Überraschungseffekt und Sophie konnte Jana die Pistole entreißen. Die Waffe fiel zu Boden. Sophie kickte sie weg. Endlich hatte sie die Hände frei.

Sie stieß mit dem Ellenbogen nach Janas Gesicht und richtete sich dabei auf. Jana war ausgewichen, der Ellenbogenstoß ging ins Leere. Sophie taumelte, fiel aber nicht. Und sie bekam wieder Luft.

Die beiden Frauen standen sich keuchend gegenüber und schielten zur Pistole am Boden. Entfernung gut zwei Meter. Wer würde sie sich zuerst greifen? Jetzt ging es um Geländegewinn. Wer könnte sich der Waffe nähern und gleichzeitig den Gegner auf Distanz halten?

Als sie sich gegenseitig taxierten, wurde Sophie eines klar: Sie hatte es mit einer Gegnerin zu tun, die ebenfalls Kampfsport beherrschte, möglicherweise besser als sie selbst. Jana konnte eine Hand nicht mehr benutzen und litt unsägliche

Qualen. Auch Sophie hatte heftige Schmerzen in Bauch und Rücken. Schmerzen konnte man ignorieren, eine kaputte Hand nicht. Vorteil Sophie. Ihn galt es zu nutzen.

Sie startete einen Scheinangriff. Jana reagierte mit Beinabwehr. Genau damit hatte Sophie gerechnet. Was blieb Jana anderes übrig, als Sophie mit den Beinen auf Abstand zu halten? Im Nahkampf hatte sie mit einer lädierten Hand schlechte Chancen. Also ran an die Frau.

Den nächsten Angriff zog Sophie durch. Sie täuschte an, gewann ein oder zwei Zehntelsekunden, trickste Janas Beinabwehr aus und brachte sie mit Schwung in Rücklage. Dann sichelte sie mit ihrem Bein Janas Standbein weg.

Jana knallte mit dem Rücken auf den Betonboden. Das Kinn hatte sie zur Brust gezogen, um den Hinterkopf zu schützen. Sophie trat mit dem Fuß nach unten auf Janas kurze Rippen unterhalb der Brust. Es knackte, Jana schrie auf. *Du Miststück hast keine Gnade verdient!*

Sie nutzte Janas Arm mit der unversehrten Hand als Hebel, um sie auf den Bauch zu drehen. Dann verdrehte sie den Arm in Polizeimanier auf dem Rücken und griff sich Zeige- und Mittelfinger, um ihn mit minimalem Aufwand in dieser Stellung zu halten. Gefühlvoll stützte sie ein Knie auf die gebrochenen Rippen. Jana stöhnte.

Die Influencerin war fertig, aber mit einer Pistole konnte sich das schnell ändern. Darum ließ Sophie von ihr ab und schnappte sich die am Boden liegende Waffe. Dann kümmerte sie sich um Pablo.

Sie nahm ihm seine Waffe aus der schlaffen Hand und suchte seinen Puls, konnte aber nichts fühlen. Ein Blick in seine geöffneten, stumpfen Augen gab ihr die Gewissheit, dass von Pablo nie mehr eine Gefahr ausgehen würde.

Sie sah zu Jana, die gerade vergeblich versuchte, sich aufzurichten, stöhnend und mit schmerzverzerrtem Gesicht. „Liegenbleiben!“, befahl Sophie sicherheitshalber.

Der Schlüssel für die Gefängniszellen lag auf dem Tisch neben Kamera zwei. Sophie nahm ihn an sich und legte die Pistolen an seine Stelle, unerreichbar für Jana in ihrem derzeitigen Zustand.

Sophie wandte sich der Zellentür zu. Im kleinen, vergitterten Fenster drängten sich die Augen von Alex und Benjamin. Sophie befreite die beiden.

Benjamin stürmte heraus und umarmte sie ungestüm.

„Aua, mir tut alles weh“, klagte Sophie.

Alex war zu Niklas gestürzt, drehte seinen Kopf zur Seite und schloss ihm die Augen. Mit versteinerter Miene marschierte sie zu Kamera zwei, schnappte sich eine Pistole, stellte sich vor die am Boden kauernde Jana und zielte auf sie.

„Na los, drück schon ab, wenn du dich traust“, fauchte Jana.

Tu es nicht, Alex!

„Nein, den Gefallen tue ich dir nicht“, antwortete Alex mit bebender Stimme. „Du sollst mitkriegen, wie wir Anna grillen, wie ihr der Prozess gemacht wird, während du im

Gefängnis verrottest und mit deinen kaputten Fingern nicht mal bis zehn zählen kannst!"

„Du dreckige Bullenschlampe, lass Anna da raus!", kreischte Jana.

Sehr gut, Alex!

Alex bückte sich zu Pablo und zog dem Toten die Autoschlüssel aus der Hosentasche. „Ich geh mal ans Navi und schau, wo wir sind."

Sophie bewunderte Alex für ihre Disziplin. Vor ihren Augen war gerade Niklas erschossen worden und beinahe auch sie selbst und ihre Freunde. Trotzdem funktionierte sie.

„Wir sollten die Schlange in den Käfig sperren", sagte Benjamin. Er beugte sich zu Jana hinunter, die wie eine in die Enge getriebene Raubkatze wild nach ihm trat und schlug. Sophie, die genau wusste, wo es der angeschlagenen Jana bei minimalem Einsatz maximal wehtat, machte sie gefügig und durchsuchte sie nach weiteren Waffen. Dann brachte sie die abwechselnd auf Deutsch und Russisch fluchende Influencerin in die Zelle.

Alex kam mit den Geokoordinaten vom Auto zurück und rief Käpsele übers Festnetz an.

„Mensch, Alex, bin ich froh, dich zu hören! Nach deiner SMS warst du nicht erreichbar und auch nicht zu orten. Auch Taff und Neumann nicht."

„Ja, ich weiß, hier ist kein Handynetz."

„Ich hab nach einem Hinweis von der IT Greenderellas Livestream verfolgt. Wo steckt ihr? Seid ihr verletzt?"

Alex gab ihm die Geokoordinaten durch. Dann sagte sie: „Niklas ist tot.“

„Oh nein! Was ist passiert?“ Im Hintergrund war Tastaturgeklapper zu hören.

„Pablo hat ihn erschossen, bevor er selbst zu Tode kam.“

„Jemand verletzt?“

„Nur Jana. Keine Eile deswegen.“

„Alex!“

„Ich meine, die Verletzungen sind nicht gefährlich.“

„Ich habe die Kollegen informiert und bin selbst auf dem Sprung.“ Man hörte Türenschlagen.

„Gut, dann bis gleich. Danke, Klaus.“

Sophie kehrte zu der Stelle zurück, an der ihre Exekution hätte stattfinden sollen, und sprach in die Kamera.

„Ihr werdet es schon gemerkt haben: die Hinrichtung ist abgesagt. Denen, die jetzt enttäuscht sind, sage ich: ihr kranken Wichser, spendet eure Organe und lasst den Rest kompostieren, zu mehr taugt ihr nicht.

Allen anderen sage ich: Greenderella hat nicht fürs KlimaKIT gesprochen. Sie hat sich eingeschlichen, um die Gruppe im Speziellen sowie den Umwelt- und Klimaschutz im Allgemeinen in ein schlechtes Licht zu rücken. Dafür war sie bereit, über Leichen zu gehen. Ein Klimaschützer wurde vor einer Stunde ermordet, ich selbst sollte folgen, und dann weitere Personen. Zum Glück konnte ich das vereiteln.

Greenderella ist eine Verräterin und hat mit Levittchen zusammengearbeitet. Sie kennen sich von früher. Beide stammen aus Russland. Noch ist unklar, ob sie von dort Unterstützung bekommen und wie diese aussieht. Ende!"

Sie stoppte den Livestream und ging zu Benjamin und Alex.

„Immer noch Schmerzen?", fragte er Sophie.

„Lässt langsam nach. Und bei dir, Alex? Dein Bauch?"

„Der körperliche Schmerz ist erträglich."

„Es tut mir so leid!"

DER RASENDE ANWALT

Sonntag, 28. April, kurz vor 20:30 Uhr; noch 13 Tage

Schritte hallten durch das Treppenhaus ins Studio. Ein großer, solariumgebräunter Mittfünfziger mit Bauchansatz und Bart eilte in den Raum. Anzug und Krawatte waren vom Feinsten. Seine polierten Lackschuhe glänzten im Scheinwerferlicht. Sophie erkannte ihn als einen der Anzugträger von Moderöd. *Der, der die Verantwortung trug.* Ohne ein Wort zu verlieren, sah er sich kurz um, ging zu Janas Zelle und warf einen Blick durch die vergitterte Luke. Dann rüttelte er an der verschlossenen Tür.

„Sofort aufmachen!", befahl er mit einer Stimme, die keinen Widerstand duldete.

„Wer sind Sie?", fragte Benjamin.

„Dr. Krummwinkel. Ich bin der Vertreter von Frau Tannecker und verlange die sofortige Freilassung meiner Mandantin."

„Das können Sie vergessen!", entfuhr es Sophie. Wo kam der Typ so schnell her? Er musste Greenderellas Livestream gefolgt sein. Und die beiden mussten sich kennen.

„Du bist doch Sophie!", sagte er wie zur Bestätigung. „Du hast ihr das angetan!"

„Sag nichts!", fuhr Benjamin schnell dazwischen.

„Und Sie sind?", fragte er Benjamin.

„Wir müssen überhaupt nicht mit ihm reden!", raunte Benjamin Sophie zu und zeigte dem Anwalt demonstrativ den Rücken.

„Also ... das wird ein Nachspiel haben!", fauchte Krummwinkel und fuchtelte mit dem Zeigefinger.

Sophie war froh, dass Benjamin der Sohn eines Richters war und den einen oder anderen Kniff kannte.

In der Ferne waren Polizeisirenen zu hören, die rasch lauter wurden. *Die Kavallerie, wurde auch Zeit.*

„Öffnen Sie sofort die Tür! Sie machen alles nur noch schlimmer!" Krummwinkel gab nicht auf. Doch sein unsteter Blick zeigte, dass er nicht wusste, an wen er sich wenden sollte. Alex, die bei Niklas kniete und gerade dabei war, sich in Stille von ihm zu verabschieden, hatte er anscheinend noch gar nicht wahrgenommen.

Der Anwalt begann, in den Schubladen zu wühlen. Schließlich entdeckte er den Schlüssel auf dem Tisch neben Kamera zwei und steuerte damit auf Janas Zelle zu. Sophie und Benjamin stellten sich ihm in den Weg.

„Lassen sie mich durch!", forderte der Anwalt.

Benjamin und Sophie bewegten sich keinen Millimeter. Krummwinkel versuchte durchzubrechen. Natürlich nicht beim großen Mann, sondern bei der zierlichen Frau. Es gelang ihm problemlos, sich an Sophie vorbeizudrängen. Erst dann bemerkte er, dass ihm dabei der Schlüssel abhanden gekommen war. Während er verdutzt auf seine leeren Hände starrte, ließ Sophie den Fang hinter ihrem Rücken verschwinden. Heimlich reichte sie ihn an Benjamin weiter, der seine Hände ebenfalls hinter dem Rücken versteckte.

„Gib den Schlüssel sofort her!", forderte Krummwinkel über den Lärm der Polizeisirenen hinweg.

Sophie zeigte ihm die leeren Hände.

„Sie auch, Herr … ", bellte der Anwalt zunehmend fahrig.

Auch Benjamin zeigte seine Hände. Sie waren – leer! *Wie hat er … ?*, fragte sich Sophie verblüfft.

Der Anwalt rang augenscheinlich um Fassung. Er griff in seine Sakkotasche, holte ein Blechdöschen heraus und schluckte eine Tablette.

Die Polizeisirenen verstummten. Der Hall schneller Schritte auf der Treppe, dann stürmte eine Handvoll Uniformierter mit gezogenen Pistolen herein.

„Polizei!", riefen sie.

„Verhaften Sie die beiden, sofort!" Krummwinkel, das Gesicht zu einer wilden Fratze verzerrt, zeigte auf Sophie und Benjamin.

Die Beamten sahen sich unsicher um. Zwei mutmaßlich tote Männer am Boden, ein aufgebrachter Herr in feinem Zwirn, der ihnen Anweisungen gab, drei junge Leute, von denen keine direkte Gefahr auszugehen schien. Dann entdeckte einer die Pistole neben Alex.

„Zurück", brüllte er und richtete seine Waffe auf sie.

Alex hob langsam die Hände, stand auf und entfernte sich gehorsam von der Waffe.

„Ich bin eine Kollegin. Darf ich mich ausweisen?"

Der Beamte nickte. Behutsam griff Alex in ihre Gesäßtasche und zog ihre Dienstmarke hervor. Der Uniformierte warf einen Blick darauf, Überraschung zeichnete sich auf seinem Gesicht ab.

„Ich übernehme", sagte sie. „Sophie, Benjamin, der Schlüssel!"

„Hier", antwortete Benjamin und zauberte ihn hervor.

„Wo ... ?", stammelte Sophie.

„Gesäßtasche."

Der Anwalt beschwerte sich lautstark bei Benjamin, doch der kümmerte sich nicht darum.

Alex öffnete die Zellentür. „Frau Jana Tannecker, ich verhafte Sie wegen Mordes, Totschlags und versuchten Mordes in drei Fällen. Außerdem wegen fahrlässiger Tötung in vier Fällen und Entführung."

Sie wandte sich an die Uniformierten. „Abführen! Aber passen Sie auf, sie ist gefährlich, auch wenn sie verletzt ist."

„Meine Mandantin braucht dringend medizinische Hilfe und Ruhe, vor allem vor der Polizei."

Alex ignorierte den Anwalt und sprach weiter zu den uniformierten Kollegen. „Frau Tannecker steht unter permanenter Bewachung. Das gilt auch für die Zeit, in der sie medizinisch behandelt werden muss. Ist das klar?"

„Wir lassen sie nicht aus den Augen", sagte einer der Uniformierten, der der Ranghöchste zu sein schien.

„Ich protestiere", schnarrte Krummwinkel. „Sie handeln sich eine Dienstaufsichtsbeschwerde ein!"

Plötzlich stürmte Käpsele zusammen mit einigen Sanitätern in Janas Studio. Sophie hatte sie gar nicht kommen hören.

„Tut mir leid, ich wurde aufgehalten", sagte der Kommissar mit entschuldigendem Augenaufschlag. „Baustelle, Stau, Bahnschranke, da hilft auch kein Blaulicht."

Die Rettungskräfte verteilten sich.

„Die verletzte Frau nehmen wir mit", sagte ein Sanitäter zu Käpsele. „Aber für die beiden Männer können wir nichts mehr tun."

„Kriminaltechnik und Rechtsmedizin sind schon unterwegs."

„Und Sie würde ich am liebsten auch gleich mitnehmen", sagte der Sanitäter zu Sophie. „Ihr Gesicht sieht übel aus."

Tatsächlich brannte ihre Wange, heiß war sie auch. Das würde sicher einen farbenprächtigen Bluterguss ergeben, Janas Ellenbogen sei Dank. Schlimmere Schmerzen gingen vom Bauch und den Nieren aus, aber das musste der Sani ja nicht wissen. Sie versuchte, sich nichts anmerken zu lassen, als sie sagte: „Das wird schon wieder!"

„Sie sollten sich auf jeden Fall von einem Arzt untersuchen lassen. Auch wegen der Schmerzen in Ihrem Bauch und am Rücken."

Der Mann versteht sein Handwerk und lässt sich nichts vormachen, das muss man ihm lassen. „Jaja, mach ich", sagte sie.

Jana wurde auf einer Trage weggebracht. Die Uniformierten begleiteten sie.

„Ist das Ihre Mitarbeiterin?", fragte Krummwinkel und deutete auf Alex.

„Ja", antwortete Käpsele. „Und wer sind Sie?"

„Dr. Krummwinkel. Ich vertrete Frau Tannecker und muss mich über Ihre Mitarbeiterin beschweren." Mit zusammengekniffenen Augen sah er sich um. „Ich kenne Sie doch, Sie alle. Sie kamen mir von Anfang an bekannt vor." Sein Blick fiel auf Sophie. „Ja natürlich, du bist das Fli... – die Bedienung, die in Moderöd die Suppe verschüttet hat." Ein versautes Grinsen erschien auf seinem Gesicht, dann sah er zu Benjamin und Alex. „Und Sie beide haben dort auch gekellnert." Er wandte sich an Käpsele. „Wie kann es sein, dass mich Ihre Mitarbeiterin bedient hat? Bei Ihnen selbst bin ich mir nicht ganz sicher. Da war jemand unter den Gästen, der Ihnen ähnlich sieht. Und die sprachliche Färbung ..."

Käpsele räusperte sich. „Tut mir leid, zu laufenden Ermittlungen kann ich keine Auskunft geben. Als Vertreter von Frau Tannecker können Sie jedoch Akteneinsicht beantragen. Natürlich nur, was diesen speziellen Fall angeht."

„Wann kann ich mit Frau Tannecker unter vier Augen sprechen?"

„Sobald es die Ärzte erlauben."

„Auf den Fall freue ich mich schon. Sie können sich warm anziehen. Sie alle!"

Arschloch!

DURCH DEN WIND

Montag, 29. April, kurz nach 3 Uhr morgens; noch 12 Tage

Benjamin schloss die Wohnungstür auf. Sie gingen zur Garderobe und zogen die Straßenschuhe aus.

„Willst du auch noch was trinken?", fragte er auf dem Weg zum Kühlschrank.

„Ein Wasser, bitte."

Er füllte eine Karaffe mit kaltem Leitungswasser, griff sich zwei Gläser, stellte alles auf den Couchtisch, setzte sich neben Sophie aufs Sofa und schenkte ein.

„Danke", sagte Sophie.

Er legte seinen Arm um ihre Schulter. Sie kuschelte sich an ihn.

„Arme Alex", flüsterte sie.

Auch Benjamin musste an die Polizistin denken. Sie war jetzt allein in ihrer Wohnung und hatte vor ein paar Stunden ihren Freund verloren. Sicher hatte er ein paar Sachen bei ihr zurückgelassen. Seine Hausschuhe im Flur, die Zahnbürste am Waschbecken. Seinen Geruch, wenn sie zu Bett ging.

Sie hatten Alex angeboten, sie mit zu sich zu nehmen oder sie nach Hause zu begleiten, doch sie wollte allein sein. Jeder hatte seine Art zu trauern.

Kurz nachdem Jana abtransportiert worden war, hatte Krummwinkel den Bunker verlassen. Wenige Augenblicke später kam die Spurensicherung in weißen Schutzanzügen.

Die Szene hatte etwas Surreales, wie sie sich astronautengleich durch das in einem Weltkriegsbunker eingerichtete Studio bewegten. Käpsele stellte noch ein paar Fragen, dann ließ er die Spezialisten ihre Arbeit machen.

Sophie, Benjamin und Alex begleiteten ihn ins Präsidium, wo sie ihre Aussagen zu Protokoll geben mussten, solange die Eindrücke noch frisch waren. Das hatte sich bis weit nach Mitternacht gezogen. Dann erst wurden sie von einem Streifenwagen nach Hause gebracht.

Zwei Tote, das war die schreckliche Bilanz des Abends. Sophies Zucken riss Benjamin aus seinen Gedanken. Es ging los, damit hatte er gerechnet.

Er holte eine dünne Decke und ein Kissen, bettete sie auf die Couch und setzte sich ans Kopfende. Während sie mit den Zähnen klapperte, strich er ihr über den Kopf und versuchte, beruhigende Worte zu finden. Viel mehr als ein: „Lass alles raus, alles wird gut", fiel ihm nicht ein. Er schämte sich dafür. Wieder einmal beneidete er Sophie um diese Art der Krisenbewältigung: kurz und knackig. Doch auch bei ihr blieben Rückstände in der Seele, die sich nicht so leicht entfernen ließen.

Nach einer Viertelstunde wurde das Zittern schwächer, nach weiteren fünfzehn Minuten hörte es auf. Schweigend und mit trauriger Miene lag sie auf dem Sofa, den Blick nach innen gerichtet. Ihr ging es bestimmt wie ihm. Erschöpft und gleichzeitig aufgewühlt von den Bildern des Abends, die wie ein Film im Innern abliefen: der sterbende

Niklas und die aufgelöste Alex in Endlosschleife. Und natürlich Sophies Kampf um ihr Leben vor laufender Kamera.

„Das ist wie damals auf dem Berg", sagte sie.

Benjamin reagierte überrascht, denn er verstand den Zusammenhang nicht. Damals war ein Mann beim Versuch gestorben, ihr das Leben zu nehmen. Ein halbes Jahr war das jetzt her.

„Was meinst du?", fragte er.

„Damals, den Mann auf dem Berg, den habe ich in den Tod rennen lassen."

„Nur so konntest du dein eigenes Leben retten. Es war Notwehr. Du hast ihn nicht getötet."

„Und jetzt Pablo."

„Jana hat ihn erschossen, nicht du."

„Das stimmt nicht ganz. Ich habe die Waffe so weggeschoben, dass sie auf Pablo gerichtet war. Ich wollte, dass Jana auf ihn schießt und ihn kampfunfähig macht. So ist der erste Schuss gefallen."

„Das war sehr geschickt von dir. Schließlich war Pablo bewaffnet."

„Ja, vielleicht. Der erste Schuss war auch nicht tödlich. Aber der Zweite."

„Der Schuss hat sich im Kampf gelöst. So was passiert. Die Pistole war in Janas Hand."

„Das ist das, was ich Käpsele gesagt habe."

„Und es stimmt. Alex und ich haben durch die kleine Luke in der Zellentür die Szene genau beobachtet und deine Angaben bestätigt."

„Das ist das, von dem ihr glaubt, dass es wahr ist. Jana hatte schon recht mit dem, was sie gesagt hat: Wahrheit wird gemacht."

„Und wie war es wirklich?"

„Ich habe Janas Pistole geführt und auf ihren Finger am Abzug gedrückt. Im Prinzip habe ich den zweiten Schuss abgegeben."

„Du hattest sicher deine Gründe."

„Ich war am Verlieren, bekam keine Luft mehr und Pablo zielte auf mich."

„Und du bist ihm zuvorgekommen. Notwehr, ganz klar. Außerdem hatte Jana die Pistole in der Hand, nicht du."

„Das ist eine ähnliche Argumentation wie damals mit dem Mann auf dem Berg. Ich bringe die Leute nicht direkt um, aber ich sorge dafür, dass sie sterben. Wo bitte ist der Unterschied?"

„Sie haben dich angegriffen und du hast dich gewehrt. Deswegen darfst du dir keine Vorwürfe machen. Es ist kein Verbrechen, stärker zu sein als das Böse!"

„Denkst du das wirklich? Macht es dir nichts aus, dass du einem Mann ins Gesicht getreten hast, der am Boden lag? Einen anderen hast du über die Rolltreppe segeln lassen. Lässt dich das völlig kalt?"

„Nein, natürlich nicht. Ich muss das auch verarbeiten. Die Gespenster suchen mich heim, meistens nachts. Aber mein Verstand sagt mir, dass die Aggression von der anderen Seite ausgegangen ist und ich richtig gehandelt habe. So wie du.“

„Das sieht Krummwinkel bestimmt anders. Der wetzt schon sein Messer, mit dem er mir die Haut abzieht. Er freut sich, hat er gesagt.“

VERDREHTE WAHRHEIT

Montag, 29. April, kurz nach 8 Uhr; noch 12 Tage

Eine unruhige Nacht lag hinter ihnen. Sie hatten vor sich hin gedöst, diskutiert, waren eingedämmert, nur um von den schrecklichen Bildern in ihren Köpfen wieder aufgeschreckt zu werden. An erholsamen Schlaf war nicht zu denken. Entsprechend gerädert saßen sie vor ihrem extra starken Morgenkaffee.

„Ich frage mich, ob ich in die Arbeit gehen soll, um mich abzulenken", sagte Benjamin.

„Du hast Nerven! Ich bin heute zu nichts zu gebrauchen, tut mir leid. Um zehn werde ich mich bei Alex melden. Mir gefällt nicht, dass sie allein ist."

„Wahrscheinlich hast du recht. Ich werde ganz offen mit meinem Chef reden und ihm anbieten, für dringliche Arbeiten zur Verfügung zu stehen. Stress geht, glaube ich, der verdrängt das Erlebte. Aber in Ruhe überlegen, nein."

Beide riefen ihre Vorgesetzten an.

„Mein Boss sagt, dass ich hiermit krankgemeldet bin und selbst entscheiden kann, ob und was ich arbeite", sagte Benjamin.

„Sehr einfühlsam. Max äußert sich ähnlich, kann seine Neugier aber kaum bremsen. Natürlich hofft er auf eine Story."

„Verständlich. Aber pass auf, was du sagst. Denk an Krummwinkel!"

Das Telefon meldete sich, unbekannte Nummer. Benjamin ging dran. „Neumann!"

„Guten Morgen, Herr Neumann, Krummwinkel hier. Ich muss mit Frau Taff sprechen. Es ist dringend."

Benjamin legte einfach auf. „Krummwinkel!"

„Wenn man vom Teufel spricht!", sagte Sophie. „Was wollte er denn?"

„Dich sprechen."

„Warum hast du ihn mir nicht gegeben?"

„Sorry, das war bevormundend. Es ist nur so, in deiner Situation darfst du auf keinen Fall mit ihm reden. Leute wie er sind darauf spezialisiert, dir tückische Fallen zu stellen und deine Position zu schwächen. Das war auch jetzt seine Absicht, da bin ich mir sicher."

„Ich werde mich nicht ewig weigern können."

„Doch, kannst du. Wenn du einverstanden bist, werde ich dir von meinem Vater einen guten Strafverteidiger empfehlen lassen."

„Den kann ich nicht zahlen!"

„Mach dir darüber keine Sorgen. Das ist gut angelegtes Geld."

Benjamin rief sofort seine Eltern an. Sein Vater, ein erfahrener Richter, hatte sich im Laufe seiner Karriere ein weitverzweigtes Netzwerk aufgebaut. Benjamin war überzeugt, dass die Verbindungen bis nach Bayern reichten, obwohl der alte Herr in Niedersachsen tätig war. Nach kurzer Begrüßung schilderte Benjamin in knappen Worten, was geschehen war, und brachte sein Anliegen vor. Der Vater reagierte bestürzt und versprach, sich sofort darum zu kümmern.

Es dauerte eine halbe Stunde, in der es Krummwinkel viermal vergeblich probierte, bis Benjamin eine E-Mail von seinem Vater empfing. „Ach“, sagte er, nachdem er sie überflogen hatte.

„Was ist?“, fragte Sophie.

„Der von meinem Vater empfohlene Anwalt ist eine Anwältin. Und wir kennen sie. Sagt dir der Name Beate Fuchs noch etwas?“

„Natürlich. Während ich ermittelt habe, hat sie Max gegen Mordvorwürfe verteidigt und einen guten Job gemacht. Die Frau hat echt was drauf.“

„Mein Vater hat sie schon gebrieft. Sie erwartet deinen Anruf.“

Sophie rief die Nummer, die ihr noch vage bekannt war, gleich an.

„Guten Morgen, Frau Taff“, sagte die Anwältin. „Schön, von Ihnen zu hören. Schade, dass die Umstände so sind! Ein interessantes Netzwerk in der Justiz haben Sie da.“

„Der Vater von Benjamin, meinem Freund ...“

„Ab sofort reden Sie mit niemandem mehr über das, was geschehen ist! Nicht mit Zeugen, nicht mit Polizei oder Staatsanwaltschaft, und schon gar nicht mit dem Anwalt der Gegenseite. Nur mit mir dürfen Sie reden. Mir hingegen müssen Sie alles erzählen!“

„Okay. Vielleicht können wir uns treffen?“

„Heute um 14 Uhr in meinem Büro?“

„Passt!“

Sophie vereinbarte daraufhin einen Termin bei ihrem Arzt. Sie wollte ihre Verletzungen untersuchen und vor allem dokumentieren lassen, als Beleg für Janas Gewaltbereitschaft. Ab 16 Uhr könne sie kommen und müsse warten, bis der Arzt sie dazwischenschieben könne, hatte die Sprechstundenhilfe gesagt.

Dann rief sie Alex an, die kurz darauf vorbeikam. Benjamin wollte die beiden Frauen allein lassen und war zu einem Spaziergang aufgebrochen.

„Das ist lieb von dir, dass du dich gemeldet hast“, sagte Alex noch in der Tür.

„Aber gerne doch. Hast du ein paar Stunden schlafen können?“

„Nicht so richtig. Hab mich viel herumgewälzt, muss dann und wann eingeschlafen sein, hab wirres Zeug geträumt, bin aufgewacht, und dann ging es wieder von vorne los.“

„War bei uns ähnlich“, sagte Sophie und führte sie ins Wohnzimmer. Die Trauer in Alex’ Blick tat ihr körperlich weh.

Käpsele hatte Alex noch in der Nacht vom Fall abgezogen, weil sie eine wichtige Zeugin war und es nicht zu einem Interessenskonflikt mit ihrer Rolle als Ermittlerin kommen durfte.

„Bist du krankgeschrieben?“, fragte Sophie.

„Vorläufig. Ich habe einen Termin mit einem Polizeipsychologen und gehe davon aus, dass er mich ein paar Tage rausnimmt. Außerdem hat mir mein Chef eröffnet, dass Krummwinkel eine Dienstaufsichtsbeschwerde gegen mich eingereicht hat."

„Wie bitte? Was sollst du angestellt haben?"

„Unangemessenes Verhalten. Ich hätte Jana unnötigerweise mit einer Pistole bedroht. Unnötig, weil angeblich keine Gefahr von ihr ausging."

„Der spinnt doch. Und jetzt?"

„Der Polizeipräsident entscheidet. Wahrscheinlich werde ich bis dahin beurlaubt."

„Warum macht Krummwinkel das?"

„Verteidigungsstrategie: Jana zum Opfer stilisieren und Zeugen diskreditieren."

„Dem Richter alternative Fakten präsentieren."

„Sein Job als Strafverteidiger. Außerdem werden viele Zeugen unter Druck unsicher und deren Aussagen dadurch geschwächt. Wenn der Richter nicht mehr weiß, was er glauben soll, hat Krummwinkel gewonnen."

„Überall dasselbe."

Sophies Smartphone riss sie aus ihrer Unterhaltung. „Das ist dein Chef", sagte Sophie nach einem Blick auf das Display. Und dann: „Hallo, Herr Käpsele!"

„Hallo, Frau Taff. Ich habe schlechte Neuigkeiten. Krummwinkel hat in Tanneckers Auftrag Strafanzeige gegen Sie erstattet. Ich bin verpflichtet, dem nachzugehen. Können Sie gegen 14 Uhr in mein Büro kommen?"

„Da habe ich schon einen Termin. Können wir es nicht auf morgen verschieben?“

„Bei der Schwere der Vorwürfe, nein, tut mir leid, das geht nicht.“

„Gut, dann machen wir eben heute 14 Uhr.“

„Wenn ich Ihnen einen Rat geben darf: bringen Sie unbedingt Ihren Anwalt mit.“

„Ich werde es versuchen, danke.“ Sie legten auf.

„Krummwinkel hat mich angezeigt. Die Anschuldigungen kenne ich nicht, aber dein Boss will mich unbedingt heute noch sehen, wegen der Schwere der Vorwürfe, wie er sagt.“

„Oh je. Nimm dir unbedingt einen Anwalt!“

„Dein Chef sagt, er müsse das tun.“

„Bei einer Anzeige hat er keine Wahl. Wobei die Ermittlungen ein Kollege übernehmen wird.“

„Wieso das?“

„Klaus ist befangen. Er ist mein Chef und du bist mit mir befreundet. Jana hat es ihrem Anwalt garantiert gesteckt.“

„Alex, sei mir nicht böse, aber ich muss mich vorbereiten und mit meiner Anwältin sprechen.“

„Alles klar, ich bin schon weg. Danke, dass du dir die Zeit genommen hast. Und pass auf, was du sagst.“

„Mach ich, versprochen. Ciao.“

Kaum war Alex draußen, rief Sophie bei Beate Fuchs an, um sie über die Planänderung zu informieren.

„Das ist schlecht, weil ich noch keine Akteneinsicht hatte“, sagte Fuchs. „Machen wir es so: Wir treffen uns im

Präsidium und setzen uns kurz zusammen. Das Recht dazu haben wir. Die Beamten müssen warten. In der Vernehmung machen Sie keine weiteren Angaben und überlassen das Reden mir. Direkt nach der Vernehmung gehe ich die Akten durch. Sobald ich mich eingearbeitet habe, besprechen wir das weitere Vorgehen."

„Gut, gerne, danke."

„Wissen Sie, was Ihnen vorgeworfen wird?"

„Käpsele hat nichts gesagt, aber ich befürchte, dass es Richtung Mord und Totschlag geht."

„Und dann laufen Sie noch frei herum?"

„Ich vermute, dass ich nicht die Hauptverdächtige bin."

„Dann müssen wir dafür sorgen, dass es so bleibt."

Sophie war klar, was das bedeutete. Sollte Sie zur Hauptverdächtigen werden, käme sie in Untersuchungshaft und Jana vorläufig frei.

Letztes Jahr hatte sie das Münchner Gefängnis von innen gesehen. Zweimal, als Besucherin für eine halbe Stunde, die sie kaum ausgehalten hatte. Die Atmosphäre hatte sie völlig verstört. Dort auch nur wenige Tage oder gar Wochen zu verbringen, war eine unerträgliche Vorstellung. Sie würde eingehen wie eine vergessene Topfpflanze.

DEIN FREUND UND HELFER

Montag, 29. April, 14 Uhr; noch 12 Tage

Käpsele begrüßte Sophie mit einem entschuldigenden Augenaufschlag.

„Bitte verzeihen Sie die Umstände. Aber es ist das Beste, wenn wir die Sache schnell hinter uns bringen." Dann blickte er ihr fest in die Augen. „Vertrauen Sie mir!"

Sophie hatte nicht vor, länger als nötig zu bleiben. „In zwei Stunden habe ich einen Arzttermin, den ich wahrnehmen möchte. So, wie ich im Gesicht aussehe, sehe ich überall aus." Damit spielte sie auf ihre farbenprächtig geschwollene Wange an. Ein Souvenir von Jana.

„Den Arzttermin werden Sie auch wahrnehmen", sagte Fuchs, während sie hinzustieß. Und zu Käpsele: „Wir kennen uns ja schon."

„Wir werden uns beeilen", versicherte Käpsele. „Und lassen Sie sich den Befund aushändigen."

„Meine Mandantin und ich müssen uns kurz besprechen. Sie haben es ja unnötig eilig gemacht, darum haben wir bis jetzt keine Zeit gefunden. Wo haben Sie ein Zimmer für uns, in dem wir uns ungestört unterhalten können?"

Käpsele führte sie nach nebenan und schloss die Tür, als er das Zimmer verließ. Sophie schilderte die Ereignisse des Abends exakt so, wie sie sich zugetragen hatten. Auch wie es zum zweiten Schuss auf Pablo gekommen war, besser gesagt, wie sie Jana dazu gebracht hatte, den tödlichen Schuss abzugeben, verschwieg sie nicht.

Die Anwältin hörte ihr aufmerksam zu, dann sagte sie: „Alles Notwehr, auch der zweite Schuss, machen Sie sich keine Sorgen, das kriegen wir hin."

Als sie das Besprechungszimmer verließen, wartete Käpsele mit einem zweiten Mann auf sie.

„Darf ich Ihnen meinen Kollegen vorstellen: Kriminaloberkommissar Rosstäuscher. Er wird die Ermittlungen gegen Frau Taff leiten."

„Rosstäuscher", sagte der Mittdreißiger, der wie ein Streetworker daherkam, und reichte Fuchs mit einem Lächeln die Hand. Dann begrüßte er Sophie.

„Ich ermittle übrigens auch gegen Frau Tannecker", sagte er.

„Dann müssen Sie sich für eine Täterin entscheiden", entgegnete Fuchs.

„Nicht unbedingt, denn der Haftbefehl gegen Frau Tannecker bleibt bestehen, weil sie den Mord an Niklas Bär in Auftrag gegeben hat. Für Frau Taff hingegen ..."

Rosstäuscher ließ das Ungesagte bedeutungsschwanger im Raum stehen und führte sie um mehrere Ecken in einen Vernehmungsraum. Käpsele ließen sie zurück.

Sophie sah sich um. Ein fensterloser Raum, etwa wohnzimmergroß. In der Mitte ein rechteckiger Stahltisch mit Stühlen an den Längsseiten. Ein Stuhl für den Beschuldigten, der andere für den vernehmenden Beamten. An einer Wand, im Rücken des Beschuldigten, ein weiterer Stuhl. Keine weiteren Möbel.

Kahle Betonwände, weiß gestrichen. An einer Seite ein großer Spiegel. Dahinter die Beobachter, denn von der Rückseite war der Spiegel transparent. Normalerweise jedenfalls.

In diesem oder in einem baugleichen Raum war sie vor einem knappen Jahr schon einmal vernommen worden. Sie hatte sich einen Spaß daraus gemacht und die Ermittler zur Weißglut getrieben. Nur Alex nicht. Sie hatte mit einer Lachattacke reagiert. *Ach, Alex.*

Sophie war versucht, unter den Tisch zu kriechen, um nachzusehen, ob sich etwas verändert hatte, traute sich aber nicht.

Ein uniformierter Streifenpolizist brachte wortlos einen weiteren Stuhl und stellte ihn neben den für den Beschuldigten. Dann setzte er sich auf den Stuhl an der Wand. Mit einer Geste forderte Rosstäuscher die Frauen auf, sich zu setzen.

„Frau Taff, gegen Sie liegt eine Strafanzeige vor", eröffnete Rosstäuscher die Vernehmung. „Sie werden der vorsätzlichen schweren Körperverletzung zum Nachteil von Frau Jana Tannecker beschuldigt. Des Weiteren werden sie des Mordes an Herrn Paul Ranzig beschuldigt. Sie sollen Frau Tannecker durch Gewaltanwendung dazu gebracht haben, zweimal auf Herrn Ranzig zu schießen. Uns liegt Ihre Aussage von letzter Nacht vor, woraus sich ein etwas anderes Bild ergibt. Wir würden Sie daher gerne genauer befragen. Als Beschuldigte haben Sie das Recht, die Aussage zu verweigern. Was Sie aussagen, muss aber der Wahrheit entsprechen. Darum frage ich Sie: Sind Sie bereit, weitere Angaben zum Tathergang zu machen?"

„Frau Taff verweigert die Aussage, solange gegen sie ermittelt wird", antwortete Fuchs an Sophies Stelle.

„Das ist Ihr gutes Recht. Ich muss Sie aber darauf hinweisen, dass ich Sie dann festnehmen und dem Untersuchungsrichter vorführen werde. Ihnen droht dann Untersuchungshaft, deren Länge derzeit nicht absehbar ist."

„Was?", entfuhr es Sophie. Der Mann drohte mit ihrem schlimmsten Albtraum.

Fuchs legte beruhigend ihre Hand auf Sophies Arm. „Damit kommen Sie beim Richter nie durch."

„Was macht Sie da so sicher?"

„Das Einzige, was gegen Frau Taff spricht, ist die Aussage von Frau Tannecker. Eine Frau, die kurz zuvor den Befehl zum Mord an Herrn Niklas Bär gegeben hat. Eine Frau, die bewiesen hat, dass sie zur Durchsetzung ihrer Interessen buchstäblich über Leichen geht. Eine Frau, die nichts mehr zu verlieren hat, und deren Anwalt das offensichtliche Spiel betreibt, seine Mandantin als Opfer zu stilisieren und die Glaubwürdigkeit der Zeugen zu beschädigen."

„Das sagen Sie. Es steht Aussage gegen Aussage."

„Die Aussage einer Frau, die einen Mord befohlen und drei weitere geplant hat, gegen die Aussage einer unbescholtenen Bürgerin. Hinzu kommen zwei Zeugen, eine davon Polizeibeamtin, die die Angaben von Frau Taff bestätigen."

„Frau Fuchs, Sie wissen selbst, wie das mit den Zeugenaussagen ist. Die beiden sind mit der Beschuldigten liiert beziehungsweise befreundet, kurz, sie sind befangen. Und was sie wirklich durch die kleine Luke in der Zellentür erkennen konnten, sei dahingestellt.“

Sophie war inzwischen übel. So wie Rosstäuscher die Wahrheit verdrehte, würde sie für Janas Verbrechen ins Gefängnis gehen, während diese sich als Greenderella über sie lustig machte.

„Frau Tannecker wollte Frau Taff hinrichten. Live im Internet, auf ihrem Kanal. Haben Sie sich das Video einmal angesehen?“

„Selbstverständlich.“

„Dann sollten Sie begriffen haben, dass Frau Taff in einer Notwehrsituation gehandelt hat, ja handeln musste, um ihr Leben zu retten. Frau Tanneckers Verletzungen sind absolut verhältnismäßig. Und dass sich bei der Rangelei Schüsse gelöst haben, die wiederum Ranzig tödlich verletzt haben, ist meiner Mandantin nicht anzulasten. Schließlich befand sich die Pistole in Frau Tanneckers Hand, nicht in der von Frau Taff.“

„Beim Kampf Tannecker gegen Taff wurden zwei Schüsse abgegeben. Beide Projektile trafen Herrn Ranzig. Sie wollen mir doch nicht erzählen, dass das Zufall war. Zudem hatte Frau Tannecker kein Interesse daran, Herrn Ranzig zu töten.“

„Ist das alles, was Sie haben? Selbst unter der Prämisse, dass die zweifache Schussabgabe auf Herrn Ranzig kein

Zufall war – also rein hypothetisch – wäre es als Notwehr zu werten. Herr Ranzig hat mit der Pistole auf Frau Taff gezielt. Dafür gibt es Zeugen. Insofern ist es adäquat, sich mit einer Pistole zu wehren."

„Das ist Ihre Interpretation. Der Untersuchungsrichter wird entscheiden, ob er Ihren Ausführungen Glauben schenkt. Er erwartet uns im Raum gegenüber."

Sophie war entsetzt. Die Vernehmung übertraf ihre schlimmsten Befürchtungen. Mit weichen Knien folgte sie Fuchs und Rosstäuscher.

Die nächste Runde vor dem Untersuchungsrichter lief fast wortgleich ab. Die Verteidigung hatte das letzte Wort. „Die Anschuldigungen sind haltlos und meine Mandantin ist freiwillig erschienen. Schon deshalb besteht keine Fluchtgefahr. Sie ist unschuldig und umgehend auf freien Fuß zu setzen. Das Verfahren ist einzustellen."

„Ob das Verfahren eingestellt wird oder nicht, entscheidet der Staatsanwalt und steht nicht zur Debatte", sagte der Richter. Er hob den Zeigefinger und blickte Fuchs streng an. „Und das wissen Sie genau, Frau Anwältin."

Dann wandte er sich an alle Anwesenden. „Ich kann keine Gründe finden, die eine Untersuchungshaft rechtfertigen. Sie können gehen, Frau Taff."

Sophie fiel ein ganzer Steinbruch vom Herzen. Erleichtert atmete sie tief durch. Vor dem Präsidium nahm sie die Anwältin beiseite.

„Ich hätte nie gedacht, dass die Polizei so parteiisch ist. Rosstäuscher oder Krummwinkel, da passt kein Blatt dazwischen.“

Fuchs grinste verschmitzt. „Also, ich fand das heute sehr fair!“

„Wie bitte?“

„Ist Ihnen nicht aufgefallen, dass der Wortwechsel vor dem Untersuchungsrichter genau dem entsprach, den wir zuvor im Vernehmungszimmer geübt haben?“

„Doch schon. Was meinen Sie mit geübt?“

„Im Vernehmungszimmer haben wir geübt, damit der Richter am Ende richtig entscheidet.“

„Was? Nein! Rosstäuscher hat doch den scharfen Hund markiert!“

„Markiert, genau. Wenn Krummwinkel das Protokoll zur Verhandlung vor dem Untersuchungsrichter liest, soll er genau diesen Eindruck erhalten.“

„Aber ... er wird feststellen, dass es eine Kopie der Vernehmung war!“

„Wird er nicht! Oder haben Sie gesehen, dass Rosstäuscher die Vernehmung aufgezeichnet hat?“ Fuchs zwinkerte ihr zu.

FAKTEN UND IHRE ALTERNATIVEN

Mittwoch, 1. Mai, kurz nach 19 Uhr; noch 10 Tage

„Sind Sie mit der Arbeit meines Kollegen Rosstäuscher zufrieden?", fragte Käpsele, als er Sophie und Benjamin in sein Wohnzimmer führte.

Forsch saß schon auf der Couch und begrüßte die Neuankömmlinge. Alex fehlte und würde auch nicht kommen, hatte Käpsele vorab mitgeteilt.

„Frau Taff?"

„Äh, was? Ach so, ja, doch, ich bin sehr zufrieden mit Herrn Rosstäuscher. Ich habe am Anfang gar nicht verstanden, wie raffiniert seine Arbeitsmethoden sind, aber Frau Fuchs hat es mir dann erklärt."

Sophie war überzeugt, dass es Käpseles Idee war, vor der Inszenierung eine Probe durchzuführen. *Vertrauen Sie mir!* Das hatte er vorgestern bei der Begrüßung gesagt. Und er hatte Wort gehalten. Er ließ sie nicht hängen, wenn es zu haltlosen Schuldzuweisungen kam. Das war ihr wichtig, gerade weil sie ein Problem damit hatte, anderen zu Vertrauen und sich auf sie zu verlassen. Reste eines Traumas aus der Jugend, ausgelöst durch den Verrat ihrer besten Freundin.

Als sie Benjamin von der oscarreifen Vorstellung berichtet hatte, hatte er amüsiert und ungläubig den Kopf geschüttelt. Ihr selbst war durch die Vorwürfe klar geworden, dass sie tatsächlich in Notwehr gehandelt hatte. Sie hatte die Wahl gehabt zwischen ihrem Leben und dem von

Pablo. Und sie hatte entschieden. Richtig entschieden, wie sie jetzt fand. Vielleicht könnte sie diesmal auf einen Psychologen zur Aufarbeitung verzichten. Damals, nach den Erlebnissen auf dem Berg, war das noch nicht möglich gewesen.

Forsch gegenüber hatte sie das Polizeitheater verschwiegen. Sie wollte ihn nicht in Versuchung führen, darüber zu schreiben. Dafür hatte sie ihm gestern wegen der Ereignisse im Bunker Rede und Antwort gestanden. Wie es zu den Schüssen auf Pablo gekommen war, hatte sie unverfänglich formuliert.

Ihr Chef hatte sofort einen Artikel verfasst, der morgen erscheinen würde. Einen Tag vor der Pressekonferenz am Freitag, auf der die Konkurrenz Details erfahren würde. Einen Tag Vorsprung, in seiner Branche eine Ewigkeit.

Forschs Artikel hatten den Ruf, aktueller und authentischer zu sein als die der Konkurrenz. Ein Ruhm, den er ohne Sophies tatkräftige Unterstützung nicht erlangt hätte. Auch die konspirative Zusammenarbeit mit Käpsele zahlte sich aus: gegenseitiger Austausch von Informationen, Inhalte und Erscheinungstermine der Artikel so, dass sie der Polizeiarbeit nicht schadeten. Und jetzt ganz neu: personelle Unterstützung der Ermittlungsarbeit durch Sophie. Ein interessantes Geschäftsmodell hatte sich hier entwickelt. Wobei nur Forsch und indirekt Sophie daran verdienten. Käpsele und Alex waren absolut integer und hatten keinerlei finanzielle Vorteile.

„Haben Sie es vorgestern noch zu Ihrem Arzttermin geschafft, Frau Taff?", fragte Käpsele.

„Gerade noch so. Glücklicherweise konnte er außer einem Haufen Blutergüsse nichts feststellen. Die Nieren waren möglicherweise kurz beleidigt, haben sich aber wieder
erholt."

„Da kannst du froh sein", sagte Forsch. „Viel trinken!" Er
hob sein Bierglas.

„Prost", antwortete Sophie. Sie bedauerte, dass sie wegen
der Blessuren auf ihr Training verzichten musste. Die ganze
Woche! Gerade jetzt hätte die Bewegung ihrer Seele geholfen, das Erlebte zu verarbeiten. Aber sie wollte nicht un-
dankbar sein. Es hätte schlimmer kommen können. Viel
schlimmer!

„Das Verfahren gegen Sie wird eingestellt, hat mir der
Staatsanwalt mitgeteilt", sagte Käpsele. „Entweder ein Unfall oder Notwehr oder eine Verquickung aus beidem, jedenfalls keine Straftat. Frau Tannecker kommt nach ihrem
Klinikaufenthalt direkt in U-Haft."

„Konnten Sie Näheres herausfinden über die Verbindung zwischen Levittchen, also Anna Höhn, und Jana
Tannecker alias Greenderella?", fragte Forsch.

„Ich musste das BKA um Amtshilfe bitten. Die wiederum haben Verbindungen zu den Geheimdiensten. Am
Ende habe ich folgende Informationen bekommen. Ich
versuche, sie chronologisch wiederzugeben.

Im Mai 1984 heiratete der 55-jährige Boris Demagow die
erst 18-jährige Ekaterina Malin, genannt Katja. Demagow

war damals Pressesprecher des Kremls, verlor aber unter Gorbatschow seinen Posten und verschwand in der Versenkung. Später schloss er sich dem aktuellen Präsidenten an und verhalf ihm zur Macht.

Aus der Ehe mit Katja ging 1995 Anastasia Demagowa hervor. Zwei Jahre später wurde die Ehe geschieden.

Katja lernte den ehemaligen Stasi-Offizier Erich Tannecker kennen, der kurz nach dem Zusammenbruch der DDR nach Moskau geflohen war. Sie heirateten 1999 und bekamen 2002 eine Tochter. Sie gaben ihr den Namen Tatjana.

Anastasia Demagowa und Tatjana Tannecker sind also Halbschwestern. Katja ist ihre Mutter. Trotz des Altersunterschieds von sieben Jahren sollen sie eine starke emotionale Bindung haben. Beide durchliefen – natürlich zeitlich versetzt – dasselbe Eliteinternat und eine Agentenausbildung in St. Petersburg. Abgang als Offizierinnen des russischen Auslandsgeheimdienstes SWR. Herausragende Deutschkenntnisse.

2017 siedelte Anastasia Demagowa nach Berlin über. Dort heiratete sie 2019 den Deutschen Daniel Höhn und nannte sich fortan Anna Höhn. Sie nahm die deutsche Staatsbürgerschaft an und behielt die russische. Die Ehe überstand nur zwei Jahre, aber den Namen und den deutschen Pass behielt sie.

Auch Tatjana Tannecker zog es nach Deutschland. Dank der deutschen Staatsangehörigkeit, die sie von ihrem Vater geerbt hatte, war das kein Problem. 2020 ging sie nach Berlin, dann nach München. Seit sie in Deutschland ist, nennt sie sich Jana, als Kurzform von Tatjana. Das wars."

„Das heißt, die beiden sind Spioninnen?", fragte Sophie.

„Sie sind Geheimagentinnen. Zu Spioninnen werden sie erst, wenn sie Staatsgeheimnisse verraten."

„Und als Agentinnen dürfen sie ihrem Beruf nachgehen wie ein Bäcker oder Autoverkäufer?", fragte Forsch.

„Geheimagent zu sein ist keine Straftat, solange man die Tätigkeit nicht ausübt. In Grenzen wird sie auch geduldet, denn umgekehrt haben wir ja auch BND-Agenten im Ausland. Eine Art Gentleman Agreement.

Anders sieht es aus, wenn jemand etwas anstellt wie Frau Tannecker.

Anna Höhn hingegen genießt Diplomatenstatus. An die ist praktisch nicht heranzukommen. Ihr Influencertum ist kaum als geheimdienstliche Tätigkeit einzustufen. Und mit ihrer deutschen Staatsangehörigkeit kann die Dame auch nicht ausgewiesen werden."

„Jana muss ihre Flucht doch vorbereitet haben", sagte Sophie. „Spätestens nachdem sie unsere wahren Identitäten aufgedeckt hat, muss ihr klar gewesen sein, dass sie auffliegt, und zwar bald. Und nach den Morden vor laufender Kamera hätte sie sofort untertauchen müssen."

„Die Durchsuchung der Privaträume und Rechner von Frau Tannecker hat tatsächlich entsprechende Hinweise ergeben. Es wurden mehrere falsche Pässe gefunden. Dazu passend unter falschem Namen ein Flugticket für die Morgenmaschine von Salzburg nach Belgrad und für den Anschlussflug nach Moskau.“

„Haben Sie auch bei Pablo gestöbert?“

„Sie meinen, ob wir auch bei Herrn Ranzig eine kriminaltechnische Untersuchung durchgeführt haben?“ Käpsele warf Sophie einen nachsichtigen Blick zu. „Ja, auch bei ihm konnten wir einen gefälschten Pass sowie eine Reihe von Gegenständen und Dateien sicherstellen, die seine Nähe zur rechtsextremen Szene belegen. Außerdem entsprechende Mitgliedschaften und Accounts im Netz.“

„Was ist mit der Verbindung zwischen Jana, Pablo und Krummwinkel, oder allgemeiner, zwischen dem KlimaKIT und der Qwehrkraft?“, fragte Benjamin.

„Vermutlich Russland. Das Ganze ist Teil der hybriden Kriegsführung. Frau Tannecker sollte den Klimaschutz diskreditieren. Sie hat im Auftrag Russlands gehandelt, Frau Höhn alias Levittchen tut es noch. Viele Organisationen am rechten und linken Rand werden von Russland unterstützt. Bei der Qwehrkraft fehlt uns noch der Beweis, aber das ist nur eine Frage der Zeit.“

„Verunsicherung der Bevölkerung“, sagte Benjamin, „und durch die Schwächung der Umwelt- und Klimaschutzbewegung eine Zementierung der Abhängigkeit von Gas und Öl.“

„Was gut ist für Russlands Wirtschaft“, sagte Forsch. „Es geht doch immer nur um Macht und Geld.“

„Levittchen scheint jedenfalls noch voll im Geschäft zu sein", sagte Benjamin. „Nach Sophies improvisiertem Auftritt in Janas Hinrichtungsshow zerreißt es sie fast. Mit Greenderellas Überwältigung vor laufender Kamera hat sie den Beweis, dass das KlimaKIT von gewalttätigen Extremisten unterwandert ist."

„Lächerlich", entfuhr es Forsch.

„In deiner Wahrheitsblase", entgegnete Sophie. „Sie hat genug Follower, die ihr jedes Wort glauben."

„Verrückt." Forsch fasste sich an den Kopf.

„Sie spricht von Ökoterroristen", sagte Benjamin, „und Sophie sei die Schlimmste von allen."

„Klingt nach persönlicher Rache", sagte Forsch.

„Möglich", sagte Käpsele. „Unsere IT hält permanent Ausschau im Netz, ob jemand Frau Taffs Privatadresse veröffentlicht oder ob es Aufrufe zur Gewalt gegen sie persönlich gibt. Wenn das passiert, Frau Taff, bekommen Sie Personenschutz."

„Nach der Pressekonferenz übermorgen kann sie außerdem auf die Staatsmedien und die Systempresse schimpfen", sagte Forsch. „Vielleicht lenkt sie das ab."

„Das glaube ich nicht", erwiderte Sophie.

„Ich wollte auf etwas anderes hinaus", sagte Benjamin. „Levittchen spricht von Ökoterror und bereitet damit die öffentliche Meinung auf einen Anschlag vor. Zumindest müssen wir diese Möglichkeit in Betracht ziehen. Und wir haben ein Datum auf einem USB-Stick. Haben wir dazu neue Erkenntnisse, Herr Käpsele?"

Käpsele war alle Farbe aus dem Gesicht gewichen. „Nein, leider nicht."

„Noch 10 Tage", flüsterte Sophie. *Und sie werden mir die Schuld in die Schuhe schieben. Noch 10 Tage, bis Menschen sterben und ich als Ökoterroristin des Jahrhunderts gebrandmarkt werde.*

DIE ZEIT RENNT

Mittwoch, 8. Mai, 8:00 Uhr; noch 3 Tage

Käpsele saß mit den Nerds der IT zusammen. Schon wieder. Seit einer Woche, seit Benjamins Hinweis auf einen möglichen Terroranschlag, hatte er den Druck noch einmal erhöht. Täglich um acht Uhr morgens gab es nun eine Statusrunde, in der er die Fortschritte bei der Entschlüsselung der Daten auf dem USB-Stick abfragte.

„Leute, uns läuft die Zeit davon. Was gibts Neues? Basti?"

„Leider nichts. Wir haben die nagelneue Betaversion der KI eingesetzt, aber auch die liefert keine brauchbaren Ergebnisse. Das Programm muss weiter trainiert werden, und wir auch, was den Umgang damit angeht."

„Das ist das Problem mit Prototypen. Dafür werden keine Lehrgänge bewilligt." Käpsele fluchte innerlich. „Also, irgendwelche Metadaten auf dem Stick entdeckt, die uns weiterhelfen könnten?"

„Negativ", antwortete ein Nerd mit Triebtäterbrille und fettigem Haar ohne erkennbare Frisur. „Entweder waren nie welche drauf, oder sie wurden gelöscht oder manipuliert. Nichts, was uns weiterbringt."

„Kann man aus der Art der Verschlüsselung selbst etwas herauslesen?"

„Wir haben das Verschlüsselungsprogramm gefunden", antwortete Basti. „Das Programm muss bei der Installation registriert werden. Aber der Hersteller ist Profi. Die Registrierung läuft natürlich – verschlüsselt."

„Und die Verschlüsselung der Registrierung können wir nicht knacken?"

„Das versuchen wir seit Tagen, aber es sieht nicht gut aus."

„Habt ihr Kontakt mit dem Programmhersteller aufgenommen und mit dem Dienstausweis gewedelt?"

„Der Hersteller sitzt in Russland und reagiert nicht."

Käpsele ertappte sich dabei, wie er seine verbliebenen Haare raufte und rief sich zur Ordnung. Als Führungskraft musste er Zuversicht ausstrahlen. *Theater spielen.*

Er wunderte sich sowieso, dass man ihn gewähren ließ. Schließlich beanspruchte er den größten Teil der ohnehin knappen IT-Ressourcen. Und für Terrorabwehr war er nicht zuständig. Umgekehrt wussten seine Vorgesetzten, dass man auf Basis der vagen Hinweise auf einem USB-Stick keine Ressourcen bewilligt bekam. Und falls dann etwas passierte, hätte man Blut an den Fingern kleben und einen fetten Skandal an der Backe, wenn die Geschichte mit dem Stick ans Licht käme.

Aus Jana Tannecker war nichts herauszubekommen. Sie folgte ihrem Anwalt Krummwinkel und verweigerte jede Aussage, schlimmer noch, jede Kooperation. Selbst auf einen Deal wollte sie sich nicht einlassen. Man hatte ihr und Krummwinkel vorgeschlagen, sich zu den Informationen auf dem USB-Stick zu äußern. Wenn dadurch eine Kata-

strophe verhindert würde, könnte sie mit Straferleichte-
rung rechnen. Doch sie beharrte darauf, nicht zu wissen,
wovon er sprach. Käpsele glaubte der Geheimdienstagen-
tin kein Wort. Vielleicht hoffte sie auf einen Gefangenen-
austausch mit Russland.

Also musste er mit der IT vorwärtskommen. „Enthält
der Stick Spuren, die auf den Rechner zurückschließen lassen, in dem er gesteckt ist?"

„Da sind wir wieder im Bereich der Metadaten", antwortete Triebtäterbrille. „Also negativ."

„Die physikalische Seriennummer des USB-Sticks!" Käpsele schöpfte wieder Hoffnung.

„Auch eine Niete, leider", antwortete Basti. „Der Eigen-
tümer des Sticks war sehr vorsichtig und wusste genau, wie
man Spuren verwischt."

„Und die KI gibt gar keine Antwort?" Käpsele bohrte
und bohrte und glaubte selbst nicht mehr an einen Erfolg.
Aber was sollte er sonst tun?

„Die KI gibt jede Menge Antworten, aber sie sind entweder nicht brauchbar oder wir können sie nur unzureichend
interpretieren", antwortete Basti. „Möglicherweise stellen
wir auch die falschen Fragen. Oder die KI hat die Daten,
die zu einer Lösung führen könnten, noch nicht eingele-
sen. Wir sind hier am Anfang einer Lernkurve von User
und Programm."

„Kann man das irgendwie beschleunigen?"
„Leider nein!"

„Euch ist klar, dass unser Erfolg Leben retten kann! Die Zeit läuft am Samstag um 15 Uhr ab." Er warf einen kurzen Blick auf seine Armbanduhr. *Schon kurz nach neun.* „Uns bleiben weniger als 78 Stunden."

TRÄNEN, TROST
UND SCHULDGEFÜHLE

Donnerstag, 9. Mai, 9 Uhr; noch 2 Tage

Benjamin band seine schwarze Krawatte und schlug den Kragen seines anthrazitfarbenen Hemds herunter. Dann schlüpfte er in sein schwarzes Sakko.

Sophie hatte für Niklas' Beerdigung ein knielanges schwarzes Kleid gewählt. Ihre Beine wurden von einer schwarzen Strumpfhose verhüllt. Schwarzer Tüll mit Tupfen bedeckte ihre Arme.

Sie ließ den Blick über ihren Schuhpark schweifen. Sollte sie die schwarzen Mokassins oder die hochhackigen Riemchensandalen wählen, die sie etwas größer machten? Oder vielleicht doch eher ... sie entschied sich für die bequemen Mokassins. Benjamin schlüpfte in seine schwarzen Halbschuhe, die er immer trug.

Sie begaben sich zu Fuß auf den Weg zum Bahnhof. Die sprachlos machende Unfassbarkeit des Todes hatte von ihnen Besitz ergriffen. Sie hielten sich an den Händen, doch jeder war mit seinen Gedanken allein.

Sophie und Alex hatten täglich telefoniert. Gestern hatten sie sich am späten Nachmittag zu einem ausführlichen Spaziergang getroffen. Alex war bis auf Weiteres beurlaubt, außerdem krankgeschrieben und hatte gute Chancen, ein Verfahren an den Hals zu kriegen. Treibende Kraft war

Krummwinkel, der ihr vorwarf, Jana grundlos mit der Pistole bedroht zu haben. Außerdem drehte er ihr aus dem Verhältnis zu Niklas einen Strick. Gerade Letzteres belastete sie, weil sie ihm im Grunde recht geben musste.

„Ich hätte auf dich hören sollen, Sophie. Ich mache mir solche Vorwürfe.“

„Wegen des Verfahrens?

„Nein, das wurmt mich zwar ungemein, und ich bereue mein Verhalten auch deswegen, aber das werfe ich mir nicht vor, denn ich alleine bin es, die es ausbaden muss. Was ich mir vorwerfe ist, Privates und Berufliches vermischt zu haben. Ich habe Niklas, mich, und sogar dich in Gefahr gebracht. Niklas ist deswegen gestorben. Er könnte noch leben, wenn ich mich anders verhalten hätte.“

„Ein längeres Leben durch weniger Liebe? Nicht sehr erstrebenswert. Und ich glaube auch nicht, dass er ohne dich viel länger gelebt hätte.“

„Wie meinst du das?“

„Niklas war in dem Augenblick verloren, als er sich von Jana bezirzen ließ und für die Autobahnblockade gestimmt hat. Die Folgen dieses Fehlers haben ihn innerlich zerfressen. Früher oder später hätte er ausgepackt. Das hat Jana erkannt – sie ist eine ausgezeichnete Beobachterin – und musste ihn zum Schweigen bringen.“

„Das sagst du nur, um mich zu trösten.“

„Auch, aber nicht nur. Ich meine es wirklich so.“

Dann hatten sie sich umarmt.

„Danke, das ist lieb“, hatte Alex gesagt. „Es tut gut, eine Freundin wie dich zu haben.“

„Dito!“

Sophie war so in Gedanken versunken, dass sie gar nicht richtig mitbekommen hatte, wie sie zur Haltestelle Holzapfelkreuth gelangt waren. Auf leicht verschlungenen Wegen näherten sie sich der alten Aussegnungshalle des Waldfriedhofs.

Vor der Halle warteten bereits einige Trauergäste. Beim Näherkommen erkannte Sophie die Delegation des Klima-KITs, darunter Robespierre und Volker. Alex unterhielt sich mit einer unbekannten Frau mittleren Alters. Sie gesellten sich zu den beiden.

„Darf ich vorstellen, Frau Bär, die Mutter von Niklas“, sagte Alex nach kurzer Begrüßung. „Das sind Sophie und Benjamin, von denen ich dir erzählt habe.“

„Herzliches Beileid“, sagten die beiden und gaben der Frau die Hand.

„Danke“, sagte Frau Bär.

Käpsele und Rosstäuscher traten zu ihnen und kondolierten. Small Talk, bis das Totenglöckchen die Trauernden nach drinnen rief.

Eine Rockballade aus der Konserve, dann richtete ein Redner tröstende Worte an die Trauergäste, skizzierte die wesentlichen Stationen in Niklas’ Leben und betonte, wie wichtig ihm Umwelt- und Klimaschutz gewesen seien. Er

endete mit den unfassbar tragischen Umständen seines Todes. „Aus reiner Willkür wurde er mit 28 Jahren gewaltsam
aus dem Leben gerissen."

Sophie kämpfte mit den Tränen. War es Wut, war es
Trauer, oder eine Mischung aus beidem? Sie wusste es
nicht. Benjamin nahm ihre Hand und drückte sie.

Begleitet vom einsamen Klang des Totenglöckchens
wurde der Sarg auf einem Wagen zur letzten Ruhe geschoben. Ein Loch im Boden, am Rand vier Kränze mit Schlei-
fen. War es das, was blieb? Ein Loch im Boden, das zuge-
schüttet wurde? Niklas hatte keiner Kirche angehört. Ob
er an Gott glaubte, wusste Sophie nicht. Aber an die
Schöpfung bestimmt, schließlich hatte er sich leidenschaftlich für sie eingesetzt. Sophie sah sich um: alte Bäume, die
Lebenskraft aus der Erde zogen, in der die Toten ruhten.
Dieser Platz hätte Niklas bestimmt gefallen. Sie fand Trost
bei dem Gedanken.

Sophie und Benjamin gingen zu Alex und Frau Bär, um
zu kondolieren. Alex ignorierte Sophies gereichte Hand
und fiel ihr schluchzend um den Hals. Sophie drückte sie
ganz fest, bis sie selbst fast keine Luft mehr bekam.

„Sie kommen doch noch mit zum Leichenschmaus?",
fragte Frau Bär.

„Ja, gerne", sagte Benjamin.

Auch Volker und Robespierre kamen mit. Käpsele und
Rosstäuscher hingegen mussten die Trauerfeier diskret verlassen haben, denn sie waren nicht mehr zu sehen.

„Eine schöne Stelle habt ihr ausgesucht", sagte Robespierre, als sie alle am Tisch saßen. „Niklas hätte sie bestimmt gefallen."

Sonst sagte Robespierre nicht viel. So in sich gekehrt kannte Sophie ihn gar nicht. Seine Blessuren waren weitgehend verheilt, nur die Zahnlücken erinnerten noch an die Prügel, die er bezogen hatte. Sophie fand, dass sich mit der Heilung eine tiefere Wandlung in ihm vollzogen hatte. Der fanatische Hitzkopf war zu einem jungen Mann gereift.

Sophie musste auf die Toilette. Als sie zurückkam, wurde sie von ihm abgefangen.

„Wie du Jana, die miese Verräterin, fertig gemacht hast, war echt klasse!", sagte er. „Ich hätte dir das nie zugetraut und dachte, du wärst eine verwöhnte, reiche Göre, die sich wichtig machen will. Und die einknickt, sobald es ernst wird."

„Nein, das bin ich wirklich nicht."

„Und wer bist du wirklich? Eine heimlich herumschnüffelnde Pressetante?" Er sah ihr kurz und fest in die Augen, wandte sich ab und verließ das Gasthaus.

Sie konnte es ihm nicht verübeln. Schließlich hatte sie ihn, hatte das KlimaKIT hintergangen. Was war nur aus ihr geworden? *Eine heimlich herumschnüffelnde Pressetante* traf es ganz gut.

Eine halbe Stunde später löste sich die Runde auf. Sophie wunderte sich, warum Volker ihnen nicht in die Augen schauen konnte, als er sie, Benjamin und Alex zu einem Waldspaziergang einlud. Doch keiner kam mit.

Sophie und Benjamin fuhren mit Alex, die ganz in ihrer Nähe wohnte, nach Hause. Anschließend machten sich die beiden auf den Heimweg. Der Spaziergang würde ihnen guttun. Bei einem Glas Wein wollten sie den Tag besinnlich ausklingen lassen.

Eigentlich ein guter Plan. Eigentlich.

DER LACKAFFE

Donnerstag, 9. Mai, 16 Uhr; noch 2 Tage

Ihr Weg führte sie in ein Wäldchen, das die Germsbacher Wohngebiete vom Industriegebiet trennte.

„Da drüben ist die GUL AG", sagte Sophie und zeigte nach links, wo hinter einem Maschendrahtzaun mehrere Industriegebäude zu sehen waren. „Dort haben wir uns kennengelernt."

„Vor drei Jahren war das", sagte Benjamin. „Seither ist viel passiert."

„Oh ja, wir haben uns ganz oft geliebt", sagte sie und kicherte. Sie wollte die Trauer abstreifen, auf andere Gedanken kommen, wenigstens für ein paar Stunden.

Er lachte. „Ja, das auch."

„Man hört gar nichts. Haben die schon Feierabend? Das wären ja ganz neue Sitten."

„Dort ist Feierabend für alle Zeit. Die GUL AG hat Insolvenz angemeldet."

„WAS?" Sophie war stehen geblieben. Vor Überraschung hatte sie vergessen weiterzugehen.

Auch Benjamin blieb stehen. „Jahrelanges Missmanagement und eine aufgeblähte Verwaltung. Technisches Personal ist abgewandert. Dann ein Hackerangriff, angeblich die Chinesen, bei dem das Know-how gestohlen wurde. Anschließend haben sie den Markt mit nachgebauten Billigprodukten überschwemmt. Das war zu viel. Hast du das nicht gewusst?"

„Nein! Wann war die Insolvenz?“

„Das muss so Ende März gewesen sein. Ungefähr zu der Zeit, als die GfN überfallen und angezündet wurde.“

Sophie erinnerte sich an ein Gespräch mit Jana Anfang April, kurz vor der Theateraufführung mit dem Todesurteil. *Das muss wenige Tage nach der Insolvenz gewesen sein.* Jana wollte wissen, was Sophie arbeitete.

„Ich bin Bürokauffrau“, hatte sie geantwortet.

„Und wie heißt die Firma?“, hatte Jana gefragt.

Sophie war das damals schon wie ein Verhör vorgekommen. Sie wollte auf keinen Fall sagen, dass sie für einen Investigativjournalisten arbeitete.

„Ich habe vor ein paar Jahren bei der GUL AG angefangen“, hatte sie stattdessen geantwortet. Dass sie dort längst nicht mehr arbeitete, hatte sie geflissentlich verschwiegen.

„Bei der GUL AG, soso“, hatte Jana lächelnd geantwortet. Sie hatte kein Wort geglaubt. Und jetzt war auch klar, warum. Wenn Sophie noch bei der GUL AG gewesen wäre, hätte sie von der Insolvenz wissen müssen.

„Erde an Sophie, hallo?“ Benjamin holte sie in die Gegenwart zurück. „Was ist los?“

Sie erklärte ihm, was ihr gerade eingefallen war, und welche Schlussfolgerungen sie daraus zog. „Jana war klar geworden, dass ich sie täuschen wollte. Das war der Auslöser, der berühmte kleine Fehler, der sie nachforschen ließ und die Dinge ins Rollen brachte. Und jetzt sind zwei Menschen tot."

„Mach dir deswegen keine Vorwürfe, bitte. Dich trifft keine Schuld. Es war auch nicht dein Fehler, es war einfach nur Pech, dass du von der Insolvenz nichts mitbekommen hast. Solche Dinge passieren."

Gerade als sie den ersten Schritt machten, um ihren Weg durch das Wäldchen fortzusetzen, gab es einen Knall. Gleichzeitig spritzte direkt neben Sophies Kopf Rinde von einem Baumstamm. Noch bevor sie eins und eins zusammengezählt hatte, lag sie neben Benjamin im Dreck. Er hatte sie zu Boden gerissen.

„Das war ein Schuss!", flüsterte er.

Ehe Sophie darüber nachdenken konnte, wer, was, warum, und vor allem, wie sie aus dem Schlamassel wieder rauskamen, fiel ein zweiter Schuss. Erde spritzte Benjamin ins Gesicht. Er zwinkerte ein paar Mal, dann sah er sie an. Seine Augen hatten nichts abbekommen, gut!

„Hier können wir nicht bleiben!", flüsterte sie.

„Im Zickzack zur Pforte!"

Das Tor zur GUL AG, natürlich, gute Idee! Vielleicht war es trotz Insolvenz mit Wachleuten besetzt. Sophie nickte.

„Jetzt!", rief er. Sie sprangen auf und sprinteten los, abseits des Wegs, zwischen den Hochstämmen. Kaum Sichtschutz bietendes Unterholz, dafür ungehindertes Rennen. Wie flüchtende Hasen im Zickzack, nicht hinter-, sondern nebeneinander mit ein paar Metern Abstand, denn zwei Ziele verwirrten einen Schützen eher. Weil der Angreifer außerdem im Laufen schießen musste, rechnete sich Sophie akzeptable Chancen aus. Wieder ein Schuss, sie erschrak, doch kein Einschlag auszumachen. Er musste sein Ziel weit verfehlt zu haben.

Eine Wurzel, Sophie rutschte aus, stürzte. Sofort war sie wieder auf den Beinen, gab Vollgas. Benjamin hatte ihren Ausrutscher bemerkt und sich nach ihr umgedreht. Er sah, dass es ihr gut ging und lief weiter.

Diese Schuhe sind definitiv nicht fürs Rennen gemacht, ging es Sophie durch den Kopf. Trotzdem war sie heilfroh, sich für die Mokassins und gegen die Riemchensandalen entschieden zu haben. Sie hoffte nur, dass sie die Schuhe nicht verlor und barfuß weiterrennen musste.

Genau das passierte, als sie das Wäldchen hinter sich ließen, auf Asphalt kamen und um eine Ecke zur Pforte flitzten. In hohem Bogen flog ihr rechter Schuh davon, überschlug sich bei der Landung auf dem Asphalt. Keine Zeit, ihn zu holen und anzuziehen. Kleine Steinchen piksten in die Fußsohle. Sophie biss die Zähne zusammen und folgte Benjamin zur Pförtnerloge, in der Hoffnung, dort Hilfe zu finden. Doch das Häuschen war leer und verschlossen. *Die Insolvenz! Mist!*

Sie quetschten sich an der geschlossenen Schranke vorbei und rannten auf das ausgestorbene Werksgelände. Hier hatten sie Heimvorteil, aber das Gelände war übersichtlich. Also weiter im Zickzack und Boden gut machen. Lange würde Sophie das Tempo nicht mehr durchhalten. Doch der Knall eines weiteren Schusses, etwa zwanzig Meter bevor sie die große Werkshalle erreichten, ließ sie alle Müdigkeit und Schmerzen vergessen. Der Angreifer musste die Schranke erreicht haben.

Benjamin erreichte den Seiteneingang des Gebäudes einige Sekunden vor Sophie. Er konnte die Tür einfach öffnen, Einbruchsspuren lieferten die Erklärung dazu. Sie betraten die riesige Halle. Sie war vollgestellt mit allerhand Maschinen und Teilen, von denen Sophie nichts verstand.

„Komm mit!", sagte Benjamin. Ganz klar, das war sein Reich. Hier kannte er sich aus, hatte die Maschinen konzipiert und bedient. Das war sein Job, bevor er bei der GfN angefangen hatte.

Sie folgte Benjamin zu einer an der Wand montierten Stahltreppe, dann hinauf bis zu einer Plattform, die einen hervorragenden Rundumblick über die Halle bot und deshalb den Spitznamen Kommandobrücke erhalten hatte, wie sie sich erinnerte. Oben betrat Benjamin zielstrebig einen wohnzimmergroßen Glaskasten, in dem mehrere Rechner standen. *Was hat er vor?*, fragte sie sich.

Benjamin setzte sich an einen der Computer und schaltete den Bildschirm ein. Das Anmeldefenster mit dem GUL AG Logo – eine Malerpalette – erschien. Darunter stand:

„Ob das Passwort noch dasselbe ist?", fragte Benjamin lächelnd. Sophie las mit, was er tippte: Gulli

Auf dem Bildschirm erschien das Schema einer Anlage, er war drin! Benjamin studierte das Bild. Sophie wollte seine Konzentration nicht stören und verhielt sich mucksmäuschenstill, als die Seitentür, durch die sie gekommen waren, aufgerissen wurde. Ein großer Mann in Jeans und beiger Jacke kam herein. Sein Gesicht wurde von einer Sturmhaube verhüllt und in der rechten Hand hielt er eine Pistole.

Jetzt war es nur noch eine Frage der Zeit, bis er sie entdeckte. Er begann, im Labyrinth zwischen den Anlagen und Maschinenteilen nach ihnen zu suchen. *Gut so, bleib da unten!*

„Wahnsinn", sagte Benjamin. „Die Anlagen haben sich ganz schön weiterentwickelt. Da sind einige innovative Funktionen hinzugekommen."

„Aha, ist ja super interessant. Und was bringt uns das in der aktuellen Situation?"

„Das werden wir sehen. Du könntest in der Zwischenzeit mal die Bullen rufen."

Da hätte sie auch selbst draufkommen können. Sie fingerte nach ihrem Smartphone, griff aber ins Leere. *In der Handtasche vielleicht? Nein? Das gibt es doch nicht!* Sie sah noch einmal nach, doch da war nichts. Sie musste es bei ihrem Sturz verloren haben. Ärgerlich, aber kein wirkliches Problem. Sie griff nach dem Hörer eines der Festnetztelefone auf dem Tisch, doch die Leitung war tot. *Das Telefon abgestellt, der Strom nicht. Das soll einer verstehen.*

„Kann ich mal dein Telefon haben?", fragte sie. Benjamin reichte es ihr, ohne den Bildschirm aus den Augen zu lassen.

Er drückte auf einen Knopf auf dem Schaltpult neben dem Monitor. Es gab einen lauten Knall, ein zischendes Geräusch und diverse Lampen und bunte Leuchten in der Halle erwachten zum Leben.

Der Pistolenmann fuhr herum. Panisch blickte er sich um, schwenkte die Waffe wild in jede Richtung. Sophie genoss die Vorstellung von ihrem Logenplatz. Das Telefon lag in ihrer Hand. Sie hatte es völlig vergessen.

„Und, was sagen die Bullen, wie lange sie brauchen?", fragte Benjamin.

„Oh, äh, sorry." Sophie wählte den Notruf. Die Stimme in der Leitung schien nicht wirklich interessiert und stellte routiniert ihre W-Fragen. Auch den Hinweis auf eine Pistole nahm sie ohne erkennbare Regung zur Kenntnis. „Bewahren sie Ruhe, wir schicken den nächsten freien Wagen vorbei." Es wurde aufgelegt.

Sophie fragte sich, ob sie mit einem Menschen oder einem Sprachcomputer telefoniert hatte. „Ich fürchte, wir müssen uns vorerst selbst helfen", sagte sie.

„Bin schon dabei!" Benjamin beobachtete hochkonzentriert die Aktionen des Angreifers.

Sophie wählte Käpseles Mobilnummer, erreichte aber niemanden und sprach aufs Band.

Der Angreifer war in einer Sackgasse des Labyrinths gelandet und wollte über ein Förderband in den Nachbargang klettern. Genau als er auf dem Förderband balancierte, drückte Benjamin einen Knopf. Mit einem Ruck setzte sich das Band unter seinen Füßen in Bewegung. Mit einem Aufschrei fiel der Mann auf den Rücken. Er versuchte aufzustehen, hatte auf dem schwankenden Förderband aber Schwierigkeiten mit dem Gleichgewicht. Als er sich endlich aufgerappelt hatte, drückte Benjamin erneut auf den Knopf. Das Band stoppte abrupt und der Angreifer kippte vornüber. Sofort setzte Benjamin das Band wieder in Gang. Das Spiel wiederholte sich mehrfach. Der Mann kam nicht mehr auf die Beine und wurde zu einem kastenförmigen Anlagenteil transportiert, das sein gierig aufgerissenes Maul dem Fließband entgegenstreckte und sein Opfer schließlich verschlang. Mit einem schnappenden Geräusch schloss sich das Maul.

Benjamin klickte auf: < Verarbeitung starten >

Das kastenförmige Anlagenteil knurrte, rumpelte und fauchte, Leuchten blinkten. *Kau- und Verdauungsgeräusche?*, fragte sich Sophie beklommen. Noch lebte der Mann. Seine panischen Schreie drangen bis zu ihr.

„Was passiert gerade?", fragte sie mit wackeliger Stimme.

„Er ist in der Lackierung. Der nächste Verarbeitungsschritt ist die Trocknung.“

Etwa zwanzig Sekunden später beruhigte sich die Anlage für einige Sekunden, bis ein lautes Heulen ertönte, das Sophie an die Trocknung einer Autowaschanlage erinnerte. Nach ungefähr einer halben Minute waren einige Schüsse zu hören und das Heulen erstarb. Auf Benjamins Bildschirm blinkte ein Feld rot. Er klickte ein paar Mal, bis das Blinken aufhörte.

„Maximal halbtrocken“, murmelte Benjamin. „Der Lack dürfte zäh wie Honig sein.“

Es knackte und rumpelte, als die Anlage ein knallrotes Männchen ausspuckte, das schreiend eine Rutsche hinabglitt und in einen überdimensionalen, würfelförmigen Karton fiel. Aus einer Schütte schneiten Verpackungsflocken und füllten den Karton. Etwas bewegte sich in den Flocken. Bevor Sophie Genaueres erkennen konnte, wurde der Karton maschinell verschlossen und mit Paketband verschnürt. Schreie waren nur noch gedämpft zu hören.

Benjamin klickte auf: < Packaging abschließen >

Über eine Rollenbahn wurde das Paket einer Maschine zugeführt, die es mit Klarsichtfolie umwickelte. Dabei wurde das Paket wild hin- und hergedreht, auf den Kopf und auf die Füße gestellt, damit die Folierung jede Seite abdeckte. In Klein hatte Sophie so etwas auf dem Flughafen gesehen, wo Sperrgepäck eingewickelt wurde. Und eine Spinne machte das mit ihrer Beute ganz ähnlich.

Dem Pistolenmann musste speiübel geworden sein. Sophie trat aus dem verglasten Bereich auf die Kommandobrücke und lauschte. Gedämpft konnte sie würgende Geräusche vernehmen, die ihren Verdacht bestätigten. Die gute Nachricht: Es herrschte noch Leben im Karton.

Auf einer weiteren Rollenbahn wurde das Paket um eine Ecke gefahren und verschwand aus ihrem Blickfeld. Plötzlich wurde sie von einer ganzen Serie von Schüssen erschreckt. Instinktiv kauerte sie sich hinter ein halbhohes Blechschränkchen und wartete, bis es vorbei war.

„Es ist gut, wenn sich der Lackaffe ein paar Luftlöcher schießt", sagte Benjamin, der aus dem Glaskasten zu ihr auf die Kommandobrücke gekommen war.

Sophie war mächtig stolz auf ihren Ingenieur, wie er die Situation gedreht hatte. Sie trat an ihn heran. „Dein Studium ist ja doch zu etwas zu gebrauchen." Sie neigte den Kopf, um ihn zu küssen.

Das Läuten von Benjamins Smartphone zerstörte den intimen Moment. „Für dich", sagte er nach einem kurzen Blick auf das Display und reichte ihr das Gerät.

Käpsele, las Sophie. „Hallo, Herr Käpsele, hier ist Taff. Wir haben ein Paket zur Abholung für Sie."

WIE SCHRÖDINGERS KATZE

Donnerstag, 9. Mai, 18 Uhr; noch 2 Tage

Käpsele kam in Begleitung mehrerer Streifenwagen zur Pforte, wo Sophie und Benjamin bereits warteten. Wegen der heruntergelassenen Schranke ging es von dort nur zu Fuß weiter. Benjamin führte die Beamten in die Nähe des Pakets.

„Achtung, manchmal werden Schüsse daraus abgegeben!", sagte er, während sie vorsichtig um eine Ecke lugten.

„Man sieht es an den Löchern", sagte Käpsele. „Ich frage mich, ob er noch Munition hat."

„Lebt er noch?", fragte ein Streifenpolizist.

„Das wissen wir nicht", antwortete Benjamin.

„Wie lang ist das letzte Lebenszeichen her?"

„Eine knappe halbe Stunde, würde ich sagen."

„Der Mann ist am ganzen Körper lackiert", sagte Käpsele. „Er könnte ersticken."

„Stimmt, der braucht ein Bad in Nitroverdünnung", sagte Sophie.

„Warum nicht gleich in Salzsäure?", fragte Käpsele.

„Damit wäre das Problem schnell gelöst", sagte Benjamin. „Aber ernsthaft: Kleidung und Maske dürften den größten Teil seiner Haut vor dem Lack geschützt haben."

„Wie kriegen wir ihn da raus?", fragte Sophie. „Er könnte nach wie vor gefährlich sein, falls er noch lebt."

„Lassen Sie das mal unsere Sorge sein", sagte Käpsele. „Sie gehen jetzt nach Hause. Wir sehen uns morgen um zehn in meinem Büro für Ihre Aussagen."

Als sie gingen, fielen wieder Schüsse. *Auch eine Art Lebenszeichen,* stellte Sophie beruhigt fest.

Benjamin schloss die Wohnungstür hinter sich, atmete tief durch und sah seine Freundin an. Sie sah aus wie eine Vogelscheuche. Ihr schwarzes Kleid war verdreckt und einige der Äste und Zweige, die den Tüll zerrissen hatten, steckten noch darin. Ihre schwarze Strumpfhose bestand nur noch aus Löchern. Als Sophie den verlorenen Mokassin, den sie an der Pforte wieder eingesammelt hatte, vorsichtig auszog, kam ein blutiger Fuß zum Vorschein. Sie musste Schmerzen haben, die ganze Zeit schon, hatte sich aber nichts anmerken lassen. Doch jetzt entwischte ihr ein leises Stöhnen.

„Eine Dusche würde uns nicht schaden", sagte sie.

„Sicher nicht", antwortete er und kämmte ihr mit den Fingern einen Tannenzweig aus dem Haar. „Mit dem Fuß helfe ich dir."

Als sie fertig waren und sich in Handtücher gehüllt auf dem Sofa niedergelassen hatten, ging es los. Benjamin hielt Sophie fest im Arm, während sie zitterte. Diesmal war es weniger heftig als neulich. Offenbar hatten ihr die Schüsse im Wald weniger zugesetzt als die Erlebnisse in Janas Bunker. Als sie sich beruhigt hatte, schmunzelte sie.

„Was ist?", fragte er.

„Ich wusste gar nicht, dass du ein Verpackungskünstler bist."

Er lachte. „Ich bin gespannt, wie Käpsele ihn wieder herauszaubert."

„Wie ein Kaninchen aus dem Zylinder?"

„Vielleicht. Apropos Kaninchen, Tiere: Mich hat die Frage, ob der Typ im Karton noch lebt oder nicht, an Schrödingers Katze erinnert."

„Wer ist Schrödinger?"

„Ein berühmter Physiker."

„Und der hat seine Katze in einen Karton gesperrt?"

„In einen verschlossenen Karton, genau. Und dann hat er sich gefragt, ob sie noch lebt."

„Perverser Tierquäler!"

„Er hat damit einen wertvollen Beitrag zur Quantenmechanik geleistet."

„Ich hatte schon immer den Verdacht, dass mit den Physikern etwas nicht stimmt!"

„Es war nur ein Gedankenexperiment."

„Trotzdem! Da sind mir deine praktischen Experimente lieber." Sie öffnete das Handtuch, in das sie eingewickelt war, einen Spaltbreit. Er verstand sofort. Mit dem Systemverständnis und der praktischen Begabung eines Ingenieurs probierte er neue Techniken aus.

DIE VERNEHMUNG ODER
WAS AUCH IMMER

Freitag, 10. Mai, 10 Uhr; noch 1 Tag

Man sah Käpsele an, dass er wenig geschlafen hatte. Nachdem er ihre Aussagen aufgenommen hatte, sagte er: „Übrigens konnten wir den Schützen identifizieren."

„Wer?", fragten Sophie und Benjamin wie aus einem Mund.

„Sie kennen ihn."

„Jetzt spannen Sie uns nicht so auf die Folter!", forderte Benjamin.

„Einer aus dem KlimaKIT!"

„Was?", entfuhr es Sophie. „Vielleicht Robespierre?"

„Volker Traut!"

„Nein!" Sophie traute ihren Ohren nicht. „Das kann nicht sein!"

„So ist es aber!"

„Volker steht auf mich!"

„Eifersucht?", schlug Benjamin vor.

„Über das Motiv schweigt er", sagte Käpsele. „Eigentlich sagt er gar nichts. Er besteht darauf, mit Ihnen zu sprechen, Frau Taff."

„Ich bin keine Polizistin. Alex vielleicht?"

„Alex ist beurlaubt. Außerdem verlangt er ausdrücklich nach Ihnen."

„Und jetzt?"

„Mein Vorschlag ist, wenn Herr Traut es sich doch so sehr wünscht ...“

„Na gut, ein paar Fragen hätte ich schon.“

„Ich bin sicher, Sie machen das gut. Sie haben ja nichts zu verlieren.“

Auf dem Weg zum Vernehmungsraum, in dem Volker saß, kam ihnen Robespierre in Begleitung eines Uniformierten entgegen. Als er sie erblickte, sah er genauso überrascht aus, wie Sophie sich fühlte.

„Warum?“, fauchte Sophie anstelle einer Begrüßung, als sie den Vernehmungsraum betrat. Eine uniformierte Polizistin saß in einiger Entfernung in Volkers Rücken, Standardprogramm. Sie setzte sich ihm gegenüber, dazwischen ein Stahltisch. Nie hätte sie geglaubt, einmal auf dieser Seite des Tischs zu sitzen.

Sie wusste, dass sie eine notorisch misstrauische Person war. Folge eines Jugendtraumas, weshalb sie sogar in Behandlung gewesen war und das latent in ihr schlummerte. Das nur darauf wartete, geweckt zu werden. Jetzt war der perfekte Auslöser gekommen, denn nie hätte sie den unscheinbaren Volker für einen Attentäter gehalten, schon gar nicht mit ihr als Ziel. Wie hatte sie sich nur so täuschen können? Genau das war es, was sie brennend interessierte. Und dafür würde sie ihn jetzt grillen.

Sophie betrachtete Volker. In seinen Haaren und an einigen Stellen um die Augen klebten letzte Reste der roten

Farbe. Seine blaue Stoffhose und die dazu passende Jacke sahen nach Häftlingskleidung aus und waren ihm mindestens eine Nummer zu klein. Die eigenen Klamotten waren wahrscheinlich Sondermüll.

Volker fixierte den Tisch, hob ab und zu scheu den Blick, traute sich aber nicht, Sophie in die Augen zu schauen. Und er schwieg.

„Du hast gesagt, dass du mit mir reden willst. Also rede!"

Der Tisch hatte es ihm angetan. Er schwieg weiterhin.

„Also, ich höre!" Sie schlug mit der Faust auf den Blechtisch, dass es nur so schepperte. Vielleicht würde ihn das aus seiner Starre lösen.

Doch Volker reagierte nicht. Dafür hatte Sophie keine Geduld. Nicht hier, nicht jetzt. Sollte die Polizei doch einen Psychologen holen oder ihn in der U-Haft schmoren lassen! Auch dann würde sie ihre Antworten bekommen. Einen Trick hatte sie noch. Sie stand auf und ging.

„Halt, warte", rief er, als sie an der Tür angelangt war.

Sophie verharrte kurz, drehte sich langsam um und stemmte die Hände in die Hüften. Dann laserte sie ihn mit den Augen.

„Ich wollte das nich'!", sagte er mit flehender Stimme.

Betont lässig schlenderte sie zurück zu ihrem Stuhl, setzte sich, lehnte sich weit zurück, verschränkte die Arme, schlug die Beine übereinander und hob das Kinn.

„Ich wollte dir nich' wehtun!"

„Bestimmt nicht! Du wolltest mich nur umbringen."

„Auch das nich'!" Er hatte Tränen in den Augen.

„Willst du mir weismachen, du hättest absichtlich daneben geschossen? Das nehm ich dir nicht ab!"

„Nein, ich musste es tun."

„Warum?" *Das war meine Begrüßung.*

„Ich wurde dazu gezwungen!"

Das war interessant. „Von wem?"

„Von Dr. Krummwinkel!"

Für einen Moment verschlug es Sophie die Sprache. „Dem Anwalt?", fragte sie ungläubig.

„Ja, genau!"

Plötzlich wurde die Tür aufgerissen. Sophie fuhr erschrocken herum. Es hätte nicht viel gefehlt, und sie wäre in Verteidigungsstellung gegangen. Ihr Nervenkostüm musste ziemlich angegriffen sein. *Kein Wunder!*

„Die Vernehmung oder was auch immer das hier sein soll, ist beendet", rief Krummwinkel, während er hereinstürmte. Käpsele folgte ihm gemessenen Schrittes.

Verdammt, gerade als es interessant wurde, fluchte Sophie innerlich.

Käpsele wandte sich an Volker. „Herr Traut, Dr. Krummwinkel behauptet, Sie anwaltlich zu vertreten. Uns gegenüber haben Sie erklärt, auf einen Rechtsbeistand zu verzichten. Was ist richtig?"

„Ich vertreten ihn, das ist doch ganz klar!", spuckte ihm Krummwinkel entgegen.

„Ich habe Herrn Traut gefragt!"

„Nun sag schon, dass du mich brauchst. Ich habe dir ja versprochen zu helfen, wo ich kann!"

„Herr Dr. Krummwinkel ...“, sagte Käpsele ganz langsam und holte tief Luft.

„Ich will ihn nich’ sehen!“, platzte es aus Volker heraus. „Ich will nichts mehr mit ihm zu tun haben, nie wieder!“ Er schluchzte.

„Sei doch vernünftig!“, drängte Krummwinkel.

„Gehen Sie weg!“ Volker weinte wie ein kleines Kind. *Oder wie ein sehr verzweifelter Mann.*

„Sie gehen jetzt sofort!“, befahl Käpsele und ergriff Krummwinkels Oberarm.

„Überleg es dir!“, rief Krummwinkel, während Käpsele ihn aus dem Raum schob. „Es ist besser für dich!“

Sophie überlegte, wie sie weitermachen sollte und beschloss, Volker etwas umfassender zu durchleuchten. Die Frage, warum Krummwinkel sie und Benjamins tot sehen wollte, stellte sie hintan.

„Ihr kennt euch?“, fragte sie stattdessen.

„Ja.“

„Woher?“

„Lange Geschichte.“

„Wir haben Zeit.“

„Also, ich komm ja aus der Lausitz, wa. Da ist nichts mit Arbeit. Drum bin ich nach der Schule zur Lehre nach München und hab Maschinenschlosser gelernt. Ich wollte ein ganz normales Leben führen und hab mich angestrengt. Und was is’ passiert? Ich hab gute Zensuren bekommen, aber die Kollegen haben mich gemobbt und der Chef hat mich ausgenutzt.“

Das kam Sophie bekannt vor. „Und weiter?"

„Da war'n Arbeitsunfall mit 'nem Schwerverletzten. Ein Kollege hat sich an 'ner Maschine verletzt, die ich davor benutzt hab. Ich hätte die Maschine in einem unzulässigen Zustand zurückgelassen und sei deshalb verantwortlich, haben die gesagt."

„Bist du vor Gericht gestellt worden?"

„Ja, aber ich konnte mir keinen Anwalt leisten. Ich hatte dann Dr. Krummwinkel als Pflichtverteidiger."

„Ach!"

„Der Krummwinkel konnte beweisen, dass der Kollege den Schutz an der Maschine selber entfernt hat, weil er ihn beim Arbeiten gestört hat. Das hat er öfter gemacht, das war bekannt. Davor ist ihm auch nie was passiert."

„Krummwinkel hat also einen guten Job gemacht."

„Aber hallo! Sein Engagement ging sogar noch weiter. Er hat mir 'ne neue Stelle organisiert, bei 'nem Freund. Dort war es von Anfang an gut. Bin immer noch dort. Als man mir die Wohnung gekündigt hat, hat er mir wieder geholfen. Er hat halt Beziehungen. Jetzt wohn ich viel schöner und günstiger. Er war der Vater, den ich mir immer gewünscht hab."

Er hat dich abhängig gemacht: Job, Wohnung, emotional. „Was ist mit deinem leiblichen Vater?"

„Den kenn ich nich', nich' mal den Namen."

„Deine Mutter?" Der Familienmensch Sophie hatte fast Angst vor der Frage.

„Neben dem Alkohol war ich alles für sie. Sie hat sich umgebracht, als ich in den Westen bin."

Oh Gott, wie schrecklich! Volker muss furchtbare Schuldgefühlte haben. Wie konnte seine Mutter ihm das nur antun? Sophie versuchte, sich nichts anmerken zu lassen. „Wie entwickelte sich dein Verhältnis zu Krummwinkel?"

„Wir sind in Kontakt geblieben. Ab und zu hat er mir Geld gegeben."

Bestimmt nicht aus Selbstlosigkeit. Er hat ihn abhängig gemacht. Er wird Gefälligkeiten gefordert haben. Doch Sophie sagte nichts, wollte Volker nicht unterbrechen.

„Dann hat er mich gebeten, zum KlimaKIT zu gehen. Er sagte, es sei eine gute Sache und es täte mir gut, mich gesellschaftlich zu engagieren. Und ich sollte berichten."

„Und das hast du dann gemacht?"

„Genau!"

„Hat es dir beim KlimaKIT gefallen?"

„Erst schon. Aber dann ist Jana gekommen und alle mussten nach ihrer Pfeife tanzen." Er zögerte, überlegte. „Ganz komisch, wir haben immer freiwillig mitgemacht. Sie hatte immer super Argumente."

„Und Robespierre, hat er auch gemacht, was Jana wollte?"

„Nee, der nich'. Aber der war schon immer ein Spinner."

„Was änderte sich sonst mit Jana?"

„Die Aktionen sind krasser geworden. Gewalt gegen Sachen war auf einmal okay."

„Könnte man sagen, dass ihr nach dem Motto: *Der Zweck heiligt die Mittel*, vorgegangen seid.“

„Ja, das trifft es ziemlich gut.“

„Trifft das auch auf die Autobahnaktion zu, bei der eine Familie mit zwei Kindern ums Leben gekommen ist?“

„Ja.“

„Ihr wolltet Blut sehen?“

„Nein, natürlich nich’! Das heißt, Jana vielleicht. Sie hat anschließend gesagt, dass Tote die Sichtbarkeit fördern und wir alles positiv sehen sollen.“

„Wie hat Krummwinkel das gesehen?“

„Genauso. Er hat gesagt, wir sollen uns ein Beispiel an Jana nehmen. Sie hat verstanden, dass der Kampf Opfer fordert. So hat er gesagt.“

„Der Aktion ging eine Abstimmung voraus. Wie hast du gestimmt?“ Das war eine Testfrage, weil sie die Antwort kannte. Sophie wollte wissen, ob Volker die Wahrheit sagte.

„Ich hab mich enthalten“, sagte er mit beschämt gesenktem Blick.

„Warum hast du nicht dagegen gestimmt?“

„Hab mich nich’ getraut“, flüsterte er.

„Warum nicht? War es keine freie Abstimmung?“

„Doch, eigentlich schon.“ Er druckste herum.

„Aber?“, bohrte Sophie.

„Wegen Jana. Die kann ganz schön nett sein. Außerdem wollte ich den Krummwinkel nicht enttäuschen.“

„Warum hast du nicht dafür gestimmt, wenn dir ihr Urteil so wichtig gewesen ist?“

„Weil ich eigentlich dagegen war. Die Aktion war viel zu gefährlich.“

„Stören dich die Toten?“

„Na klar! Ich mach mir Vorwürfe. Jeden Tag, ach, was sag ich, jede Stunde.“

„Das glaube ich dir nicht!“ Sophie wollte ihn provozieren, um ihn aus der Reserve zu locken.

„Was? Warum nich’? Ich sag die Wahrheit!“

„Tatsächlich? Warum hast du dann auf mich und meinen Freund geschossen? Ich dachte, du magst mich.“

„Ich mag dich ja auch, sogar sehr“, flüsterte er. Dann lauter: „Weil mich der Krummwinkel dazu gezwungen hat.“

„Wie hat er das angestellt?“

„Erst wollte ich nich’, hab mich geweigert. Aber dann hat er gesagt, dass ich meinen Job und die Wohnung verliere. Er hat gesagt, dass er mich aus der Gosse geholt hat und mich dorthin zurückstößt, wenn ich ihm nich’ ein bisschen dankbar bin und ihm den einen oder anderen Gefallen tu. Das bin ich ihm schuldig, hat er gesagt. Er hat sogar gedroht, mir den Autobahnunfall anzuhängen, wenn ich nich’ gehorche.“

„Das hat er wirklich gesagt?“

„Ja!“

„Woher hast du die Pistole?“

„Kam vorgestern als Paket.“

„Absender?“

Volker grinste nur.

Okay, kein Absender. „Wo hast du schießen gelernt?“

„Hab ich nich'.“

Alles klar, darum hat er nicht getroffen. „Hat Krummwinkel gesagt, warum er uns lieber tot sehen möchte?“

„Nich' wirklich. Er hat gesagt, ohne euch wär die Welt ein besserer Ort.“

Weil Sophie keine weiteren Fragen mehr einfielen, beendete sie das Gespräch. Draußen wurde sie von Benjamin und Käpsele empfangen, die am Venezianischen Spiegel und über Lautsprecher alles mitverfolgt hatten. Benjamin reckte beide Daumen nach oben.

„Mein Kompliment, Frau Taff“, sagte Käpsele. „Sie können jederzeit bei uns anfangen.“

Das hatte er schon einmal gesagt. Er schien es ernst zu meinen. „Wo ist Krummwinkel?“, fragte sie.

„Er hat ein furchtbares Theater aufgeführt, wollte zum Polizeipräsidenten und sich beschweren. Das war sein Fehler. So konnten wir ihn gleich schnappen und in einen Vernehmungsraum bringen.“

„Was passiert jetzt mit ihm?“

„Anstiftung zum Mord in zwei Fällen ist ein schwerwiegender Vorwurf, aber die Beweislage könnte schwächer nicht sein. Wir haben nur die Aussage von Herrn Traut. Und Krummwinkel ist Strafverteidiger. Er weiß, wenn er alles abstreitet, steht Aussage gegen Aussage und er bleibt ein freier Mann.“

„Sauerei!“, entfuhr es Sophie. „Die Ratte hat auf uns schießen lassen und ihm passiert nichts! Benjamin, sag doch was!“

„Da hat er noch mal Glück gehabt“, sagte Benjamin. „Aber vielleicht ergeht es ihm wie Al Capone. Dem konnte man auch nichts nachweisen. Bis sie ihn wegen Steuerhinterziehung drangekriegt haben.“

„Hoffentlich. Aber warum wir sterben sollten, wissen wir weiterhin nicht.“

„Sie stellen eine Gefahr für Krummwinkel und seine Interessen dar“, sagte Käpsele. „Einen anderen Grund kann ich mir nicht vorstellen.“

„Welche Gefahr könnte das sein?“, fragte Benjamin.

„Sie sind die wichtigsten Zeugen im Fall Jana Tannecker. Das reicht wahrscheinlich schon.“

WER BIST DU WIRKLICH?

Freitag, 10. Mai, 12 Uhr; noch 1 Tag

„Was macht Ihr Countdown, Herr Käpsele?", fragte Sophie. „Sind Sie da schon weiter?"

Käpsele seufzte. „Nein, leider nicht. Wir sind keinen Millimeter vorangekommen. Das brennt mir unter den Nägeln. Morgen läuft die Zeit ab."

„Wir könnten Volker fragen", sagte Benjamin. „Vielleicht weiß er was."

„Oder Robespierre!", sagte Sophie. „Der ist ja auch hier – warum auch immer – und eine Möglichkeit ist es."

„Das hatte ich sowieso vor", sagte Käpsele. „Ich fange mit Traut an. Wenn Sie wollen, können Sie zuhören."

Benjamin und Sophie verfolgten am Venezianischen Spiegel das kurze Gespräch. Volker hatte keine Ahnung.

Käpsele führte sie zu Robespierre. Er saß mit überschlagenen Beinen in einem dieser Vernehmungszimmer, die Sophie schon kannte. *Wie viele davon gibt es?*, fragte sie sich, während sie ihn durch den Venezianischen Spiegel von draußen beobachteten.

„Wir wissen noch immer nicht, was in den Zigarettenschachteln war, die er mit Pablo am Monopteros getauscht hat", sagte sie. „Da könnte man ansetzen."

„Gute Idee", sagte Käpsele. „Wollen Sie nicht mit dabei sein, Frau Taff? Sie waren damals vor Ort. Vielleicht fällt Ihnen noch etwas ein."

„Okay."

Benjamin nahm vor dem Venezianischen Spiegel Platz, um das Gespräch von draußen zu verfolgen.

Robespierre staunte nicht schlecht, als Sophie hinter Käpsele hereinkam und sich neben den Polizisten setzte. „Was machst du hier?", fragte er.

Käpsele erklärte ihm, sie sei Beisitzerin und würde ihm assistieren. Dann sprach er einen standardisierten Einleitungstext.

„Herr Delarue, Sie sind auf eigene Initiative hergekommen, um eine Aussage zu machen. Bitte entschuldigen Sie, dass wir Sie so lange haben warten lassen. Bei uns überschlagen sich gerade die Ereignisse."

„Egal, scheiß drauf!"

Käpsele räusperte sich. „Was möchten Sie uns mitteilen, Herr Delarue?"

„Ich möchte klarstellen, dass Jana nicht repräsentativ fürs KlimaKIT ist! Janas Ziele sind nicht die des Teams. Sie hat sich bei uns eingeschlichen, uns hintergangen und verraten. Das gilt besonders für die Hinrichtungen, die sie vor laufender Kamera durchführen wollte."

„Wären für das KlimaKIT Hinrichtungen ohne Kamera in Ordnung?"

„Natürlich nicht!"

„Es überrascht mich, das ausgerechnet von Ihnen zu hören. Sie waren es doch, der im Theaterstück eigenmächtig die Todesurteile verhängt hat."

Robespierre winkte ab. „Ach das, das war doch nur Spaß. Ich wollte die Leute wachrütteln!"

Spinner und Idiot waren noch die vornehmsten Ausdrücke, die Sophie dazu einfielen.

„Okay“, sagte Käpsele. „Da Sie schon mal hier sind, haben wir noch ein paar Fragen an Sie. Was war in den Zigarettenschachteln, die Sie mit Herrn Paul Ranzig, oder Pablo Ranzo, wie er genannt werden wollte, ausgetauscht haben?“

„Den Mann kenne ich nicht.“

„Dann wollen wir Ihrem Gedächtnis ein wenig auf die Sprünge helfen. Sie haben sich mit Herrn Ranzig im Englischen Garten am Monopteros getroffen. Das war am …“, er blätterte in seinen Unterlagen, „am 9. April.“

Robespierre starrte ihn mit offenen Mund an. „Sie haben mich überwacht?“, fragte er, als er sich wieder gefasst hatte.

„Was war in der Schachtel, die Sie von Ranzig bekommen haben? Und was haben Sie ihm dafür gegeben?“

Robespierre schien gar nicht zuzuhören. Er starrte Sophie an. Sie starrte zurück. Oh ja, das konnte sie, und wie! Sophie war Expertin für Starren und verfügte mit ihren smaragdgrünen Augen über die Premiumausstattung. Und sie konnte ihn fast denken hören.

Er blinzelte, zeigte mit dem Finger auf sie. „Du warst das. Du warst das mit dem Kinderwagen! Dein Gesicht kam mir gleich bekannt vor.“

Stimmt, das Gesicht war original Sophie geblieben, erinnerte sie sich.

„Aber der Rest ... Donnerwetter!“, fuhr er empört fort. „Tolle Verkleidung! Und das Baby?“ Er steigerte sich richtig hinein, fuchtelte herum. „Hast du dir eins ausgeliehen? Rent a Baby, gibts so was? Oder war es dein eigenes?“

„Herr Delarue ...“, setzte Käpsele an.

Doch Robespierre ließ sich nicht beirren. „Bist du Mutter? Arbeitest du wirklich für einen Journalisten, wie Jana in ihrer Live-Show behauptet hat? Was machst du dann hier bei den Bullen? Wem spielst du sonst noch was vor?“

Sie schluckte. Irgendwo hatte er recht.

„Wer bist du, Sophie?“

Gute Frage. Umweltaktivistin, hormonübersteuerter Teenager, Businessfrau, Mutter, Kellnerin ... hatte sie etwas vergessen? In letzter Zeit war sie in so viele Rollen geschlüpft, dass sie den Überblick verloren hatte. Sie war alles, nur nicht sie selbst.

Käpseles Stimme riss sie aus ihren Gedanken.

„Herr Delarue, ich habe Ihnen zwei Fragen gestellt.“

„Na, und?“ Er ging zur Tür und versuchte sie zu öffnen, doch sie war abgeschlossen. Er drehte sich zu Käpsele um. „Lassen Sie mich raus! Verarschen kann ich mich selbst!“

„Robespierre, bitte!“, flehte Sophie. „Es ist wichtig!“

„Wichtig? Für wen? Für dich und deine Karriere, für eines deiner vielen Egos?“

„Wir befürchten, dass das Leben Unschuldiger bedroht ist“, sagte Käpsele.

„Mir doch egal!“

„Nein, das ist es nicht!", fuhr Sophie mit erhobenem Zeigefinger dazwischen. „Du hast es eben gesagt. Wir sind nicht wie Jana. Wir müssen zusammenhalten."

„Wir?"

„Ja, wir, die wir Menschen geblieben sind. Hör endlich auf, diesen albernen Trotzkopf Robespierre zu spielen! Du bist zu alt für diese Rolle. Robert, komm zur Vernunft!"

Wieder starrten sie sich an. Er hatte keine Chance. Nach wenigen Sekunden wandte er sich ab.

„Ja, auch du spielst eine Rolle, die des Robespierre", sagte sie. „Beim KlimaKIT mimst du den Radikalen. Aber wir wissen, dass dir Menschenleben wichtig sind. Also, bitte spring über deinen Schatten und hilf uns!"

„Woher willst du wissen, wer und wie ich wirklich bin?"

„Wir wissen, dass Sie – als Einziger! – gegen die Aktion auf der Autobahn gestimmt haben, wegen der Gefahr, die damit verbunden war", sagte Käpsele. „Sie haben damals Verantwortung übernommen. Bitte tun Sie das auch jetzt und helfen Sie uns."

Langsam schlurfte er von der Tür zurück und ließ sich auf seinen Stuhl fallen. „Also, worum gehts?"

„Wir wissen es nicht genau, das ist das Problem", antwortete Käpsele. „Morgen wird etwas passieren. Was, ist unklar, aber wir müssen vom Schlimmsten ausgehen. Wir brauchen also mehr Informationen, und zwar dringend."

„Was habe ich damit zu tun?"

„Die wenigen Informationen, die wir haben, stammen aus dem Umfeld des KlimaKITs."

„Das kann nicht sein."

„Wir haben sie dort gefunden, auf einem USB-Stick."

„Wir?", fragte er und sah Sophie an.

„Okay, ich", gab sie nickend zu. Sie konnte sich ein Grinsen nicht verkneifen. „Also, was war in den Zigarettenschachteln?"

„In den Schachteln waren tatsächlich USB-Sticks. Aber ich weiß nicht, was drauf war."

„Wer hat Sie beauftragt?", fragte Käpsele.

„Das kam von Jana. Sie hat mich um einen Gefallen gebeten. Ich sollte mich mit einem großen Typen am Monopteros treffen und ihm die Schachtel geben. Im Gegenzug würde ich eine von ihm bekommen."

„Haben Sie Jana öfter geholfen?"

„Ja, schon, trotz aller Meinungsverschiedenheiten. Aber ich habe mich nur einmal mit diesem Typen getroffen. Ranzig, sagen Sie? Passt irgendwie."

„Sie kannten Ranzig nicht?"

„Nein."

„Wie haben Sie ihn erkannt?"

„Jana hat ihn mir beschrieben. Außerdem hat sie geschnüffelt und gesagt, ich würde ihn zehn Meter gegen den Wind erkennen. Und so war es auch." Er grinste. „Außerdem hatten wir eine Losung."

„Welche?", fragte Käpsele.

„Ich fragte: *Hast du Feuer für E-Zigaretten?* Er sagte: *Auf dem CD-Brenner.*"

298

Damit konnten sie nichts anfangen. „Warum warst du so nervös?“, fragte Sophie.

„Ich hatte ein ungutes Gefühl bei der Sache. Weil der Typ echt scary war und ich nicht wusste, was auf den Sticks war. Jana hat ein Mordsgeheimnis draus gemacht und gesagt, es sei was Privates.“

„Sagt Ihnen das etwas?“, fragte Käpsele und schrieb *11.05. 1500 3.v.S. re.* auf einen Zettel.

Ihre letzte Chance. Sophie hoffte so sehr, dass Robert ihnen helfen konnte.

„Das war auf dem Stick? Sonst nichts?“ Er runzelte die Stirn. „Nein, das sagt mir nichts. Der 11. Mai ist morgen, aber das Jahr 1500 ist Geschichte. Was wollen Sie denn damit?“ Er lachte.

Sophie wurde übel. *Oh nein! Er hat keine Ahnung! Er hat wirklich keine Ahnung!* Jana war zu vorsichtig gewesen. Sie blickte zu Käpsele, der Robert entgeistert ansah. Dann drehte er sich zu ihr, Verzweiflung in den Augen. Ihre letzte Hoffnung hatte sich zerschlagen.

DER JÜNGSTE TAG

Samstag, 11. Mai, 7:00 Uhr; noch 8 Stunden

Sie saßen am Frühstückstisch und hielten sich an ihren Kaffeetassen fest. Nach der unruhigen Nacht fühlten sie sich wie gerädert. Sie waren aufgestanden, weil sie sich sowieso nur hin und her gewälzt hatten.

Die Nervosität wegen des bevorstehenden, unabwendbaren Unheils hatte ihre Mägen verknotet. An Essen war nicht zu denken. Zur Ablenkung dudelte das Radio. Gerade hatte es zu den 7-Uhr-Nachrichten geschaltet und berichtete vom Dauerstreit in der Bundesregierung. Sophie hörte gar nicht mehr hin, es war ohnehin immer wieder dasselbe.

Dann wechselte der Sprecher in die bayerische Provinz. Der Ministerpräsident durfte die neue Autobahnbrücke über die Zapfenklamm einweihen. Allerlei weiß-blaue Politprominenz und Wirtschaftsführer aus der Region hatten sich angekündigt. Auf der Brücke hatte man ein Festzelt errichtet. Sophie konnte sich lebhaft vorstellen, wie sich die Honoratioren mit markigen Sprüchen bei Blasmusik, Bier und deftigen Speisen selbst inszenierten und sich gegenseitig beweihräucherten. Start der Veranstaltung war um 15 Uhr.

Sophie verschluckte sich an ihrem Kaffee. „Hast du das gehört?", fragte sie, als ihre Kehle wieder frei war.

Hatte er, denn Benjamin schaute sie mit großen Augen an und zeigte mit dem Finger auf das Radio. „Käpsele!“, stammelte er.

Sophie griff zum Telefon. Käpseles Nummern, Büro, mobil und privat, waren gespeichert. Sie wählte mobil, doch ohne Erfolg. „Er hat mich weggedrückt“, sagte sie und schüttelte konsterniert den Kopf.

„Dann ist er wahrscheinlich im Büro.“

Sie wählte die Büronummer, doch niemand meldete sich. Vielleicht doch privat? Dasselbe Resultat.

„Er ist im Büro und steht so unter Druck, dass er nicht rangeht“, schlussfolgerte Benjamin.

„Da könntest du recht haben. Mal kurz überlegen, macht unser Aktionismus überhaupt Sinn?“

„Auf jeden Fall. Bombe unter Brücke passt wie Faust auf Auge. Dazu kommt das Feindbild Autobahn, das eine Verbindung zum Unfall am Irschenberg herstellt. Wenn man das KlimaKIT in Grund und Boden stampfen will, dann so.“

„Wir müssen ihn unbedingt informieren. Sollen wir eine Nachricht senden?“

„Auf jeden Fall, aber ich glaube nicht, dass er sie abruft.“

„Dann fahren wir hin!“

„Ins Präsidium?“

„Ja!“

„Sie werden uns nicht zu ihm durchlassen.“

„Dann machen wir Theater. Oder ich werfe Steinchen an sein Fenster. Wir können doch nicht einfach nichts tun!“

„Es kostet uns eine Stunde!"

„Dann lass uns gleich losfahren."

In der S-Bahn versuchten sie fortwährend, Käpsele zu erreichen. Doch er reagierte weder auf Telefon noch auf Nachrichten.

Wie Benjamin vorausgesagt hatte, wurden sie nicht zu ihm durchgelassen.

„Es ist wirklich wichtig!", sagte Sophie zum wiederholten Mal.

„Was wichtig ist und was nicht, entscheidet der Herr Kriminalhauptkommissar selbst", sagte die Mittvierzigerin in der Anmeldung. „Ich kann Sie nicht durchlassen, weil ich Sie nicht anmelden kann. Er nimmt nicht ab!"

Benjamin schaltete sich ein. „Wir wissen, dass Herr Käpsele nicht rangeht, weil er ein dringendes Problem zu lösen hat. Wir kennen das Problem und haben die Lösung. Es wäre also ganz in seinem Sinn, wenn Sie uns durchlassen würden."

„Sie beide kenne ich doch", sagte eine Kollegin. „Sie waren schon ein paarmal hier. Das letzte Mal gestern, kann das sein?"

„Das ist richtig", sagte Sophie. „Wir haben öfter mit Herrn Käpsele zu tun."

„Weißt du was, Moni, ich bringe die Herrschaften nach oben. Ist zwar nicht ganz nach Vorschrift, aber vielleicht tun wir ein gutes Werk."

Oben angekommen, klopfte die hilfsbereite Dame von der Anmeldung an Käpseles Bürotür und öffnete sie. Er stand mit zerzaustem Haar und schief sitzender Brille hinter seinem Schreibtisch. Dunkle Schatten um die blutunterlaufenen Augen, blasser Teint, flackernder Blick und ein dunkler Anzug. Graf Dracula mit Brille hat in die Steckdose gegriffen. Nur die Sonne, die durch ein Fenster auf ihn fiel, passte nicht dazu.

„Frau Taff, Herr Neumann, was machen Sie hier?", sagte er zur Begrüßung. „Uns läuft die Zeit weg. Es geht jetzt wirklich nicht!"

„Genau deswegen sind wir gekommen", entgegnete Sophie. „Wir haben den Ort!"

Käpsele erstarrte zur Statue. Eine Sekunde, zwei, drei, dann kehrte das Leben mit Macht zurück. „Sie haben was?", rief er, strich sich das lichter werdende Haar zurück und setzte seine Brille richtig auf.

„Den Ort, an dem der Anschlag stattfinden wird", sagte Benjamin. „Also, falls es überhaupt einen Anschlag gibt, und alles ohne Garantie, aber höchstwahrscheinlich."

„Wo?"

„Die neue Autobahnbrücke über die Zapfenklamm wird heute um 15 Uhr eingeweiht", erklärte Sophie. „Mit viel Prominenz und Firlefanz. Kam heute morgen im Radio."

„Heiliger Strohsack, das macht Sinn", rief Käpsele mit der Hand am Kinn. „Ich muss das weitergeben!" Er ließ sich auf seinen Stuhl fallen und griff zum Telefon. Gleichzeitig bearbeitete er die Tastatur seines Rechners. Als sich

Sophie und Benjamin hinausschlichen, deutete er ihnen gestenreich, draußen zu warten.

Stöhnend ließen sie sich im Wartebereich auf zwei Stühle fallen, sinnbildlich für die Last, die von ihnen abfiel. *Alles wird gut,* sagte sich Sophie und schloss die Augen.

„Hallo, ihr zwei!"

Sophie schrak hoch. Ohne es zu merken, musste sie eingenickt sein. *Was, wie, wer hat uns angesprochen?*

„Hallo, Basti", sagte Benjamin.

Basti, der IT-Nerd, richtig. Käpsele schätzte ihn sehr und Sophie verdankte ihm vielleicht ihr Leben. Nicht ihm allein, aber auch. Als sie ihn betrachtete, fragte sie sich, ob ihm die Rapperklamotten, die er heute trug, standen oder nicht.

„Klaus hat mich gebeten, mich um euch zu kümmern. Jetzt, nachdem ihr mich für den Rest des Tages arbeitslos gemacht habt." Auch ihm war die Erleichterung anzusehen. „Habt ihr schon gefrühstückt?"

„Nein, wir hatten nur eine Tasse Kaffee", antwortete Benjamin.

„Na, dann kommt mal mit!" Er lud sie in die Cafeteria ein.

„Du siehst übernächtigt aus", sagte Sophie und tunkte ihr Croissant in den Milchkaffee.

„Bin ich auch. Wir haben Tag und Nacht gesucht, aber nichts gefunden. Dabei haben wir vergessen, die Nachrichten zu hören."

„Wie geht es jetzt weiter?", fragte Sophie.

„Klaus informiert gerade alle notwendigen Stellen und stimmt die nächsten Schritte ab.“

„Also ich würde die Veranstaltung ja absagen“, erklärte Benjamin und biss in seine Butterbrezel.

„Ich auch“, sagte Basti, „aber hier sind Politiker im Spiel.“

„Soll heißen?“, fragte Sophie.

„Die wollen sich die Gelegenheit für einen Wahlkampfauftritt doch nicht entgehen lassen. Und das müssen sie auch nicht, wenn die Bombe – falls es sie überhaupt gibt – vorher gefunden wird. Also werden sie genau das fordern und davon ausgehen, dass es klappt.“

„Sind die übergeschnappt?“, fragte Sophie.

„Eher arrogant“, antwortete Basti.

„Und hirnrissig“, sagte Benjamin. „Stellt euch vor, es gibt gar keine Bombe. Dann kann man sie auch nicht finden. Was passiert dann?“

Das Frühstück zog sich hin und tendierte zum Brunch, bis um halb elf Käpsele dazustieß.

„So, jetzt ist alles organisiert.“ Käpsele nippte an seinem Kaffee. Die Erleichterung war ihm anzuhören und zeigte sich in seinem übermüdeten Gesicht. „Das Sprengstoffkommando ist informiert, wir sind die Verantwortung los und können es etwas ruhiger angehen lassen. Ich denke, das haben wir uns alle verdient.“ Genussvoll biss er in sein Schwabenweckerl.

„Wenn du nichts dagegen hast, packe ich es dann mal, bevor meine Freundin glaubt, ich sei ausgezogen und ich sie mit meinem Nachfolger überrasche", sagte Basti.

„Oder sie dich nicht mehr erkennt", scherzte Käpsele. „Alles klar, hau ab und erhol dich gut."

Dann wandte er sich an Sophie und Benjamin. „Wenn ich hier fertig bin, fahre ich zur Autobahnbrücke, um nach dem Rechten zu sehen. Vielleicht kann ich den einen oder anderen Hinweis geben. Will jemand von Ihnen mitkommen? Speziell für Sie, Frau Taff, könnte es interessant werden. Dann bekommt Ihr Chef Stoff zum Schreiben."

„Oh, davon hat er mehr als genug." Sie winkte ab. „Ich komme mit meinen Berichten kaum hinterher. Außerdem habe ich noch meinen eigentlichen Bürojob und jede Menge Überstunden." Sie machte eine Pause, um den Kommissar auf die Folter zu spannen. „Trotzdem komme ich natürlich gerne mit."

Benjamin lachte. „Du bist einfach zu neugierig!"

„Ja!" Sie boxte ihn zärtlich mit dem Ellenbogen. „Du bleibst bestimmt hier, weil es dich nicht interessiert."

„Das würde dir so passen!" Er warf sich in die Brust. „In der Gefahr lasse ich dich niemals allein!"

„Mein Held!"

TECHNIK FATAL

Samstag, 11. Mai, 11 Uhr; noch 4 Stunden

Beschwingt gingen sie zu einem zivilen BMW. Käpsele reichte Sophie die Schlüssel. „Frau Taff, Sie haben doch seit der Beschattung von Delarue eine Fahrgenehmigung für Polizeifahrzeuge. Könnten Sie fahren? Dann kann ich ein wenig die Augen zumachen."

„Klar, ruhen Sie sich aus."

„Wir haben es nicht eilig", sagte er, als er sich auf den Beifahrersitz warf. Benjamin nahm im Fond Platz.

Käpsele programmierte das Navi, dann schloss er die Augen. Noch bevor sie das Stadtgebiet verlassen hatten, hörte Sophie ein leises Schnarchen.

Hinter Freising ließ der Verkehr nach und sie stellte den Tempomat auf moderate hundertzwanzig Stundenkilometer. In dem modernen 5er BMW kam ihr das noch langsamer vor. Als sie Moosburg passierten, fiel ihr ein anthrazitfarbener Audi auf, der ihnen seit einiger Zeit mit konstantem Abstand folgte. Natürlich war es möglich, dass auch ein anderer Fahrer den Tempomat auf hundertzwanzig gestellt hatte. Aber für einen Audi war es ungewöhnlich. Sie drosselte das Tempo auf unerträgliche hundertzehn. Der Audi überholte.

Nun folgte ihr ein blauer Passat, dahinter glaubte sie, einen weißen SUV zu erkennen. Das musste Einbildung sein. *Paranoia!*

Eine Verkehrsmeldung im Radio zog ihre Aufmerksamkeit auf sich. Protestierende Bauern hatten mit Traktoren die Autobahn blockiert. Das Navi interpretierte die Blockade als Unfall und empfahl, die Autobahn zu verlassen. Sophie setzte den Blinker.

Der locker fließende Verkehr verdichtete sich in der Ausfahrt zu einem Stau. Offenbar hatten noch mehr Fahrer die Meldung erhalten.

Käpsele schlug die Augen auf und sah sich verwirrt um. „Was ist los? Wo sind wir? Warum stehen wir hier und fahren nicht auf der Autobahn?"

„Die Autobahn ist dicht!"

Käpsele winkte ab. „Wir haben Zeit und sind auf der Brücke nur Zuschauer. Vermutlich können wir den Spezialisten sowieso nicht helfen." Er sah zu Sophie. „Warum sind Sie so angespannt?"

„Vielleicht bilde ich es mir nur ein."

„Was bilden Sie sich vielleicht nur ein?"

„Der Audi vor uns ist die ganze Zeit hinter uns gefahren. Erst, als ich das Tempo gedrosselt habe, hat er überholt."

„Er hat uns überholt. Darum ist er jetzt vor uns. Ziemlich logisch, nicht?"

„Direkt hinter uns, der blaue Passat, hat den Audi abgelöst. Dann kommt der rote Renault, den sehe ich zum ersten Mal, aber der weiße SUV dahinter ist gleichzeitig mit dem Passat aufgetaucht. Ich fürchte, wir fahren in einer Eskorte, die wir nicht bestellt haben."

Käpsele beugte sich vor, um über die Außenspiegel einen Blick nach hinten zu werfen. „Mal sehen, wie sich das entwickelt."

„Benjamin, bei dir alles gut da hinten?", fragte Sophie.

„Alles in Ordnung. Ich filme gerade mit meinem Smartphone im Selfiemodus Fahrer und Beifahrer des Passats hinter uns."

„Und?"

„Viel kann man nicht erkennen. Aber sie haben eindeutig Glatzen."

Käpsele pfiff durch die Zähne.

Mehrere Autos vor ihnen sprang die Ampel endlich auf grün. Langsam setzte sich die Schlange in Bewegung. Es dauerte. Sie folgten dem Audi bei orange, der Passat hüpfte noch hinterher, der Renault blieb stehen. Der SUV dahinter scherte auf die Gegenfahrbahn aus, zog an dem Renault vorbei und schloss zum Passat auf. Die Ampel musste schon knallrot gewesen sein.

Käpsele grinste. „Okay, was lernen wir aus diesem Manöver? Erstens, Sie hatten recht, Frau Taff, wir sind im Sandwich. Zweitens, unsere Gegner sind Amateure."

Käpseles Smartphone vibrierte. „Der Polizeipräsident", murmelte er mit einem Blick auf das Display und nahm das Gespräch entgegen. „Was? ... Nein! ... Und der Ersatz? ... Das darf doch nicht wahr sein! ... Räumung? ... Natürlich, wir geben unser Bestes. ... Ja, ich halte Sie auf dem Laufenden." Das Gespräch wurde beendet. Mit versteinerter

Miene blickte Käpsele auf die endlos dahinkriechende Autoschlange.

„Was ist?", fragte Sophie. Sie hasste Situationen, die sie nicht einschätzen konnte. Zuerst die Eskorte, dann dieser Anruf, das machte sie nervös. Sah sie hingegen einer konkreten Gefahr direkt ins Auge, blieb sie cool.

„Das Sprengstoffkommando hängt auf unbestimmte Zeit fest."

„Wie das?", fragte Benjamin.

„Der über vierzig Jahre alte Hubschrauber hatte einen Defekt und musste auf einem Feld notlanden."

„Ersatzmaschine?"

„Hubschrauber dieser Größe gibt es nur wenige und sie sind über das gesamte Bundesgebiet verteilt. Außerdem ist Wochenende. Die Bereitstellung einer Ersatzmaschine wird dauern."

Der über vierzig Jahre alte Hubschrauber ... wenn Sophie das schon hörte! „Welche Konsequenzen hat das für uns?", fragte sie genervt.

„Die Brücke muss geräumt werden", antwortete Benjamin, obwohl er gar nicht gefragt war.

„Das geht leider nicht", presste Käpsele hervor. „Die Obrigkeit behauptet, wir hätten eine störungsfreie Einweihungsfeier zugesichert."

Aber das stimmt doch gar nicht! „Verdammte Arschlöcher!", schrie Sophie und schlug wutentbrannt auf das

Lenkrad. Eine Wahnsinnsverantwortung wurde ihnen einfach übergestülpt. Sie waren weder qualifiziert noch waren sie gefragt worden.

„Wir müssen übernehmen", sagte Käpsele und sah auf die vom Navi errechnete Ankunftszeit: 15:11 Uhr. „Und wir sind spät dran."

„Haben wir kein Blaulicht mit Magnetfuß fürs Dach dabei?", fragte Benjamin.

„Doch, aber schauen Sie mal raus, schmale Straße, wegen Baumaßnahmen weiter verengt, auf beiden Seiten stockender Verkehr, keine Lücke ... wohin sollen die anderen Verkehrsteilnehmer ausweichen?"

Ein noch schmaleres Sträßchen ging rechts ab, Straubing war angeschrieben. Sophie entschied spontan. Ohne zu bremsen oder zu blinken bog sie mit quietschenden Reifen ab. Die Straße vor ihr war frei. Und sie war schnurgerade. Sophie gab Gas.

„Was machen Sie?", rief Käpsele.

„Ich beschleunige die Angelegenheit etwas. Sie könnten sich daran beteiligen, indem Sie das Blaulicht aufs Dach kleben."

Der Rückspiegel zeigte einen blauen Passat und einen weißen SUV. Das war zu erwarten, aber wenigstens waren sie den Audi los.

Während Käpsele am offenen Seitenfenster mit dem Blaulicht hantierte, fragte er: „Sind wir hier überhaupt richtig?"

„Straubing, passt doch."

Die Tachonadel zeigte fast hundertdreißig. Sophie bremste scharf. Mit achtzig Sachen und Sirene rauschten sie ins nächste Dorf. An der Kirche wurde es kurvig, mehr als sechzig waren nicht drin. Beim Maibaum ein Dorffest. Ein Ameisenhaufen aus Jung und Alt, neben der Straße, auf der Straße, noch langsamer. Große und kleine Kinder mit Fußball oder Skatebord, wild durcheinander tobend, aufgeschreckt vom Blaulicht mit Fanfare, große Augen. Sophie warf einen Blick in den Spiegel. Rücksichtslos pflügten sich Passat und SUV durch die Menschen und holten auf. Ein Wunder, dass nichts passierte.

Die Straße leerte sich, das Dorf war zu Ende. Mit Krach und Karacho ging es weiter, ein gerades Stück, links an einem Traktor mit Anhänger vorbei. Die Straße schlängelte sich durch die Hügel. Schmierige Kuhfladen, Sophie wich aus, blieb auf dem Gas. Ein Schleicher mit Hut in einem uralten Wagen, zu kurvig, keine Sicht, Bremsstoß, hinten bleiben, half ja nichts, die Verfolger ganz nah jetzt. Eine kurze Gerade, alles frei, Vollgas, ein winselnder Motor, schalten bei sechstausend Umdrehungen, bremsen, nächste Kurve.

„Berechnete Ankunft 15:08 Uhr", informierte Käpsele.

Drei Minuten aufgeholt. Ein kurzer Blick in den Rückspiegel verhieß nichts Gutes. Dafür war jetzt die Straße frei. Ein gerades Stück bis zum nächsten Dorf, genau richtig für einen Zwischenspurt. Ein paar Meter holte sie raus. Im Dorf verlor sie den Vorsprung gleich wieder, weil eine alte

Frau ihren Rollator nicht über den Bordstein brachte und nach hinten auf die Straße zu kippen drohte.

Nach dem Dorf volle Beschleunigung, Linkskurve, Rechtskurve, wieder links, mehr Abstand zu den Verfolgern. Rechts, links, oh, oh, oh, immer enger die Kurve. Quietschende Reifen, der BMW unruhig. Das flackernde Lämpchen für Fahrstabilisierung signalisierte hektische Betriebsamkeit. Ganz sachte nahm Sophie den Fuß vom Gas. Der Wagen bedankte sich umgehend und fuhr wie auf Schienen. *Puh!*

Eine kurze Gerade, Vollgas, Zeit für einen schnellen Blick zurück. Der Passat in der fiesen Kurve, untersteuerte, übersteuerte plötzlich, schlingerte, rutschte schräg über den Fahrbahnrand, in einen Acker, überschlug sich. Der SUV passierte die Kurve sicher, lag aber deutlich zurück.

Nach dem nächsten Dorf hatte er wieder aufgeholt. Es war immer dasselbe. Sie wollte keinesfalls jemanden über den Haufen fahren und drosselte innerorts das Tempo, Vorteil für einen skrupellosen Verfolger.

„Berechnete Ankunftszeit 15:03 Uhr", las Käpsele vor. „Ich habe den Unfall in der Kurve gerade den Kollegen gemeldet."

Sophie war ganz auf die Straße konzentriert und hatte es gar nicht mitbekommen. Sie überholte einen Traktor, bremste kurz aber scharf und nahm die nächste Kurve. Ihr Hintermann blieb dran. Sie identifizierte den SUV als Porsche Cayenne. Eine harte Nuss, wenn der Fahrer sein Handwerk beherrschte. Dagegen sprach das Kennzeichen, das auf einen Mietwagen hindeutete, mit dem ein Fahrer normalerweise weniger vertraut war. Andererseits fuhr sie den BMW auch zum ersten Mal.

Ein kurzes Stück geradeaus. Der Porsche kam vor, obwohl sie voll auf dem Gas stand. Damit hatte Sophie nicht gerechnet. *Der muss ordentlich Wumms unter der Haube haben, mein BMW ist auch nicht gerade lahm.* Sie wollte noch in die Mitte ziehen, doch zu spät. Er fuhr links neben sie, das Beifahrerfenster heruntergelassen. Sie rasten auf eine unübersichtliche Kurve zu. *Gegenverkehr?*

Eine Hand mit Pistole, in ihre Richtung, aus dem Fenster. Zeitgleich, auf der Gegenfahrbahn, plötzlich ein Auto, in der Kurve. Sophie trat voll in die Eisen. In diesem Augenblick knallte der Schuss.

Irgendwas passierte mit dem BMW. Der SUV scherte knapp vor ihnen ein, der Gegenverkehr zischte vorbei.

Sie wurden langsamer. Der Wagen nahm kein Gas mehr an, irgendetwas stimmte nicht. Sophie schaute auf die Armaturen. Alle Lämpchen leuchteten, die meisten waren ihr unbekannt. Der SUV war längst um die Kurve enteilt.

„Was ist …?", stammelte sie und aktivierte den Warnblinker. Wenigstens der funktionierte noch.

„Der Schuss hat offensichtlich die Elektronik lahmgelegt", sprach der Ingenieur auf der Rückbank. „Da geht nichts mehr."

ZEITSPRUNG

Samstag, 11. Mai, 13 Uhr; noch 2 Stunden

„Wir brauchen ein anderes Auto", sagte Käpsele und stieg aus.

Auch Benjamin war ausgestiegen. Er öffnete den Kofferraum, holte das Warndreieck heraus und marschierte zurück, um es aufzustellen.

In Ermangelung eigener Ideen verließ Sophie ebenfalls das Fahrzeug. „Er ist doch eben noch gefahren!", lamentierte sie mit Blick auf das Einschussloch in der Motorhaube. Es war unfassbar. Ihnen lief die Zeit davon und sie standen hier rum.

„Ich werde den nächsten Wagen anhalten und beschlagnahmen", sagte Käpsele neben ihr. Dann griff er zu seinem Smartphone und meldete die Panne. Benjamin war inzwischen sein Warndreieck losgeworden und kam zurück.

Sie befanden sich auf einer einsamen Landstraße in einer dünn besiedelten Gegend. Nicht einmal ein Traktor tuckerte vorbei. Benjamin begann, an seinem Smartphone zu daddeln. *Dafür hat er Zeit!* Sie erkannte ihren Freund nicht wieder.

„Wo haben Sie fahren gelernt?", fragte Käpsele. Smalltalk, um die Wartezeit zu überbrücken.

„In der Fahrschule."

Käpsele lachte auf und wedelte mit dem Zeigefinger. „Das können Sie mir nicht weismachen."

„Doch, wirklich, vor sechs oder sieben Jahren. Allerdings habe ich mir noch das Aufbauprogramm *Situationsangepasstes Fahren* reingezogen. Dort, wo ich aufgewachsen bin, war es wichtig, sich immer an die Situation anpassen zu können.“

„Das ist eigentlich überall so. Aber stimmt, ich kann mich an Ihre Akte erinnern und dass Sie in einem sozialen Brennpunkt aufgewachsen sind.“

Ein Motorengeräusch aus der Richtung, aus der sie gekommen waren, wurde langsam, ganz langsam lauter. *Endlich!* Um die Kurve schlich ein lehmfarbenes Auto, so alt, dass Sophie den Hersteller nicht erkannte, geschweige denn das Modell. Aber sie wusste, dass sie den Wagen heute schon überholt hatte. Käpsele winkte und der Oldtimer hielt an.

Das Seitenfenster wurde ruckartig heruntergefahren, augenscheinlich von Hand. Der Fahrer, ein hochbetagter Mann mit Hut, fragte mit sehr lauter Stimme, ob er helfen könne. Käpsele hielt ihm seinen Dienstausweis hin.

„Bin ich zu schnell gefahren?“, rief der Alte bestürzt.

„Nein, keine Sorge“, antwortete Käpsele. Der Senior hielt sich die Hand hinters Ohr.

„Nein, keine Sorge, Ihre Fahrweise ist vorbildlich“, brüllte Käpsele.

„Dort hinten ist ein Unfall passiert! Ich war auf der Suche nach einer Telefonzelle, um Ihre Kollegen zu rufen.“

„Vielen Dank. Den Unfall habe ich schon gemeldet.“

Der Alte sah ihn verständnislos an. Käpsele wiederholte lauter und fuhr fort: „Es tut mir leid, aber wegen eines dringenden Einsatzes muss ich Ihr Fahrzeug beschlagnahmen." Und noch lauter: „Unser eigener Wagen hat einen Defekt."

„Ja, die modernen Wagen taugen nichts mehr. Aber der hier, der ist noch richtig gute deutsche Wertarbeit. Er hat mich noch nie im Stich gelassen!"

„Das glaube ich gern. Wir haben es etwas eilig."

„Natürlich, die Polizei! Darf ich Ihnen eine Einweisung in die Bedienung des Fahrzeugs geben?"

„Ich denke, das wird nicht nötig sein. Es genügt, wenn Sie uns den Zündschlüssel überreichen."

„Wie Sie meinen", sagte der Hochbetagte enttäuscht. Umständlich stieg er aus dem Wagen.

Während des Gesprächs war Sophie zum Wagenheck geschlichen. *Ein Ford Taunus 1.3L, nie gehört.* Das Kennzeichen gab Aufschluss über das Baujahr: ... 1977H. Der auf Hochglanz polierte Wagen war fast doppelt so alt wie sie! Auf der Hutablage entdeckte sie einen Wackeldackel. Im Internet hatte sie unter Skurriles über ihn gelesen. Daneben lag etwas sehr Merkwürdiges. Es sah aus wie ein gehäkelter Zylinder. Ein Verwendungszweck erschloss sich ihr nicht.

Käpsele reichte ihr die Wagenschlüssel. Sie stiegen ein.

„Eine Frau am Steuer, ob das gut geht?", rief der Alte.

Sophie beschloss, großzügig zu sein – immerhin hatte er ihnen sein gehätscheltes Auto überlassen – und schluckte eine Replik hinunter. Sie schlugen die Türen zu. Es hörte sich an wie ein Blecheimer, der zu Boden fällt.

„Entschuldigung, könnten Sie uns noch Ihren Hut geben?", fragte Käpsele. Der Alte reichte ihn achselzuckend in den Wagen.

Käpsele hatte das Blaulicht im Fußraum liegen und machte keine Anstalten, es aufs Dach zu setzen. Stattdessen befahl er: „Setzen Sie den Hut auf und stopfen Sie Ihren Pferdeschwanz darunter!"

Sophie wunderte sich, tat aber, was er wollte. „Gut so?"

„Ja, und jetzt fahren Sie ganz langsam los!"

„Haben wir es nicht mehr eilig?", fragte sie sicherheitshalber.

„Doch, aber ich fresse einen Besen, wenn der SUV nicht ein Stück weiter vorne auf uns wartet. Wenn ich *jetzt* sage, gehen wir beide auf Tauchstation, Herr Neumann!"

Der Wagen fuhr sich sehr ungewohnt. Die Kupplung hatte praktisch keinen Schleifpunkt, die Schaltung hakte und von der Lenkung bis zur Bremse war alles unglaublich schwergängig. Das konnte ja heiter werden!

Sophie hatte noch nicht ganz die richtige Sitzposition gefunden, da rief Käpsele: „Jetzt!", und klappte sich zusammen wie ein Taschenmesser. Benjamin legte sich auf die Rückbank.

Tatsächlich, auf einem einmündenden Feldweg stand der SUV, bereit herauszuschießen und ihnen den Weg zu versperren. Sophie hielt den Atem an. Doch nichts rührte sich, der Cayenne ließ sie passieren. Sophie zuckelte noch ein Stückchen weiter, bis sie außer Sicht war, dann gab sie Gas. Bedauerlicherweise war der Effekt minimal.

„Sie dürfen den Hut jetzt absetzen", sagte Käpsele. Er und Benjamin saßen wieder aufrecht.

Sophie reichte den Hut nach hinten. Benjamin streckte im Gegenzug sein Smartphone nach vorne. „Hier Herr Käpsele, das ist jetzt unser Navi. Alles schon eingestellt. Sie können weiter mit ihrem Handy telefonieren."

Jetzt verstand Sophie, warum ihr Liebster so eifrig gedaddelt hatte, als sie auf ein vorbeifahrendes Auto warten mussten. Wie hatte sie nur an ihm zweifeln können?

„Berechnete Ankunftszeit 14:53 Uhr", sagte Käpsele. „Das ist früher als das, was der BMW angezeigt hat. Und wir haben mindestens eine Viertelstunde verloren. Wie kann das sein?"

„Sophie hat eine Abkürzung gefunden, aber das Navi im BMW hat das nicht kapiert."

Trotzdem stellte Käpsele das Blaulicht aufs Dach. Nach Sophies Überzeugung waren sie der langsamste Einsatzwagen Niederbayerns der letzten fünfzig Jahre.

Irgendwo im Nirgendwo überquerten sie die Donau und fuhren auf die Autobahn. Sophie quälte den Wagen auf knapp hundertdreißig.

„Warum fahren Sie nicht schneller?", brüllte Käpsele über den infernalischen Lärm hinweg. Darauf konnte sie nur müde lächeln. „Sportlenkrad!", spöttelte er und deutete darauf. Dann zeigte er auf die Heiligenfigur, die am Innenspiegel baumelte. „Christophorus, bringt Glück!"

Routinemäßig sah Sophie in den Rückspiegel. „Etwas Glück könnten wir auch brauchen!"

„Was ist jetzt schon wieder?"

„Der Audi von vorhin ist wieder da. Drängelt weiter hinten auf der Überholspur."

„Keine Sorge, der erkennt uns nicht. Wir haben ja den Wagen gewechselt."

Sie verließen die Autobahn. Es ging in die Hügel des Bayerischen Walds. Bergauf wurden sie noch langsamer. Die Straße schlängelte sich an einem Hang entlang. Links ging es steil in die Zapfenklamm hinunter. Eine einsame Gegend, die Straße frei. Stress für den Motor.

„Berechnete Ankunftszeit 14:42 Uhr, und das mit dem Auto. Mein Kompliment, Frau Taff!"

„Audi von hinten!", zischte Sophie mit Blick in den Rückspiegel. „Nehmen Sie das verdammte Blaulicht vom Dach!"

„Ach herrje, das haben wir vergessen. Jetzt ist es zu spät. Wenn ich es jetzt runternehme, machen wir uns erst recht verdächtig."

„Wir könnten eine x-beliebige Zivilstreife sein", sagte Benjamin von hinten.

„Mit einem fünfzig Jahre alten Auto – wohl kaum", entgegnete Sophie.

„Wenn die Typen im SUV eins und eins zusammengezählt und dem Audi Bescheid gegeben haben, sind wir erledigt!", stellte Käpsele nüchtern fest, als würde ihn das Ganze nichts angehen.

Der Audi schloss auf. Sein Fahrer streckte einen Arm aus dem Seitenfenster.

„Pistole!“, rief Sophie und fuhr in Schlangenlinien, den Blick abwechselnd nach hinten und nach vorne gerichtet. Ein Schuss knallte, offenbar daneben! *Glück gehabt!* Das schwammige Fahrwerk des Oldtimers reagierte übellaunig auf die gewagten Fahrmanöver und schaukelte sich auf. Das Heck brach aus. Sophie musste gegenlenken, um den Wagen auf der Straße zu halten. Dabei verlor sie kostbare Geschwindigkeit, die sie sich erst wieder erbetteln musste.

Käpsele hatte seine Dienstwaffe gezogen, lud sie durch und entsicherte sie. „Wenn es geht, sagen Sie *jetzt*, ziehen auf die Gegenfahrbahn und bremsen dann kräftig.“

Sophie hetzte auf ihrer Straßenseite mit quietschenden Reifen um eine Rechtskurve, der Audi folgte ihr mühelos. Dann ein gerades Stück, die Straße war frei.

„Jetzt!“ Sie zog nach links und trat herzhaft auf das Bremspedal. Kreischend blockierten die Räder.

Der Wagen schlingerte. Käpsele streckte die Pistole aus dem Seitenfenster, zielte kurz, gab einen Schuss ab. Der Audi, noch in der Kurve, drehte sich, kam von der Fahrbahn ab und stürzte in die Zapfenklamm.

„Ich habe den linken Vorderreifen erwischt.“ Käpsele klang zufrieden.

Sophie blieb die Spucke weg. *Wow! Ein einziger, schneller Schuss aus einer schwierigen Position, ein absoluter Meisterschuss!* Sie erinnerte sich an den Pokal. Nicht umsonst war er der Schützenkönig von Ludwigsburg.

Käpsele telefonierte und meldete das in die Schlucht gestürzte Auto. Sophie verdrängte die Gedanken an den Gesundheitszustand des Fahrers und konzentrierte sich auf die Straße. Noch dreißig Minuten bis zum großen Knall.

Sie erreichten eine Autobahnauffahrt, die von der Polizei gesperrt war.

„Hier müssen wir drauf", sagte Käpsele und streckte den Beamten seine Dienstmarke entgegen. Die Uniformierten warfen skeptische Blicke auf das Auto, ließen sie aber passieren.

Sie hetzten mit bauartbegrenzter Höchstgeschwindigkeit die letzten Kilometer über die leere Autobahn, bis kurz vor der Brücke die Betriebsamkeit aufgrund der Festivitäten zunahm. Das weiß blau gestreifte Festzelt auf der Brücke kam in Sicht, Blasmusik spielte. An der Brücke ging es mit dem Auto nicht mehr weiter. Sie stiegen aus.

„3.v.S. re.", sagte Käpsele. „Was machen wir jetzt damit? Noch 22 Minuten."

COUNTDOWN

Samstag, 11. Mai, 14:38 Uhr; noch 22 Minuten

„Bitte wiederholen Sie", sagte Benjamin, elektrisiert von einem Geistesblitz.

„3.v.S. re.", rekapitulierte Käpsele.

Benjamin sah zur Brücke, betrachtete seinen Schatten auf dem Asphalt, ermittelte daraus die Himmelsrichtung, kniff ein Auge zu und peilte. *Das könnte es sein.* Er beugte sich über das Geländer – hier, am Rand, war die Schlucht noch nicht tief, da spielte ihm die Höhenangst keinen Streich – und musterte die Brücke von der Seite. Sie überspannte in einer leichten Kurve die Schlucht von Süd nach Nord und hatte für jede Fahrbahn fünf voneinander getrennte Betonpfeiler. *Passt!*

Benjamin trat zu den beiden anderen. „Ich glaub, ich habs! *3.v.S. re.* steht für *Dritter von Süden rechts.* Gemeint ist der Pfeiler."

Sophie und Käpsele eilten zum Geländer, beugten sich darüber und nickten sich zu.

„Das könnte sein", rief Käpsele aufgeregt. „Da müssen wir hin." Im Losrennen sah er auf die Uhr. „Noch gut 19 Minuten!"

Den zweihundert Meter Hindernislauf bewältigten sie unter einer Minute. Blieben noch 18 Minuten und ein paar Sekunden.

Sophie beugte sich über das Geländer. Benjamin wurde schon vom Zuschauen schwindlig. Es ging bestimmt hundert Meter in die Tiefe, wie er vom Rand aus gesehen hatte. Sophie schob sich noch ein Stück weiter, hing jetzt kopfüber, an der Hüfte geknickt, die Füße im Geländer verhakt, damit sie nicht kippte. Umstehende Passanten wichen erschrocken zurück.

„Ich kann nichts sehen!", rief sie und richtete sich wieder auf.

Benjamin entdeckte einen Mann mit Schlapphut und Fernsteuerung vorm Bauch. Er folgte den Blicken des Mannes und entdeckte eine Drohne mit Kamera, genau das, was sie jetzt brauchten.

„Entschuldigung, Sie müssen uns mit Ihrer Drohne helfen, bitte", sprach Benjamin den Mann an.

„Muss ich nicht!", blaffte Schlapphut.

Käpsele eilte hinzu und präsentierte seinen Dienstausweis. „Das ist ein Polizeieinsatz. Bitte helfen Sie uns und schauen mit der Drohne unter die Brücke."

„Ich schau gar nirgends hin!"

Es entbrannte eine lebhafte Diskussion, in der Käpsele ziemlich laut und direkt wurde.

„Könntest du die Drohne fliegen?", raunte Sophie Benjamin zu.

Das konnte so schwer nicht sein. „Ja, ich denke schon."

„Dein Studium ist ja doch zu etwas zu gebrauchen."

Ein blitzschneller Griff, eine Drehbewegung und Sophie hatte die Fernsteuerung in der Hand. Sie reichte sie umgehend an Benjamin weiter.

Benjamin beobachtete die Drohne, die in gut zehn Metern Höhe schwebte, und spielte mit den Hebeln, um ein Gefühl für die Steuerung zu bekommen. Nebenher lauschte er dem Gespräch.

„Wer bist ...?", hörte er Schlapphut sagen.

„Sie gehört zu mir", schnitt ihm Käpsele das Wort ab. „Und lassen Sie besser die Finger von ihr."

Schlapphut ignorierte ihn. „Hey, du kleine Diebin, gib sofort die Steuerung zurück!"

„Später!", stellte Käpsele klar. „Wir haben sie nur ausgeliehen. Das ist ein Polizeieinsatz. Für Diskussionen ist jetzt keine Zeit."

Am Rande nahm Benjamin fahrige Bewegungen wahr. Er hörte Schlapphut „Flittchen!" und Sophie „Basta!" rufen. Dann knurrte sie: „Keine Zeit heißt kurzer Prozess!"

Benjamin musste sich auf die Fernsteuerung konzentrieren. Als er wieder kurz aufblickte, war Schlapphut mit Handschellen an das Geländer gekettet. Er beschwerte sich lautstark. Schaulustige hatten einen Kreis gebildet, als wären sie eine Attraktion auf dem Jahrmarkt.

Inzwischen hatte Benjamin die Drohne ganz gut im Griff und flog sie unter die Brücke. In die Fernsteuerung war ein Display für das Kameraauge integriert, das nun die Unterkonstruktion der Brücke zeigte. Sophie und Käpsele schauten ihm über die Schulter.

Benjamin ließ die Kamera ein wenig nach links und rechts schwenken, um sicherzugehen, den richtigen Pfeiler vor sich zu haben. Er näherte sich der Stelle, wo der Beton des Pfeilers in eine fachwerkartige Stahlkonstruktion überging, die horizontal unter der gesamten Länge der Brücke verlief und auf der die Fahrbahnen ruhten. Sein Instinkt als Ingenieur sagte ihm, dass dort, wo der Stahl der Unterkonstruktion auf dem Beton des Pfeilers ruhte, der ideale Ort für einen Sprengsatz wäre. Er zoomte heran. Das Bild wurde verrauscht, Details waren nicht mehr zu erkennen.

„Sie müssen näher ran", sagte Käpsele.

„Das Problem ist, dass ich nicht weiß, wie weit die Drohne von der Brücke entfernt ist."

„Warum schauen Sie nicht über das Geländer?"

„Ich leide unter Höhenangst."

Sophie, die von seinem kleinen Problem wusste, stand bereits am Geländer und gab Anweisungen. „Näher, noch näher, noch sieben Meter, fünf, drei, stopp, so bleiben!" Sie eilte zurück, um auf das Display zu schauen.

Das Bild war jetzt sehr brauchbar, aber sie konnten nichts Verdächtiges finden. Benjamin zoomte heraus und erweiterte den Suchradius.

„Da", riefen alle drei gleichzeitig, als sie ein kleines rotes Blinklicht entdeckten. Benjamin vergrößerte den entsprechenden Bildausschnitt. Das Blinklicht gehörte zu einem Kasten, aus dem zwei Kabel herausführten und hinter Stahlteilen verschwanden.

„Ich glaube, das ist es", sagte Käpsele.

„Zoom mal wieder ein bisschen raus, ich will die Umgebung sehen", forderte Sophie. „Und jetzt bitte auf den Übergang vom Geländer zur Stahlunterkonstruktion."

„Hierhin?"

„Genau, bleib so ... ja, das geht!"

„Was hast du vor?", fragte Benjamin, obwohl er die Antwort schon ahnte.

„Zur Bombe klettern und sie entschärfen, ist doch klar!"

„Das ist zu gefährlich", rief Käpsele.

„Ach ja? Vielleicht 'ne bessere Idee?" Sie warf einen Blick auf ihr Smartphone. „Es ist gleich 14:54 Uhr. In sechs Minuten bekommen Sie die Brücke nie geräumt."

Käpsele seufzte, eine Erwiderung erübrigte sich. Sie stopfte ihr Smartphone in die Beintasche ihrer Cargohose und schwang sich über das Geländer. Sekunden später war sie nach unten verschwunden. Benjamin hatte sie über die Drohne im Blick. Käpsele stand neben ihm und schaute von der Seite auf das Display.

Weil die Stahlkonstruktion schmaler als die Fahrbahn war, musste sie einen Überhang von etwa anderthalb Metern überwinden. Das war nach Benjamins laienhafter Einschätzung der kritischste Punkt. Dafür sprach auch, dass sie sich die Stelle extra hatte zeigen lassen, bevor sie *ja, das geht!* gesagt hatte.

Nun hing sie dort mit dem Rücken nach unten an einem Rohr, die Knie über eine Querstange gelegt. Sie hangelte sich mit den Händen am Rohr entlang und ließ die Beine unverändert, sodass sie immer weiter zusammenklappte und schließlich eine embryonale Stellung einnahm. Für die Arme musste es eine immense Kraftanstrengung sein.

Wie geht es weiter, Sophie?, fragte sich Benjamin. Er zitterte vor Nervosität, sodass er die Fernsteuerung kaum bedienen konnte. *Reiß dich zusammen, verdammt noch mal!*

Sie nahm ein Knie weg und streckte das Bein zur Stahlkonstruktion. Kurz bevor sie Halt gefunden hatte, rutschte das andere Knie von der Querstange. Nur noch an den Armen hängend schwang sie durch.

Benjamin hörte sich vor Schreck aufschreien und hielt die Luft an.

Käpsele legte einen Arm um seine Schultern. „Sie schafft das schon", erklärte er heiser. Zuversicht klang anders.

Sophie schwang noch einmal durch, offenbar um Schwung zu holen, dann erreichten ihre Füße die Stahlkonstruktion.

Benjamin ließ die Luft aus seinen Lungen entweichen.

Kaum hatte sie Halt gefunden, hangelte sie sich mit den Händen heran, bis sie in die Konstruktion klettern konnte. Halbherzig schüttelte sie die Arme aus, bevor sie hastig weiterkletterte. Sie wurde nun größtenteils von Stahlstreben verdeckt.

Benjamins Smartphone vibrierte. Sophie, 14:59 Uhr.

„Benjamin, hör zu! Ich filme gerade den Zeitzünder. Kannst du was erkennen?"

„Ja, so einigermaßen." Es war die Box mit dem Lämpchen. Und mit einem Display, das die Sekunden herunterzählte.

48

47

„Sag mir, was ich jetzt tun muss!“

Er sah zu Käpsele, der mit den Schultern zuckte.

43

„Siehst du irgendwelche Kabel, die aus der Box mit dem Lämpchen kommen?“

„Ja, ein Rotes und ein Blaues, beide verschwinden nach hinten.“

39

Was heißt das jetzt? Ich kenne mich mit Bomben nicht aus!

36

35

„Benjamin, bist du noch da?“

„Jaja, ich überlege!“

„Dann mach schnell!“ Sophie klang panisch. Das hatte er noch nie erlebt.

„Kann man die Box öffnen?“, fragte er.

„Nur mit Werkzeug, so wie’s aussieht. Wir haben keine Zeit für so was!“

23

22

„Sag was!“, forderte sie.

Was, was, was…? „Ich liebe dich!“

„Ich liebe dich auch!“ Sie legte auf. Das Video vom Countdown am Zeitzünder verschwand.

Benjamin kam sich wie ein Versager vor. Sophie bewegte sich, mehr konnte er über die Drohnenkamera nicht erkennen. Er vermutete, dass sie den Kabeln folgte und von der Uhr zum Sprengsatz kletterte.

Wie viel Zeit bleibt ihr, bleibt uns noch? Benjamin mutierte zum Nervenbündel. Seine feuchten Hände zitterten so stark, dass er kaum mehr die Fernsteuerung festhalten konnte. Käpsele hielt ihm sein Smartphone unter die Nase:

14:59:53, noch 7 Sekunden

    ... :54, noch 6

    ... :55, noch 5

    ... :56, noch 4

    ... :57, noch 3

14:59:58 Benjamin konnte seinen Blick nicht vom Handydisplay lösen. Gleichwohl wollte er seine Sophie unbedingt ein letztes Mal sehen und mit ihr sterben, ihr Bild vor Augen. Es hätte so schön sein können, gemeinsam alt zu werden.

14:59:59

NULL

Samstag, 11. Mai, 15:00:00 Uhr

Lichtblitz – sonst nichts.

    15:00:01

       ... :02

???

       ... :03

       ... :04

Geht die Uhr am Zeitzünder nach?

       ... :05

       ... :06

Warum hat es dann diesen Lichtblitz gegeben? Schwach nur, aber deutlich.

       ... :07

       ... :08

Ging das Sterben so schnell, dass ich es gar nicht bemerkt habe? Bin ich im Himmel?

Aus dem Festzelt hörte Benjamin die Stimme des Bayerischen Ministerpräsidenten. Himmel schied damit aus. *Hölle vielleicht?*

       ... :12

       ... :13

Sein Smartphone vibrierte: Sophie! Ihr wunderschönes Gesicht leuchtete auf dem Display. *Keine Hölle, niemals!* Sie hielt zwei verdrillte Kabel in die Kamera, ein rotes und ein blaues. Die Enden waren verschmort.

„Ich hab sie einfach rausgerissen. Die verdammten Kabel einfach aus dem Sprengstoff gerissen. Die haben dann in der Luft gezündet.“

Benjamin wurde von einer Welle von Emotionen überrollt. Da waren Erleichterung, Glück und ganz viel Liebe. Und Bewunderung. *Einem Ingenieur ist vielleicht nichts zu schwer, aber vieles zu leicht.* Gut, dass es die pragmatische Sophie gab.

„Das war großartig, einfach großartig“, hörte er Käpsele in sein Smartphone rufen und wurde heftig gerüttelt. Erst jetzt bemerkte er, dass der Arm des Gesetzes noch immer über seinen Schultern lag. Unauffällig befreite er sich.

„Bitte tu mir einen Gefallen, Schatz. Bleib wo du bist. Wir finden jemand, der dich da rausholt.“

„Darauf kannst du Gift nehmen. Ohne Kletterzeug bewege ich mich keinen Millimeter!“

DIE WAHRHEIT KOMMT ZULETZT

Mittwoch, 15. Mai

Sie waren mal wieder auf dem Weg ins Präsidium. Käpsele hatte für 10 Uhr zu einer Abschlussbesprechung geladen. Benjamin redete nicht viel. Sophie war das ganz recht, so konnte auch sie ihren Gedanken nachhängen.

Die Erinnerung an die Erlebnisse auf und vor allem unter der Brücke war noch sehr frisch. Fast wäre sie abgestürzt, weil sie mit den Beinen keinen Halt gefunden hatte. Für ihre Armmuskulatur war dieses Manöver extrem kräftezehrend gewesen. In den Tagen danach war sie von einem heftigen Muskelkater geplagt worden. Todesangst hatte sie nicht verspürt, zu sehr war sie auf die Lösung des Problems konzentriert gewesen.

Nervös war sie erst geworden, als sie vor der Bombe saß, die Sekunden herunterzählten und sie nicht wusste, wie es weiterging. Als sie nichts mehr zu verlieren hatte, hatte sie die Zündkabel herausgerissen.

Für den Weg zurück auf die Brücke kam eine ungesicherte Kletterpartie nicht infrage. Lange ausharren musste sie nicht. Bereits nach wenigen Minuten hörte sie den Lärm eines Hubschraubers. Eine Ersatzmaschine, wie sich herausstellte. Kurz darauf seilte sich ein Beamter der Bundespolizei mit Kletterausrüstung im Gepäck zu ihr ab. Das Hochkraxeln an der Leine klappte wie am Schnürchen.

Oben angekommen musste sie Benjamin erst einmal ganz fest an sich drücken. Er wollte sie gar nicht mehr loslassen und versicherte ihr in beschwörenden Formeln seine Liebe. Sie fühlte sich so geborgen, dass sie unmittelbar zu Zittern begann. Die nächsten zwanzig Minuten waren damit gelaufen und Benjamin wehrte alle Versuche ab, mit ihr zu sprechen oder – im Falle des Notarztes vor Ort – sie durchzuchecken und ihren Schock – das sei völlig normal nach einer solchen Situation – medizinisch zu behandeln.

In den Abendnachrichten sprach der Bayerische Ministerpräsident mit breiter Brust. Man habe in Bayern schon länger davon gewusst, darum wären die bayerischen Sicherheitsbehörden gut vorbereitet gewesen und hätten die Sache jederzeit im Griff gehabt. Anders wäre es in Bayern ja auch gar nicht möglich, nicht unter seiner Führung. Es habe zu keinem Zeitpunkt eine Gefahr für die bayerische Bevölkerung bestanden.

So oder so ähnlich stellte der Politiker seine ganz eigene Sichtweise der Dinge dar. Benjamin zählte fünfmal Bayern oder bayerisch in vier Sätzen.

„Hut ab für einen Landesfürsten aus Franken", lästerte Sophie.

Wenige Minuten später rief ihre Mama an. Sie hatte ebenfalls die Nachrichten gesehen. Sophie war gefilmt worden, wie sie auf die Brücke geklettert war. Mit Seil ungefährlich, auf den Bildern jedoch spektakulär über dem Abgrund. Es war nicht einfach gewesen, ihre aufgebrachte Mama – von Geburt an mit einer ordentlichen Portion

süditalienischen Temperaments ausgestattet, das sie großzügig an Sophie weitergegeben hatte – zu beruhigen.

Käpsele führte seine Gäste in ein Besprechungszimmer, wo
Alex auf sie wartete.

„Was für eine Überraschung, dass du wieder im Dienst
bist!“, wurde sie von Sophie begrüßt.

„Ja, Innendienst traut man mir wieder zu.“

„Und das andere?“

„Abwarten. Einen Eintrag wegen der Affäre mit Niklas
bekomme ich auf jeden Fall. Ob etwas wegen der unge-
rechtfertigten Bedrohung einer wehrlosen Person – also
Jana – mit einer Schusswaffe herauskommt, ist noch unklar. Man möchte die Gesamtsituation in die Bewertung
einbeziehen, was mich optimistisch stimmt, bald wieder
draußen unterwegs zu sein. Sollte es beim Innendienst bleiben, suche ich mir einen anderen Job. Hinter dem Schreibtisch versauere ich jedenfalls nicht.“

„Ich drücke dir die Daumen!“, sagte Benjamin.

„Ich auch“, sagte Käpsele. „Alles andere würde ich sehr
bedauern.“

„Ich bin gespannt, was Sie für uns haben, Herr Käpsele“,
sagte Sophie.

„So einiges. Jana Tannecker und ihre ältere Halbschwes-
ter Anna Höhn sind, wie Sie ja bereits wissen, Offizierinnen des russischen Auslandsgeheimdienstes SWR. Damit

steht ihnen ein Gehalt zu. Tatsächlich ist bei Frau Tannecker ein entsprechender Geldeingang aus Russland zu verzeichnen. Bei Frau Höhn mit ihrem Diplomatenstatus ist ebenfalls davon auszugehen.

Nachdem der Unterhalt ihnen ein sorgenfreies Leben ermöglichte, konnten sie sich ganz ihrer Tätigkeit als Influencerinnen widmen. Frau Höhn erfand als Levittchen alternative Fakten und lieferte den narrativen Unterbau für den russlandfreundlichen rechten Rand, zu dem auch die Qwehrkraft gehört. Infolgedessen kam es zum Angriff auf die GfN.

Die Aufgabe von Frau Tannecker war, die Umweltbewegung in ein schlechtes Licht zu rücken, weil sie der fossilen Großmacht Russland das Geschäft verhageln könnte. Also schleuste sich Frau Tannecker in das als radikal geltende KlimaKIT ein, weil sie glaubte, dort ein leichtes Spiel zu haben. Sie initiierte umstrittene, risikoreiche Aktionen. Der Plan ging auf, wie der Autobahnunfall bewiesen hat.

Es war ein abgekartetes Spiel, denn die beiden Schwestern hielten sich gegenseitig auf dem Laufenden. Als es aufzufliegen drohte, beschloss man, die Rolle der Greenderella zu opfern und Sie, Frau Taff und Herr Neumann, zusammen mit Alex, öffentlichkeitswirksam im Namen des KlimaKITs zu beseitigen. Das wäre der Todesstoß für die Organisation gewesen und hätte das Thema Klimaschutz endgültig in die Nähe des Terrorismus' gerückt.

Wie wir alle wissen, ging die Sache schief. Drei Personen – Sie drei – wurden Zeugen eines Mordes und mussten beseitigt werden. Das war der Einsatz für Dr. Krummwinkel, einen der Anführer der Qwehrkraft. Nachdem er juristisch krachend gescheitert war, Sie als Zeugen zu diskreditieren, aktivierte er seine Marionette Volker Traut. Er nutzte dessen Abhängigkeit und beauftragte ihn mit einem Doppelmord. Das Ergebnis ist bekannt.

Während Frau Tanneckers Zeit beim KlimaKIT bereiteten die beiden Halbschwestern außerdem einen Bombenanschlag vor, den sie dann den Klimaschützern medial unterjubeln wollten. Am Monopteros beobachteten wir die Datenübergabe auf einem USB-Stick, ohne zu wissen, worum es eigentlich ging. Das trat erst durch den Übereifer einiger Qwehrkraft-Aktivisten zutage, die eine Stunde vor dem verabredeten Termin das KlimaKIT überfielen. Frau Tannecker konnte den Stick nicht rechtzeitig an sich nehmen und so bot sich für Frau Taff am nächsten Tag die Gelegenheit, ihn sicherzustellen.

Die Entschlüsselung der Zeitinformation ging schnell. Aber erst am Morgen vor Ablauf der Zeit war das Ziel klar. Das Sprengstoffkommando übernahm, wir machten uns vorsorglich auf den Weg, für eventuelle Fragen. Und wurden observiert. Die Hintergründe sind noch unbekannt. Möglicherweise spekulierten unsere Gegner, dass das Sprengstoffkommando die Brücke nicht erreichen würde und wir als Back-up einspringen müssten. Die Untersuchung auf Sabotage des Helis läuft noch. Für die Theorie spricht, dass wir unmittelbar nach dem Ausfall des Hubschraubers attackiert wurden.“

„Wie haben unsere Verfolger vom havarierten Hubschrauber und unserem Einsatzbefehl erfahren?“, fragte Benjamin.

„Sie müssen den Funk abgehört oder einen Spitzel im Polizeiapparat haben“, antwortete Alex. „Leider ist rechte Gesinnung in den Sicherheitsbehörden keine Seltenheit.“

„Aber auch nicht die Regel!“, stellte Käpsele klar. „Der Passat, der aus der Kurve geflogen ist und sich überschlagen hat, war mit zwei Angehörigen der Qwehrkraft besetzt“, berichtete er weiter. „Der Beifahrer starb noch an der Unfallstelle, der Fahrer wurde mit schweren Verletzungen in eine Klinik gebracht.

Die Insassen des SUVs gehören ebenfalls der rechtsextremen Szene an und konnten festgenommen werden. Bei dem Auto handelte es sich um einen Mietwagen.

Der Audi wurde von Dr. Krummwinkel höchstpersönlich gesteuert. Ich hätte nicht gedacht, dass er sich selbst die Hände schmutzig macht, aber er sah wohl keine andere Möglichkeit mehr, das Projekt und seinen Ruf zu retten. Er hat den Sturz in die Klamm zwar überlebt, sich dabei aber schwere Kopfverletzungen zugezogen. Außerdem einen Hirnschaden durch Sauerstoffmangel, weil er im Flusswasser lag.“

„Na, das ist ja ein echter Thriller!“, rief Sophie mit leuchtenden Augen. „Mein Chef wird begeistert sein.“

„Nochmal zum auslösenden Ereignis", sagte Benjamin. „Welche juristischen Konsequenzen warten auf die Beteiligten wegen der Autobahnaktion?"

„Die Autobahnaktion umfasst Diebstahl, Brandstiftung, gefährlichen Eingriff in den Straßenverkehr, Nötigung, schwere Körperverletzung und Körperverletzung mit Todesfolge in vier Fällen. Die Schwere der individuellen Schuld richtet sich nach der Beteiligung und danach, ob Vorsatz nachgewiesen werden kann.

Entlastend für Delarue wird sein Abstimmungsverhalten gewertet. Er hat sich als einziger gegen die Umsetzung ausgesprochen. Nach meiner Einschätzung wird ihm das Bewährung einbringen. Auf einen Haftbefehl gegen ihn wurde verzichtet.

Traut hat sich der Stimme enthalten und ist als Mitläufer anzusehen. Sein Abhängigkeitsverhältnis zu Krummwinkel und seine schwere Kindheit könnten ihm zugutekommen. Vor diesem Hintergrund ist auch der Vorwurf des versuchten Mordes zu sehen.

Tannecker ist die Rädelsführerin. Ihr wird vorgeworfen, die Gefahren billigend in Kauf genommen zu haben. Ein paar Jahre sind ihr sicher, zuzüglich der Strafen für die Vorkommnisse in ihrem Bunker, und für weitere Delikte wie der Bombe unter der Brücke, falls man sie ihr nachweisen kann.

Wäre Bär noch am Leben, wäre seine Schuld zwischen Traut und Tannecker angesiedelt.

Alle haben das Glück, dass der auffahrende LKW mit defekten Bremsen unterwegs war und damit die Schuld auf den Halter oder Fahrer abgewälzt werden kann. Man wird sehen, wie die Richter am Ende entscheiden."

Sophie und Benjamin fuhren vom Präsidium direkt zum KlimaKIT, um sich zu verabschieden. Alex kam nicht mit, weil sie dort zu viel mit Niklas verband.

Die Organisation stand vor einem Scherbenhaufen. Sie brauchten Geld für eine neue Einrichtung und mussten sich neu aufstellen. Umgekehrt hatte Greenderellas fulminantes Ende für Sichtbarkeit und regen Zulauf gesorgt. Sophie entdeckte viele neue Gesichter.

„Trotz Chaos planen wir schon wieder neue Aktionen", sagte Robert Delarue mit himmelwärts gestreckter Nase, als sie zu einem Tee zusammensaßen. „Wir werden auferstehen wie Phoenix aus der Asche."

„Aktionen welcher Art?" Bei Benjamin zeigten sich Sorgenfalten auf der Stirn.

„So wie bisher. Es dürfen keine Unfälle mehr passieren, aber wir werden weiter CO2-Schleudern blockieren."

„Noch einmal ganz langsam zum Mitschreiben", entgegnete Sophie. „Ihr werdet das Gegenteil von dem erreichen, was ihr wollt. Man kann die Leute nicht überzeugen, indem man sie verärgert."

„Der eingeschlagene Weg war richtig. In der Umsetzung werden wir uns verbessern."

Sophie winkte ab. Hier war Hopfen und Malz verloren. *Robespierre ist Anarchist*, hatte Alex nach der Theateraufführung gesagt, in der er als Richter eigenmächtig Todesurteile verhängt und einen Skandal heraufbeschworen hatte. Über einen Monat was das jetzt her. Sophie hatte geglaubt, er hätte sich gewandelt. Stattdessen musste sie einsehen, dass sie einfach nicht schlau aus ihm wurde.

Sie standen auf, um zu gehen, als es an der Zimmertür klopfte. Eine junge Frau steckte ihren Kopf herein, vorsichtig, unsicher. Jemand forderte sie auf einzutreten.

Sophie erkannte sie sofort. „Du bist doch bei der Qwehrkraft!", platzte sie heraus. „Ich hab dich auf der Versammlung in Moderöd gesehen."

„Bei denen war ich mal, jetzt nicht mehr." Umherhuschender Blick, die Lippen zu einem Strich zusammengepresst, Anspannung pur.

„Was willst du?", fragte Robespierre, das Kinn nach oben gereckt.

„Reden", presste sie heraus. Sie keuchte.

„Warum?"

„Ich bin auf der Suche nach der Wahrheit."

„Und du meinst, du findest sie hier?", fragte Benjamin mit hochgezogener rechter Augenbraue. „Ausgerechnet hier?"

„Auch, aber nicht nur. Ich glaube, die Wahrheit zeigt sich in Facetten. Und ich will versuchen, sie zusammenzupuzzeln, um das große Ganze zu sehen."

„Wow, da hast du dir was vorgenommen!"

„Sie hat recht“, sagte Sophie, als sie wieder zu Hause waren. „Niemand hat die Wahrheit für sich gepachtet. Raus aus der Bubble und danach suchen. Nur so kann es gehen, sonst fällt unsere Gesellschaft immer mehr auseinander.“

„Richtig. Wir müssen wieder ins Gespräch kommen. Auf Augenhöhe, vorbehaltlos und direkt, nicht über Social Media, wo die Wahrheit verzerrt, wo nicht miteinander geredet, sondern übereinander hergezogen wird. Ich möchte in Zukunft mehr auf die Leute zugehen, zuhören und diskutieren.“

„Direkt, ehrlich und respektvoll, von Mensch zu Mensch! Menschlich eben, alles andere gefährdet die Demokratie und den inneren Frieden. Das Klima ist ohnehin schon total aufgeheizt.“

ZUR ENTSTEHUNG DIESES BUCHS

In Zeiten von Fake News wollte ich ein Buch über die Wahrheit schreiben und stand vor der Aufgabe, einen Kontrast zu den allgegenwärtigen Lügen zu bilden, ohne diese zu wiederholen, damit sie sich nicht in unseren Köpfen festsetzen. Inwieweit mir dies gelungen ist, müssen meine Leser beurteilen.

Beim Schreiben – ein dynamischer Entwicklungsprozess, in dem unvorhergesehene Dinge passieren – habe ich festgestellt, dass die Frage *Was ist wahr?* nicht so einfach zu beantworten ist. Die Wahrheit hat einen unscharfen Rand. In diesem Übergangsbereich hängt sie von der Wahrnehmung ab, und diese wiederum von persönlichen Erfahrungen und Überzeugungen. *Ist das Glas halb voll oder halb leer?*

Das darf nicht darüber hinwegtäuschen, dass es Dinge gibt, die eindeutig wahr oder eindeutig falsch sind. Dabei erscheinen bequeme Lügen attraktiver als unbequeme Wahrheiten. Trotzdem bleiben sie, was sie sind: Lügen und Wahrheiten. Und damit sind wir beim Thema des Buchs.

Meine Geschichten schreibe ich im Alleingang. Umso wichtiger sind die Helfer, wenn der Entwurf steht. Deshalb danke ich allen meinen Testlesern, die meine Geschichte hinterfragt, korrigiert und mir bei aller Kritik Mut gemacht haben.

Insbesondere danke ich Frauke Mann, selbst Autorin und mit ihrem Debut-Roman *Wer ist Lucy?* erfolgreich auf dem Markt, für ihre wertvollen Hinweise, die den Text verständlicher und knackiger gemacht haben.

Mein Dank gilt auch allen anderen, die mich bei diesem Buchprojekt unterstützt haben.

Weiterhin danke ich der vielleicht größten Errungenschaft des Internets, der freien Enzyklopädie Wikipedia, die werbefrei und ohne Rücksicht auf politische oder wirtschaftliche Interessen Antworten auf fast alle Fragen des Lebens bereithält. Wenn auch Sie Wikipedia regelmäßig nutzen: Bitte unterstützen Sie die Plattform mit einer Spende oder schreiben Sie einen Artikel, wenn Sie über Fachwissen verfügen.

Und ich danke meinen Lesern für ihr Interesse. Über eine Rezension oder Bewertung freue ich mich sehr. Nutzen Sie hierfür die gängigen Verkaufsplattformen wie Amazon, BoD, Hugendubel oder Thalia sowie die Social-Reading-Plattformen Büchertreff oder Lovelybooks.

Bleiben Sie auf dem Laufenden:

-   Über meine Homepage:
    www.wolfgang-b-engel.de
-   Bei Instagram lasse ich mich von Sophie vertreten:
    www.instagram.com/scannerblick_sophie_taff

NEUES VON TAFF & NEUMANN:

Band 2 nach *Probezeit – Falsches Spiel*

Wolfgang B. Engel
Blind Date mit der Hölle
Thriller

Sophie Taff, deren Chef unschuldig wegen Mordes im Gefängnis sitzt, macht sich auf die Suche nach den wahren Tätern und legt sich dabei mit einem mächtigen Syndikat an.

474 Seiten

Taschenbuch:
ISBN-13: 9783758309328

E-Book:
ISBN-13: 9783758357251

Verlag: BoD

„Denn wer einmal tötet, um etwas zu vertuschen, der macht es auch ein zweites Mal. Egal wie es läuft, du verlierst immer!"

KEIN KRIMI:

...doch spannend bis zum Schluss!

Frauke Mann
Wer ist Lucy?
Roman

Eine Unternehmerin, ein Ehemann, ein Herzenswunsch. Dazu ein katholischer Priester, der pädophile Züge an sich entdeckt. Was haben diese Personen gemeinsam? Und warum mischt sich eine Unbekannte in deren Leben ein?

320 Seiten

Hardcover mit Lesezeichenband:
ISBN 978-3-96308-234-4

Softcover:
ISBN 978-3-96308-235-1

E-Book:
ISBN 978-3-96308-241-2

Verlag: Lindemanns

„Es musste Schluss sein, ein für alle Mal. Dann schlug er zu. “